U0115929

竹公主

鄭振鐸 著

鄭振鐸（一八九八年—一九五八年）

福建長樂人。著名作家、學者、文學評論家、文學史家、翻譯家、藝術史家，也是聞名的收藏家，訓詁家。曾任《兒童世界》主編，為中國現代兒童文學奠基人之一。著有《鄭振鐸全集》。

總序一

兒童文學的歷史與記憶

林文寶

大陸海豚出版社所出版之中國兒童文學經典懷舊系列，要在臺灣出版繁體版，這是臺灣兒童文學界的大事。該套書是蔣風先生策劃主編，其實就是上個世紀二、三十年代的作家與作品，絕大部分的作家與作品皆已是陌生的路人。因此，說是經典有失嚴肅；至於懷舊，或許正是這套書當時出版的意義所在。如今在臺灣印行繁體版，其意義又何在？

考查各國兒童文學的源頭，一般來說有三：

一、口傳文學

二、古代典籍

三、啟蒙教材

而臺灣似乎不只這三個源頭，綜觀臺灣近代的歷史，先後歷經荷蘭人佔據三十八年（一六二四—一六六二），西班牙局部佔領十六年（一六二六—

一六四二），明鄭二十二年（一六六一—一六八三），清朝治理二〇〇餘年（一六八三—一八九五），以及日本佔據五十年（一八九五—一九四五）。其間，相當長時間是處於被殖民的地位。因此，除了漢人移民文化外，尚有殖民者文化的滲入；尤其以日治時期的殖民文化影響最為顯著，荷蘭次之，西班牙最少，是以臺灣的文化在一九四五年以前是以漢人與原住民文化為主，殖民文化為輔的文化形態。

一九四五年十月二十五日國民黨接收臺灣後，大陸人來臺，注入文化的熱血液。接著一九四九年十二月七日國民黨政府遷都臺北，更是湧進大量的大陸人口。而後兩岸進入完全隔離的型態，直至一九八七年十一月臺灣戒嚴令廢除，兩岸開始有了交流與互動。一九八九年八月十一至二十三日「大陸兒童文學研究會」成員七人，於合肥、上海與北京進行交流，這是所謂的「破冰之旅」，正式開啟兩岸兒童文學交流歷史的一頁。

其實，兩岸或說同文，但其間隔離至少有百年之久，且由於種種政治因素，目前兩岸又處於零互動的階段。而後「發現臺灣」已然成為主流與事實。

因此，所謂臺灣兒童文學的源頭或資源，除前述各國兒童文學的三個源頭，又有受日本、西方歐美與中國的影響。而所謂三個源頭主要是以漢人文化為主，其實也就是傳統的中國文化。

臺灣兒童文學的起點，無論是一九〇七年（明治四〇年），或是一九一二年（明治四十五年／大正元年），雖然時間在日治時期，但無疑臺灣的兒童文學是屬於華文世界兒童文學的一支，它與中國漢人文化是有血緣近親的關係。因此，了解中國上個世紀新時代繁華盛世的兒童文學，是一種必然尋根之旅。

本套書是以懷舊和研究為先，因此增補了原書出版的年代（含年、月）、出版地以及作者簡介等資料。期待能補足你對華文世界兒童文學的歷史與記憶。

林文寶，現任臺東大學榮譽教授，曾任臺東大學人文文學院院長、兒童文學研究所創所所長、亞洲兒童文學學會臺灣會長等。獲得第三屆五四兒童文學教育獎，中國文藝協會文藝獎章（兒童文學獎），信誼特殊貢獻獎等獎肯定。

原貌重現中國兒童文學作品

蔣風

今年年初的一天，我的年輕朋友梅杰給我打來電話，他代表海豚出版社邀請我為他策劃的一套中國兒童文學經典懷舊系列擔任主編，也許他認為我一輩子與中國兒童文學結緣，且大半輩子從事中國兒童文學教學與研究工作，對這一領域比較熟悉，了解較多，有利於全套書系經典作品的斟酌與取捨。

一開始我也感到有點突然，但畢竟自己從童年開始，就是讀《稻草人》《寄小讀者》《大林和小林》等初版本長大的。後又因教學和研究工作需要，幾乎一而再、再而三與這些兒童文學經典作品為伴，並反復閱讀。很快地，我的懷舊之情油然而生，便欣然允諾。

近幾個月來，我不斷地思考著哪些作品稱得上是中國兒童文學的經典？哪幾種是值得我們懷念的版本？一方面經常與出版社電話商討，一方面又翻找自己珍藏的舊書。同時還思考著出版這套書系的當代價值和意義。

中國兒童文學的歷史源遠流長，卻長期處於一種「不自覺」的蒙昧狀態。而清末宣統年間孫毓修主編的「童話叢刊」中的《無貓國》的出版，可算是「覺醒」的一個信號，至今已經走過整整一百年了。即便從中國出現「兒童文學」這個名詞後，葉聖陶的《稻草人》出版算起，也將近一個世紀了。在這段不長的時間裡，中國兒童文學不斷地成長，漸漸走向成熟。其中有些作品經久不衰，而一些作品卻在歷史的進程中消失了蹤影。然而，真正經典的作品，應該永遠活在眾多讀者的心底，並不時在讀者的腦海裡泛起她的倩影。

當我們站在新世紀初葉的門檻上，常常會在心底提出疑問：在這一百多年的時間裡，中國到底積澱了多少兒童文學經典名著？如今的我們又如何能夠重溫這些經典呢？

在市場經濟高度繁榮的今天，環顧當下圖書出版市場，能夠隨處找到這些經典名著各式各樣的新版本。遺憾的是，我們很難從中感受到當初那種閱讀經典作品時的新奇感、愉悅感、崇敬感。因為市面上的新版本，大都是美繪本、青少版、刪節版，甚至是粗糙的改寫本或編寫本。不少編輯和編者輕率地刪改了原作的字詞、標點，配上了與經典名著不甚協調的插圖。我想，真正的經典版本，從內容到形式都應該是精致的、典雅的，書中每個角落透露出來的氣息，都要與作品內在的美感、精神、品質相一致。於是，我繼續往前回想，記憶起那些經典名著的初版本，或者其他的老版本——我的心不禁微微一震，那裡才有我需要的閱讀感覺。

在很長的一段時間裡，我也渴望著這些中國兒童文學舊經典，能夠以它們原來的面貌重現於今天的讀者面前。至少，新的版本能夠讓讀者記憶起它們初始的樣子。此外，還有許多已經沉睡在某家圖書館或某個民間藏書家手裡的舊版本，我也希望它們能夠以原來的樣子再度展現自己。我想這恐怕也就是出版者推出這套書系的初衷。

也許有人會懷疑這種懷舊感情的意義。其實，懷舊是人類普遍存在的情感。它是一種自古迄今，不分中外都有的文化現象，反映了人類作為個體，在漫長的人生旅途上，需要回首自己走過的路，讓一行行的腳印在腦海深處復活。

懷舊，不是心靈無助的漂泊；懷舊也不是心理病態的表徵。懷舊，能夠使我們憧憬理想的價值；懷舊，可以讓我們明白追求的意義；懷舊，也促使我們理解生命的真諦。它既可讓人獲得心靈的慰藉，也能從中獲得精神力量。因此，我認為出版本書系，也是另一種形式的文化積澱。

懷舊不僅是一種文化積澱，它更為我們提供了一種經過時間發酵釀造而成的文化營養。它為認識、評價當前兒童文學創作、出版、研究提供了一份有價值的參照系統，體現了我們對它們批判性的繼承和發揚，同時還為繁榮我國兒童文學事業提供了一個座標、方向，從而順利找到超越以往的新路。這是本書系出版的根本旨意的基點。

這套書經過長時間的籌畫、準備，將要出版了。

我們出版這樣一個書系，不是炒冷飯，而是迎接一個新的挑戰。

我們的汗水不會白灑，這項勞動是有意義的。

我們是嚮往未來的，我們正在走向未來。

我們堅信自己是懷著崇高的信念，追求中國兒童文學更崇高的明天的。

二〇一一年三月二〇日

於中國兒童文學研究中心

蔣風，一九二五年生，浙江金華人。亞洲兒童文學學會共同會長、中國兒童文學學科創始人、中國國際兒童文學館館長。曾任浙江師範大學校長。著有《中國兒童文學講話》《兒童文學叢談》《兒童文學概論》《蔣風文壇回憶錄》等。二〇一一年，榮獲國際格林獎，是中國迄今為止唯一的獲得者。

目錄

兔的幸福

綠沉沉的樹蔭底下，有一隻兔子在那裡快活地跳來跳去。有時後足站了起來，前足拱著，嘴裡嗚嗚地叫著。正在這個時候，有一隻狐狸跑了來。

兔子招呼道：「你好呀，你好呀！狐狸兄，我今天真快樂呀！你知道麼？我今天早上已經結婚了。」

狐狸道：「恭喜你！你真是快活人！」

兔子道：「唉！不快活！因為我所娶的是一個又醜又悍的人。」

狐狸道：「那末你真是一個不幸的人了。」

兔子道：「不，不，我究竟不是不幸的人。因為我妻子的家產很多，還有所大房子是她自己的。」

狐狸道：「那末，你還是一個快活人！」

兔子道：「不！我究竟不是一個快活人！因為她家今天著火，什麼東西都燒光了！」

狐狸嘆道：「你真不幸呀！」

兔子笑道：「不，不！我不是一個不幸的人，因為房子被火一燒，我妻子的性情倒變成溫柔了。」

（原載《兒童世界》第一卷第一期）

太陽、月亮、風故事

古時，太陽、月亮、風三個兄弟同到他們表兄弟雷神和電神家裡去吃飯。他們向他們的母親辭別，跑到雷、電住的深洞裡去。他們的母親就是每夜照臨在天空的星辰。

席擺好了，大家坐下吃飯。飯菜非常的好。

太陽與風是很貪吃的。他們低下頭只管吃，把一盤一盤的菜都吃得精光，一點也沒有想到他們的母親。

但是月亮卻記住他的在家裡的母親。每吃一樣東西，他總留下一點，想帶回給母親吃。

後來飯吃完了，太陽、月亮、風仍舊一塊兒回家去。

他們的母親，問道：「吃得很舒服麼？孩子們，有帶什麼東西回來給我吃沒有？」

太陽回答道：「母親，沒有。我吃得非常爽快，但把你忘了，所以沒有帶東西回來給你吃。」

風回答道：「母親，我也沒有帶東西回來給你吃！盤裡的東西太少。我自己還不夠吃呢！」

月亮走前一步，說道：「有，有，母親！我帶了一盤東西。你看，母親！」他就把他的衣袋解開，拿出許多好看的紅綠色的果子和好吃的糕餅出來，給他母親吃。

母親很喜歡。就轉臉向太陽說道：「因為你在你的快樂當中，忘了你在家裡的母親，我現在要罰一罰你。你自今以後要發生大熱，永久的燃燒著。人一定會恨你。他們在你底下走，一定要遮蓋著頭，怕你的光線射照他。」

這就是現在太陽所以非常熱的原故。

母親又轉過來向風說道：「因為你在快樂當中，忘了你在家裡的母親，我也要罰你一罰。你自今以後要吹，吹，吹，把塵土沙粒都吹起來，使得人都討厭你。」

這就是風所以常常吹起沙塵，惹人討厭的原故。

母親又轉過來向月亮說道：「因為你在你的快樂當中，不忘了你在家裡的母親，現在我要賞你。自今以後，你的光會非常溫和、非常清涼、非常潔白，並且非常光亮好看，使得大家都歡喜你；使得許多孩子們快快活活的在你光底下跳躍遊戲。」

這就是現在月亮所以非常溫和、非常清潔、非常潔白，又是非常光亮好看的原因了。

（原載《兒童世界》第一卷第一期）

太子和他的妃子

古時，一個國裡有一個太子，同一個美麗的女子做朋友。起初他非常喜歡這個女子，後來便慢慢地討厭她了。他不想娶這個女子做王妃，也不想同她做朋友。就想出一個很好的方法來，對這個女子說道：

「如果你能夠到我這裡來——

不坐車，也不騎馬；

不步行，也不坐轎；

不餓肚，也不吃飽；

不赤身，也不穿衣服；

不在日裡，也不是晚上。」

那末，他就娶她做妃子，如果她不能夠，他就立刻連朋友也不同她做。他想，這個美麗的女子是一定不能夠不坐車也不騎馬，不步行也不坐轎，不餓肚也不吃飽，不赤身也不穿衣服，不在日裡也不在晚上到他那裡去的。

這個女子聽了他的話，就走回家去。她取了三粒穀子吞了下去，如此，她是：「不餓肚也不吃飽」了；後來，她又拿了一張布網披在身上。如此，她是：「不赤身也不穿衣服」了；後來，她又牽了一隻山羊來。她坐在山羊背上。因為山羊是很矮的，她的雙足仍舊踏在地上。如此，她是：「不坐車，也不騎馬；不步行也不坐轎」了。

當時正是黃昏的時候，太陽已經下去，天色還未大黑。正是「不是日裡也不是晚上」的時候。她就由家裡騎在山羊背上到皇宮裡去。宮人看見她的怪狀，都大笑起來，不讓她進去見太子。她只是堅執著要見。太子正在裡面，聽見外邊喧笑的聲音，向窗外一看，看見這個情形，就叫宮人開門讓她進來。因為她已經把太子所說的難做的事都做到了。所以太子就娶她過來做妃子。

（原載《兒童世界》第一卷第一期）

怪貓

一座破廟站在寂寞荒涼的森林中，廟的四周都是樹林，樹林中沒有一條經人走過的路跡。高大的樹幹搖動他的樹枝，高高的臨在破廟的上面。滿地上、滿屋上都是樹葉，樹枝密密的交叉著，太陽光給他們擋著，不能照到破廟裡去。

一個少年兵士飄遊過這個地方，他在森林中迷路了，走來走去都找不出一條道路來，足底下滿是柔軟軟的樹葉，四面都是高大的樹木，天快黑了，天上的雲又急急地飛著，像就要下雨的樣子，到了後來，樹林中忽露出一角紅牆來，他非常喜歡，想道：「今天晚上有地方睡了；也不怕下雨了。」便急急忙忙地走到紅牆旁邊，走進這座破廟裡去，這座破廟雖然沒有人住，卻還不十分壞，他就把地上的灰塵打拂乾淨，鋪上自己的衣服，倒身在衣服上睡著了。

他睡了不久，便被嘈雜的聲音鬧醒了，他細聽了一會，覺得廟門外有許多人在那裡走路，說笑，唱歌。心裡覺得奇怪，便一翻身站了起來，向破窗中張望。真是奇怪！走路的，說笑的，唱歌的，原來不是人，而是一群大貓。

這個時候，月光非常明亮地照在樹林中，窗外的東西都可以看得清清楚楚。一群大貓在廟門外月光底下跳舞，一邊發笑、唱歌，也有說話的。他們唱道：「不要同大黑說，說怪貓在這裡；不要同大黑說，說了恐怕他就要來了。」這位少年兵士雖然膽子大，到現在也不敢大意，他看這些怪貓，一個個都是勇猛可怕的，他想，還是不讓他們看見他好，就把身子蹲了下去，過了不多時候，這一群大貓大叫了一陣，就不見了。他又躺下去睡，一直睡到太陽晒得很高的時候才醒來。

天色已亮，路就容易找得多，他肚子也餓了，就動身向與昨天晚上來路相反的方向走去，走了不久就出了森林，森林外邊有一個小村落，大概有二三十家人家，他喜歡得叫了起來，自語道：「找到人家了，這些房子裡面一定有人，有人一定會有東西給我吃。」他便匆匆忙忙地走到離他最近的一所屋子前面，但是當他走近的時候，他聽見有人在屋裡哭得很悲哀。他叩了一下門，有一個女孩子出來開門，她的眼睛都哭腫了。他向她求一碗飯。她就請他進來，說道：「進來，我們是很歡迎客人的，我父親母親正要吃早飯，你可以同他們一起吃。」

少年兵士跟她進屋，女孩子的父母見他進來，也看待他非常好，但是他們臉上總顯得非常愁苦的樣子。

女孩子把桌子擺在中間，從廚房裡拿出粥和小菜，請他來吃，他因為肚子很餓，不多時候，便把粥都吃完了。吃完後，他就站起來要走，他向他們說道：「謝謝你們的厚意，給我吃了一頓飽飯。」他們答道：「我們是很歡迎你的，祝你一路上平安、快樂！」

少年兵士答道：「祝你們也平安、快樂！」

女孩子的父親愁容滿面地答道：「快樂麼？我們恐怕是永遠遇不到了！」這個時候，女孩子同她母親都已回到後房，在那裡很悲哀地哭。

少年兵士滿腹懷疑，不知道他們究竟為什麼發愁，忍不住便問道：「你們為什麼發愁呢？」

老頭子說道：「唉，一言難盡！在森林中有一座破廟，本來是有人住的，後來常常為許多鬼怪所驚擾，人也不敢再住了，這個地方便被它們占去。每年，有一個山神到這裡來，向我們要一個童女給他吃。不給他吃，他就要把全村的人都滅掉。現在我們村裡年年都要送一個童女到這座破廟裡。黃昏時候，用籠子把童女裝了，帶到廟裡去，第二天早上去看，只有空籠在那裡，那個童女卻連影子也不見了，不知道她究竟是死是活。今年的童女剛好輪到我女兒當，我眼見著女兒去死，不能救她，怎麼會不發愁呢！」他越說越苦，到末了竟哭了！

少年兵士也替他非常發愁，忽然想起昨天晚上的事來，就說道：「你放心，我一定想法子來救你女兒！」他想了一會，又問道：「告訴我，大黑是誰？」

老人很奇怪他問這句話，答道：「他是村裡一個大戶人家的獵狗的名字。」

少年兵士叫道：「就是它了！你把你女兒守在家裡，不要讓她出去，我一定有法子救她。但是大黑的主人住在哪裡？」老人告訴了他，他就急急地向這家人家走去，要他們把大黑借給他用一個晚上。他們答應了少年兵士，就把大黑牽到老頭子家裡來。黃昏時候，他把大黑擺在籠內，代替童女。他向抬籠子的人說：「把它抬到破廟裡去！」他們聽他的話，就把籠子抬去。一到了破廟裡邊，他們把籠子擺在地上，一轉身就跑回去了。只留少年兵士和大黑在廟裡。少年兵士看他們那種張惶失措的樣子，心裡暗暗好笑。天色漸漸地黑下來，他手裡拿著一把刀，藏身在破廟裡，四周圍靜悄悄的，一點聲音也沒有，過了不久的時候，他又同昨天晚上一樣，聽見有許多人在破廟外邊唱歌、跳舞、說笑，他知道那一群怪貓又出來了。是的，那一群怪貓又出來了！這一群大貓前頭，有一隻更大的黑貓領導著它們，它們一邊走，一邊唱道：「不要同大黑說，說怪貓在這裡；不要同大黑說，說了恐怕他就要來了。」

他們一邊唱，一邊跳舞，領頭的黑貓一看見籠子，就大叫了一聲，用爪把籠門打開。它正想抓童女，哪裡知道，裡面所裝的不是童女，卻是大黑！大黑看見籠門打開了，一聳地跳出來，把黑貓咬住；同貓咬住鼠一樣，黑貓一點也不能抵抗。其餘的怪貓看見這種情形都嚇住了。少年兵士抖擻精神，也跳出來，拿刀把怪貓一個一個都殺死。

怪貓都殺死了以後，少年兵士就帶了大黑回到村裡去。村裡的人正提心吊膽地等著呢！一看見少年兵士同大黑回來了，都圍攏來問他。少年兵士就把殺死怪貓的事告訴他們，並且說：「從此以後，你們村裡再不用怕那個吃人的妖怪了！」

他們非常快活，因為他們現在可以不必提心吊膽地怕自己的女兒給妖怪拿去吃了。他們大聲地談笑。那個女孩子的父母更是喜歡，他們都向少年兵士道謝，尊敬他像什麼似的。少年兵士說道：「你們不要謝我，殺死怪貓的是大黑，不是我。」說完了話，他又急急地離開這個村，向別的地方遊歷去了。

（原載《兒童世界》第一卷第二期）

忠厚的童子皮綠

皮綠是一個可親愛的忠厚的孩子，他所住的地方是美麗的西西利島上的一個村莊，他的父母很早就死了。他到處漂流，後來在一個部落的農夫家裡做牧童。

他做了三年的牧童就不做了，請他主人把工錢付給他，鄙吝的農夫只給他三個小銀角子，皮綠也不計較，拿著錢就走了。

他在路上遇著一個乞丐，乞丐向他求道：「我的孩子，我快餓死了，給我些錢買東西吃罷。」皮綠看他可憐，就把身邊帶的三個小銀角子都送給他了。乞丐道：「你真是一個忠厚和氣的孩子！」他說時，忽變成一個尊嚴美麗的天使了。

他又向皮綠說道：「我要給你三個志願，你要什麼都可以有。」

皮綠道：「那麼就請你賜給我一柄彈起來能使人人跳舞的三弦琴，一支百發百中的槍和一個無論什麼人都說我不過的口才罷。」

天使把這些東西都給了他。

皮綠先把那管槍拿來向天上飛過的鳥放了一槍，那鳥立刻掉到地上來。

一個農人看見，把這隻鳥搶走了。

皮綠道：「不要緊，你肯跳舞，就把鳥拿走罷。」

他放下槍把三弦琴拿來彈，那個農夫立刻跟著琴聲跳起舞來，像瘋子一樣的跳舞不息。

農夫道：「停著，停著！我知道我待你不好，只要你肯停著琴聲，我就給你一千塊錢。」

皮綠答應了他，到他家裡拿了一千塊錢走。

皮綠走了不久，農人就到官廳裡告他，說他是強盜。那時候西西利人是頂恨強盜的。他們聽了農人的告訴，立刻把皮綠拿到，要殺死他。

當劊子手要把繩索套上他的頭頸時，他要求長官允許他最後彈一次琴。

農夫聽見，立刻嚷道：「不要給他三弦琴！」

但皮綠有了那個無論什麼人都說他不過的口才，他們終於被他說服，把那柄三弦琴給他。

皮綠一彈那柄琴，一切的人立刻都跟著他的琴聲，跳舞起來。他不息地彈那柄琴，一直彈到大家跳舞得都疲倦了，都要軟倒了。

最後，審判官答應赦了他的罪，還他一千塊錢，他方停著琴不彈。他的琴聲一停，一切的人也都立刻停著，不再跳舞了。

他就拿了他的槍和琴，和農夫給他的一千塊錢，回到本地去，很快樂地過他的日子。

（原載《兒童世界》第一卷第二期）

老狗

有一家人家養了一隻狗。狗年輕的時候，家裡的人都非常喜歡他。給他好的東西吃。後來狗老了，牙齒也沒有了，毛也漸漸地落了。他們就把他趕出門外，不給他東西吃，也不讓他進門。他沒有法子，只好餓著肚子，沒精打采地躺在門外。一隻狼由門外走過，看見狗這樣沒有神氣，就問他道：「狗呀！你為什麼這樣沒有神氣？」狗說道：「我年輕的時候，主人們非常喜歡我，給我好的東西吃。但是現在我老了，他們就用棒子打我，趕我出去，不許我進大門。」說著，眼淚落下來。狼說道：「我看見你主人在花園裡，快去跟在他後邊，求他給你一點東西吃。」狗說道：「他不肯的。他不讓我進花園。他們家裡的人一看見我，就要拿棒子來打。」狼說道：「我很替你憂愁。一定要幫你的忙。我剛才看見你的女主人把他孩子放在石階上。我去咬住他，把他帶走。你跟著我后面，一邊跑，一邊吠。你雖然沒有牙齒，須盡力地扯我咬我，使你女主人看得見。」

狼說完了話，他就跑到石階上，用牙齒把小孩子衣服咬住，抓起就跑。狗立刻大吠，跟在他後邊跑。追著扯他咬他。女主人看見了，大叫起來，也立刻跟在他們後邊追。她大叫道：「不得了！不得了！救！救！孩子被狼抓走了！」許多人由屋裡跑出去，把狼趕走，奪回孩子。他們看見狗在那裡勇敢地追著狼，扯他咬他。都稱讚道：「老狗真是勇敢，他牙齒沒有了，力氣也沒有了，還能盡力追著狼，不讓小主人給狼抓走。」從此以後，一家裡的人又都喜歡老狗。同從前一樣，拿好東西給他吃，再也不嫌他老了。

（原載《兒童世界》第一卷第二期）

竹公主

（一）月宮
（二）五公子
（三）釋迦的石缽
（四）寶玉樹枝
（五）火鼠衣皮
（六）燕巢裡的貝殼
（七）龍珠
（八）富士山之煙雲

一、月宮

竹公主是從月宮裡下來的。她自己也不知道她怎麼會跑到地上來。

記得她來到地上以前，她正在月宮裡跳舞。許多非常美麗的女子都在一個水晶建築的大殿上遊戲；大殿四面掛著碧玉做的簾子；綠色的大松樹一行一行的排列著，繞圍著大殿。白兔子到處地跑，忽然跑到殿上，又忽然跑到松林裡去，活像一團滾來滾去的白雪球。殿上的女子，一個個都非常活潑，快樂，專心做她的遊戲。有的吹著簫；有的彈著琴；有的坐在碧玉簾下，同幾個最好的朋友說笑；但是大多數的人卻都在那裡跳舞。跳舞的人都穿著淺綠色的最好看的衣裳；跟著跳舞的足步，衣裳的顏色時時刻刻的不同；有時變成紅色，有時變成白色，有時變成五彩；有時仍為淺綠色，活像無數的五彩的大蝴蝶在一所大花園裡飛舞。

她耳朵裡隱約地還聽見簫聲、琴聲抑揚地響著；眼睛裡似乎還看見許多朋友穿來穿去地在那裡遊戲，兩隻腳也好像還在那裡跳舞；但是人已經不在天上，而在地上了。

天上的事情，她差不多都忘記了。一切已往的快樂的事情，她都模糊得只剩個影子了，差不多連這個影子也淡得快要沒有了。她只知道她自己現在已經來到地球上，至於在地球上的什麼地方，她完全不知道。

在竹公主來到地上的那一天晚上，有一個年紀很老的竹匠，由市場裡回家。

他遠遠地看見前面一大叢的竹林裡有一道溫和的白光穿出來。他走進竹林向發光的地方跑進去，要看發光的到底是什麼東西。

他看見這一道光是從竹林中一根竹竿裡發出來的。他非常謹慎地把這根竹砍了下來，把他剖開，剖開了以後，他覺得非常奇怪！竹竿裡面卻睡著一個小小的女孩子。那溫和的光原來就是從這個女孩子身上發生出來的。

這個小小的女孩子生得非常細小，只有幾寸長。但長得卻非常的美麗；同仙女一樣的美麗；在地球上像她那樣的美貌是找不到的。

老人疑心她是一個仙女。

他把她帶回家去，告訴他妻子怎樣找到她的事實。他們非常喜歡，因為他們是沒有孩子的人。他們當她是自己養的女孩子一樣，看待她非常的好。

竹公主就這樣地在地上生活著。天上的事更忘得一點也記不住了。

過了幾年，她長大了，成了一個女人了。做人又溫和，又忠厚。她的美麗的面貌，也一天一天地更加好看起來。那一線溫和的白光，總好像常常地跟著她。

大家都稱她做竹公主；因為她是從竹林中拾來的，她的美貌，又是世上的無論哪位公主都趕不上的。

竹公主的美名，傳到很遠很遠的地方。有許多人特地跑來想看她。他們都從花園邊的籬笆上，偷向裡面看，希望能夠看見她。但那些已經看見過她的人，卻更加地不忍離開，希望更能見她一次。

在這些當中，最常到她家籬笆旁邊去的有五位公子。他們都是富貴人家的公子，年紀很輕。每一個人都以為竹公主實是他們生平所看見的女子當中最美貌的人；每一個人都想娶她做妻子。

二、五公子

這五位公子是誰呢？

第一位是官家的子弟，他父親是朝中的大官，所以他在這個地方非常有勢力。但他卻是個非常懶惰的人。凡是事情，都不想自己去做；總想要人家做得好好的叫他來「坐享其成」。

第二位是非常有錢的人，他開了許多大店鋪，凡是大地方，都有他的店鋪在那裡。他的勢力也是極大。至於講到他這個人卻是一個非常狡猾、極有心計的人。

第三位是世代做官的。他自己雖然沒有出去做官，而朋友極多；差不多到處都有他的朋友。他的朋友同他都非常的要好。因為他為人很忠厚樸實，家裡又很有錢，常肯拿出來周濟他們。他倒是一個好人。

第四個公子家裡也是有錢有勢的。他非常驕傲、自視極高；別人不能做的事，他自己總想要去做。

第五個公子是一個最愛誇口，又是膽子極小的人。他的家財不計其數；有許多船在各地做買賣，有許多當鋪，又有許多大房子和花園；可算得是國內首富。

他們既然都存了個要娶竹公主的念頭，就各自回家，各寫一封信給竹公主的父親；每個人都誇說他的財富和勢力，並說如何傾慕竹公主，決意要想娶她，要求他的答應。

天下事真奇怪！這五封信竟會同時送到竹公主的父親那裡。

老竹匠非常害怕，他不知道要把女兒嫁給哪位公子好。他們都是有錢有勢，不好得罪的。他怕起來，他非常憂愁，心裡老實委決不下。如果他把竹公主許了第一位公子，那四位公子都要生氣了。他是一個窮人，又沒有勢力，哪裡敢招這些公子們的氣呢。

但是竹公主卻非常鎮靜，一點也不驚慌。她已經想好了一條妙計了。她看她父親著急，就對他說道：「請不要著急！我想好一個計策了。你定好一個日子，約他們五個公子都到這裡來，我們就可以揀出一位最好的人來。他們也不至於同你生氣。」

她父親照她的話做了。

到了約定的日子，五位公子全都早早地來了。他們非常快活，因為借此又可以看到竹公主。他們每個人都自信他就是竹公主所要嫁的人。

其實竹公主是不願意嫁給無論什麼人的。她願意同她親愛的父母，住在一塊。她願意永遠在家裡照顧她親愛的父母，到了他們死了為止。所以她打定主意，給每一個公子一件萬萬做不到的事情去做。

她要第一個公子到印度去找佛祖釋迦的大石缽；要第二個公子去到蓬萊島的山上，採一枝寶玉樹枝回來。如果他們哪一個人先得到那個寶貝，她就嫁給這個人。

第三個公子問道：「你要我做什麼事呢？」

公主道：「你可以找一件火鼠皮做的袍子給我。」

她說完了話，又向第四個公子說，她要他找藏在燕子巢裡的貝殼；向第五個公子說，她要他找龍頷下的大珠。

他們都答應了。

他們急急地回家，想法子去找這些寶貴而難得的東西；每一個人都想早早地得到這些東西，第一個回來，娶了美麗的竹公主。

三、釋迦的石缽

現在先說去找釋迦的石缽的那位公子的事情。

佛祖釋迦的石缽到哪裡去找呢？

老輩的人傳說得很久了；他們說：遠在印度的地方，有一個大石缽，是佛祖釋迦留下來的。他們並且說：這個石缽擺在錦褥上，非常美麗；它能夠放出光來。它深藏在一所大寺院的暗處。看見過它的人世上沒有幾個，但是那些已經看見過的人，都極讚美它；它的好看真是形容不出。

被竹公主叫他去找石缽的那位公子，前文已經表明過他是一個非常懶惰的人。

起初的時候，他倒真有意思想去尋找這個石缽。幾次想動身，幾次都去不成。後來索性不去了，只坐在家裡叫家人下去想法子尋找。

他曾問過水手們，由這裡到印度，往來一次要多少時間。水手們說要三年。他因此更加不願意去。為一個石缽，僅僅為一個石缽，而費了三年的光陰，誰願意幹這件事！

但是他終忘不了竹公主。

於是他揚言動身到印度去，匆匆忙忙地收拾衣裝行李。等到行李收拾好了，許多人都來替他送行，他便揚長上道。但是走到不遠，他就住下了。他住在這個地方三年，然後走了回來。臨走的時候，他到那個地方的一個小寺院裡，在神座前頭，拿了一個老石缽回來。

他用了非常講究的緞子，繡了許多好看的花在上面；用來包裹這個石缽。到家以後，他叫一個家人把這個石缽送給竹公主，並附一封信講他找到這個石缽的故事。

他說：他這三年的光陰，完全是在危險波潮中過的。為了這個石缽，就是為了竹公主，他經過無數的危難。

他說：他在路上，遇見了強盜；他們想殺他，但是被他脫逃了。又說他在海船裡，遇見了大風浪，船差不多要破了；幸得他不怕，才能走到印度。又說在上山到寺院的路上，遇見了許多猛虎，個個都張開了血盆似的大嘴想吃他；幸虧他跑得快，才逃得性命回來。

竹公主讀了他這封信，很感激他，以為他真是一個好人；為了她，為了替她找一個石缽，竟受了這許多艱難。但是當她打開了石缽一看時，她感謝他的心腸，卻變成看不起他的了！因為她看出這個石缽，不是釋迦的石缽乃是個個寺院都有的普通的石缽，她知道，他是存心欺騙她的。因此她非常生氣。

當他來見她的時候，她拒絕不見，叫人把石缽和信「原璧奉還」。

公子心裡非常不高興，但是他知道這是自己的不是，所以不說一句話，就走回家去了。

他把這個石缽好好地保藏著，當做座右銘。因為這個石缽的故事告訴他：

「天下的事情是沒有不勞而獲的。想成功就要去工作。」

四、寶玉樹枝

我們已經講過替竹公主找寶玉樹枝的公子是一個非常狡猾，非常有錢的人。他不相信世界上有什麼蓬萊山，他也不相信世界上有什麼金幹玉葉的樹。

但是他卻說，他要動身去尋找這種寶玉樹枝。他辭別親友，到海邊去。他把跟去的下人都辭掉，只留下四個人留在身邊使喚，因為他說，他要靜靜地走去，不願意帶許多人。

大家再看見他時，已經是在三年後了。這個時候，他突然回來，到老竹匠家裡，去會見竹公主。

寶玉樹枝，已經被他尋找到了！

寶玉樹枝真是好看呀！幹是金的，花同葉是各種顏色的寶玉做的；又是美麗又是貴重，真不是世上所能得到的。竹公主看見寶玉樹枝非常喜歡，請公子告訴他經過的情形。公子就慢慢地談起他得到這枝寶玉樹枝的故事。

他說道：「我從海邊上船，一直向前開行；不知道往哪裡去好；因為我不知道蓬萊山在什麼地方。只任這隻船在海上飄流。風往那邊吹，我們就把船往那裡駛去。我們經過許多宏壯的都市，奇怪的國家。我們看見大海龍睡在水面上。波浪一上一下的起落，他的身子也跟著上下。我們看見海蛇成群的在海底上遊戲。我們看見奇異的飛鳥，他們的身子極像獸類。有時海上起了微風，我們的船輕輕快快地向前駛；有時接連好幾天，一點風也沒有，船隻在水上浮著不動。有時暴風大作。波浪湧起比山還高。我們的船篷被風推著。我們就隨著這陣風走，也不知道它要把我們吹到哪裡去。如此的走了好幾天。我們也沒有東西吃，也沒有水喝。碧綠的海水圍繞在我們四周。使得我們口渴更甚，但是這種鹽海水，卻是不能夠吃的。一路上又有許多礁石，浪頭打在他上頭，起了一大陣的白浪花，如果船碰在這些礁石上頭，是必碎無疑的。到了後來，我想我們這一回是一定死了。忽然在晨霧中，看見前面有一團大黑堆。我們知道這是一座大山，立刻就往那邊駛去。原來這座山，就是蓬萊山。我們的船打了好幾個圈子，才找到上岸的地方。一上岸就看見有許多非常美麗的寶玉樹排列在海岸旁邊。雖然這個時候，天色還未大亮，但這些寶樹卻映出燦爛的光明，真是好看極了！我正在看時，樹林中忽走出一個極好看的女孩子來。她手裡拿一籃食的東西。她把這個籃子擺下，人立刻不見了。我這時已經餓得半死，但還不敢吃東西；立刻先走到寶玉樹旁邊，採了這一條樹枝來，帶回來給你。這條樹枝採來以後，我們才上船吃剛才仙女給我們的東西。早上的時候，太陽升在天上。蓬萊山不見了。一陣好風把我們吹回家；只有幾天，我們就到家了。我一下船就立刻跑到你這裡來。」

眼淚從公主眼眶裡流出來，她想公子為要得到這枝寶玉樹枝，受了多少艱苦。

正在這個時候，有三個人走進來，問公子在不在這裡。公子出來見他們。他們問公子道：「你現在可以給我們錢麼？」公子臉紅了，跳起來要把他們趕出門外。但是竹公主卻止著公子，叫他們暫時不要走。

她問他們道：「你們問公子要什麼東西？」

他們答道：「我們為公子做了一枝寶玉樹枝，做了三年，現在才做好。所以來問他要錢。」

竹公主問道：「你們在哪裡做這個東西呢？」

工人道：「在海邊一間小屋子裡。」

竹公主又問道：「公子也同你們在一起麼？」

工人道：「是的。」

公子這個時候，真是難受，臉上一塊紅，一塊白；又是生氣，又是慚羞。他知道竹公主不再信任他了，立刻跑回家去，永遠不敢再來。

竹公主就把寶玉樹枝賞給工人，酬他們三年工作的勞力。他們快快活活地走出門外，念竹公主的恩德不止！

五、火鼠皮衣

竹公主叫第三個公子去找的是火鼠皮衣。這個衣是火鼠的皮做的。據說人穿在身上能夠入火不燃。上文曾說過，第三個公子是個很有錢的人，並且做人很好，人家都喜歡他。他的朋友到處都有。他有一個最親密的富友住在中國。公子差一個僕人帶了一大袋的金子給這位朋友，叫他去找火鼠皮衣。

這位朋友讀了來信，非常憂愁。他說道：「我怎麼能辦這件事呢？誰也沒有聽見過有什麼火鼠，用它的皮做衣服，能夠入火不燃。但是公子既然託我辦，無論如何，我總要替他試辦一下。」

他打發了許多人到中國各地去找這件奇怪的衣服。但是他們全都空手回來，回說找不到這個東西。

他差人到各個寺院去問，打聽和尚們有沒有看見這種東西，或是知道在什麼地方可以找到。但是和尚們也都搖頭回一句：「不曉得。」雖然也有些人說他曾經聽見人說過，世間有這樣一件東西，但是他們卻始終不知道究竟在什麼地方可以找得到。

他又問了許多商人。他們各處做買賣，什麼事情都是很熟悉的。但是對於這個東西，他們也都回說不知。

他沒有法子，自己想到：「我受公子委託，本應把這件事辦妥，才對得住他。但是世上實在沒有火鼠皮衣這個東西，叫我到哪裡去找呢？只好明天差一個人把那袋金子送還了公子罷。」

第二天早上，他正想打發人動身去，忽然聽見路上有許多人在那裡呼嚷。他跑出去一看，原來是一群叫花子（即乞丐）經過。他想：「也許他們知道火鼠皮衣產生在什麼地方，我不妨問問他們。」

於是他打發人把這班叫花子都請進來。叫花子一個個都很驚奇，不知這個大官人叫他們進去作什麼。

他告訴他們一切事，問他們有沒有看見火鼠皮衣，或是知道什麼地方有這個東西。他們很驚奇地看著他。有幾個差不多要笑出來。他們想想真正奇怪：這樣一位大財主，還不知哪裡去找火鼠皮衣，我們乞丐又怎麼能夠知道呢？一個一個的都告訴他說他不知道。

後來他們都走盡了。只有一個老乞丐留著。他對他說道：「大官人，我小的時候，曾聽見我祖父告訴過我這件火鼠皮衣的藏的地方。現在還彷彿記得。它藏在離此數千里遠的一座山頂的一所寺院裡。」

他很奇怪，他以前也打發人到這座山去過，為什麼這個人不知那裡藏有火鼠皮衣。就叫這個人來問。他回道：「這座山上，並沒有什麼寺院。」老乞丐道：「不差，現在也許沒有了。但在我祖父時，那裡確有一所寺院。因為他老人家在那裡住過許久，並且曾經親眼看見過這件火鼠皮衣。」

公子的朋友就打發好些人同這位老乞丐一塊兒動身，到那座山上去找這件奇怪的衣服。

他們到了山上，到處找不到寺院。只是在山頂上找到了幾根石柱和許多石階。可以知道當初實是有一所寺院在那個地方。他們大喜，在亂石中細細地尋找。最後在石堆下面找到了一個鐵箱。

「火鼠皮衣大概是在這個鐵箱裡面吧！」他們非常快活地想，立刻用力把這個鐵箱開了。鐵箱裡果然擺著一個大包袱。解開包袱，又有一層包袱，直到解了十幾層包袱，才發見一件非常美麗的皮衣，他們想，這一定是火鼠皮衣無疑了。立刻興匆匆地晝夜兼行回家。

公子的朋友得了這件衣服，更是喜歡得了不得。把公子給他的金子，都分散給找到這件衣服的人。立刻差一個人把這件火鼠皮衣送給公子。

公子的喜歡更是不用說了。他立刻打開了鐵箱，取出皮衣，對著這件銀白色的美麗的奇衣，高興萬狀。心裡想到：「竹公主如果看見這個東西，要多少喜歡呀！」

他心裡又記住，火鼠皮衣擺在火裡燒了一回，是可以更白一點的。他道：「我把他再擺在火裡燒一燒，豈不更好看了麼？」

於是叫人打了一盆極旺的火來，把這件火鼠皮衣擺在火裡。只見一陣煙起，這件皮衣，立刻燒得只剩一點白灰。公子連忙伸手去搶，哪裡搶得及！

可憐的公子呀！他心碎了！他也不怪他的朋友，因為他知道他決不是故意騙他的。他想道：「幸喜這件衣服還沒有送到竹公主那裡去。如果當她的面燒掉了，他豈不以為我有意騙她嗎？」

他心裡萬分難受，只好寫一封信給竹公主，告訴她這件事，立刻收拾行李動身，避到別的地方去。

竹公主知道了這件事情，心裡非常憂愁，因為她想這位公子倒實在是一個誠實的人。她寫了一封信，叫公子到她家裡來，但是他已經動身走了。自此以後，她永遠沒有得到他的消息。

六、燕巢裡的貝殼

現在再講去找燕巢裡的貝殼的第四個公子的事情。

這位公子聽竹公主叫他去找燕巢裡的貝殼，就滿口的答應。回家以後，叫他的總管到他面前。

他問他的總管道：「你知道燕子的巢裡有貝殼藏在那裡麼？」

這位僕人嚇了一跳，驚奇地問道：「貝殼藏在燕巢裡？到底是什麼巢裡？」

公子道：「我不知道。我只要你把燕子巢裡的貝殼找出來給我。我要這種貝殼。」

總管回道：「我實在不知道。也許管花園的人他能夠知道。我可以叫他到這裡來麼？」於是他就去叫了園丁來。

公子問園丁道：「你知道哪一個燕巢裡有貝殼藏在裡邊麼？」

園丁道：「我不知道。最好是去問問挑水夫，他也許知道。」於是他就去叫了挑水夫來。挑水夫也回說不知道，又去叫了別一個僕人來。這個僕人又回說不知道，又去叫別一個僕人來。如此，你叫他，他叫你，把家裡許多僕人都問完了，還是打聽不出來這件事。沒有一個人能夠知道哪一個燕巢裡藏有貝殼。

公子沒有法子，只好召集了許多家裡和街上的頑童來問。因為他們一天到晚的爬梁上柱，捉雀拿燕，一定可以知道燕巢裡有沒有貝殼。有一個童子說：「我想，我曾看見過一回，不久時候以前，我爬到廚房的梁上，想拿下幾個燕子的小卵來玩玩。好像看見一個燕巢裡有一片白色的貝殼在裡邊。」

公子聽見這話，非常喜歡。立刻叫許多僕人到廚房裡去，要他們把那個燕巢裡的貝殼拿下來。他們去了，看了看又回來。回報公子道：「我們爬不上梁去，梁太高了。燕巢又在梁上頂高的地方，更不容易上去。」

公子氣極了。大聲責罵他們道：「你們吃飯不做事的東西！長了這麼大了，連梁也爬不上麼？非要你們爬上，把一個一個燕巢細細地找過不可。找不到貝殼，不要想再見我的面。記住了！非找到不可！去罷！」

僕人們只好唯唯地又到廚房裡去。他們盡了三天的力量，用了許多方法，只是爬不上梁去。

最後，他們想到一個好辦法了。用一個大籃子，繫在一根粗繩上。人坐在籃裡，把繩子擲過梁上。用力拉繩子的一端，籃子就會升到梁上去了，他們用這個方法升到梁上，細細地把一個個燕巢都看過，但是始終找不到貝殼。

公子等了許多日子，不見他們的回報。漸漸地焦急起來。自己跑到廚房裡去看他們到底在那裡做什麼事。

他問道：「你們已經找到那個貝殼了麼？」

僕人們答道：「沒有。每一個燕巢都找過了。但是沒有找到什麼貝殼。」

公子不信，想自己爬上去看。僕人們勸他不要上去，他不答應，自己坐在籃子裡，叫僕人立刻把他拉上去。

僕人們怕他生氣，不敢多說，就把繩子拉起。他坐在籃裡，漸漸地升到梁上。

燕子看見又有人近到他們巢邊，就成群地飛來啄公子。因為它們不願意它們的卵都給人弄破，它們的房子都給人弄壞。公子用手去趕它們，但是趕去又來，始終不能趕去。連公子的眼睛也幾乎給他們啄出。

公子大叫道：「救命呀！救命呀！」僕人們把繩子慢慢地鬆了，籃子就漸漸地下來。正在這個時候，他又記住貝殼了。就伸手向一個燕巢裡去拿。正抓到一個堅硬的東西。但是同時重量失其平均，籃子一側，他掉到籃子外邊去了。不偏不倚，正掉在熱鍋子裡。

僕人們手忙足亂地把他從熱鍋子裡拉了出來，但是他已經燙得很利害了。在他手裡，還拿著一片殼子，但不過是一片卵殼，並不是什麼貝殼。卵黃卵白流得他一臉上都是。

他因為燙得太厲害了，睡在床上好幾天起不來。終日呻吟，只顧得痛，連竹公主也不想。病好以後，他永遠不敢再上梁探燕巢，也永遠不想再見竹公主了。

七、龍珠

四位公子，都失敗了，都不敢再去見竹公主了，現在只剩了一位第五個公子。他是被竹公主差去找龍頷下之珠的。

這位公子雖然是非常怯弱的人，卻是慣會說大話的。自然他極願意得到龍珠。但是他卻沒有那樣傻，想著自己去取這個東西來。

他召集了家裡的僕役、兵士們來，告訴他們他所要得到的東西，叫他們去找。他給了他們許多金銀，供他們路上花用。他嚴厲地吩咐他們道：「去罷，你們！如果沒有得到龍珠，請你們不要回來見我。」

僕役們和兵士們受了這個命令，不敢再說什麼，只好取了路費，走了開去。但卻不去找龍珠；乃是跑回家，另尋別事去了。什麼龍珠不龍珠，他們是不管的。他們相信世間沒有這樣一件東西。就是有，龍也是非常心愛的，決不肯讓人拿了去。他們是凡人，怎麼敢同龍爭奪呢？

但是公子卻不知道這一切事，他還以為他們真是去找龍珠呢。同時他就在他所管的地方，起了一所非常宏大美麗的宮殿，預備將來給竹公主住。他並不疑心他的僕人會騙他，自己心裡拿得千穩萬穩，以為竹公主一定是為他所得。所以必須先蓋一所好房子給她住。

房子蓋好了。柱子都是很精緻的雕刻，鑲著光彩四耀的珠玉。房子裡邊更是非常講究。通國裡差不多沒有看見有比他再好的房子。

他看著房子都布置好了，找龍珠的僕人還沒有回來，未免有些著急。一天一天的過去，他們還是音信全無。

一年又過去了。他真不能再等了。心裡非常生氣，決定自己去找龍珠回來。僕人們都是靠不住的！

他於是召集了留在家裡的僕役，叫他們去預備船隻，說要自己去找龍珠。

僕役們聽了這句話，非常驚慌，都懇求他不要去，因為怕去了，會引起龍的怒氣，說不定要把他們吞了。

「懦夫！」公子怒　道：「懦夫！看著我！不要怕，有我呢。你們想我會怕什麼龍麼？」

於是他們就動身了，起初兩三天，海上風平浪靜。天氣又非常晴明。公子自誇道：「是麼？你們看龍不是怕我麼？」

當天晚上，起了一陣大風浪，又是打雷下雨。船在水上簸蕩不定。浪花都打到艙面上來，弄得船上沒有一處不是濕的。加之大雨又傾盆而下。雷聲隆隆，慘綠的電光，不時的一亮，勇敢的公子，到了這個時候．什麼豪氣都沒有了，他時時提心吊膽，怕船會覆沒；又是害怕，又是暈船，只是靜靜地躺住，不絕地呻吟。又叫水手們救一救他。他嚷道：「你們為什麼把我帶到這種地方來！想害死我麼？立刻把船駛回去，不然，我就要拿我的大弓把你們一個一個地射死。」

他們聽了他的話，幾乎都要笑出來。因為這次出來，完全是他自己要去的。講到射箭，更是可笑。他們都知道，他是連小弓都拉不動的。怎麼會射死人！

水手就回答道：「公子呀！這次風浪一定是龍造成的，他聽見你說，你要殺死他，把他領下的珠取去，所以生氣地起了這一陣大風浪。最好你向天立誓，允許不傷害他，那末，他也許會讓我們活著。」

公子只要風浪平息，什麼事都可以辦。聽了水手的話，立刻就向天禱告，連說不敢傷害，並且連它的一條尾巴上的毛也不敢再去動它。

過了一會，風浪靜了，但是公子還是不能起床，直到船駛到了一個岸邊，他們扶他下船，他才有些心定。

海岸離他本鄉很遠。陸路是不能通的。他又不敢再坐船了。所以就留在這個地方，過他的餘生。現在就有一百個美麗的公主叫他回來，他也不敢再回去了。他築起來等著竹公主來住的大宮殿，也從此以後荒蕪著，沒有一個人住在裡邊。只有狼鼠和鳥在那裡做窩，春天到時，間有幾隻燕子在裡邊飛來飛去罷了。

竹公主卻很喜歡他從此以後，沒有再來打擾她。

八、富士山之煙雲

一年一年地過去，竹公主的父母年紀都非常老了，但是竹公主卻一天一天地更美麗起來，做人也更和平，更慈悲。到了她二十歲的時候，她的母親一病死了。自此以後，她漸漸為憂愁所籠罩了。

每當月亮漸漸地圓起來，射她的銀白色的光明，臨終照於地上的時候，竹公主總是獨自一個人跑在沒有人的地方嚶嚶地哭。

有一個夏天的晚上，她靠在窗邊，看著天上的明月，哭得非常厲害，好像她的心已經碎裂了。

她父親走到她身邊，問她道：「女兒，你有什麼事，儘管告訴我。不要這樣哭，使我老人傷心。」

竹公主回答道：「親愛的父親，我的哭是因為我知道我快要離開你走了。我的家住在月亮當中。我以前偶然到了世上來，現在是我回去的時候了！你們待我非常好，我實在捨不得離開你，但是又不能不走。所以我很傷心。第二回月亮圓時，他們就要來接我了。」

她父親聽了這話，也非常憂愁，但是回答她道：「你以為我會讓人把你取走麼？不要怕。我就到國王那裡去，請求他的幫助。」

她很憂愁地答道：「沒有用的。時候一到，無論什麼人都留我不住。」

但是她父親不聽她的話，還是到國王那裡去，告訴他一切事情。由竹中拾著竹公主的事說起，一直說到她要回到月宮去的事，國王很受感動，稱讚竹公主的仁孝。就安慰了老人幾句話，答應發一大陣的兵去看守竹公主的房子，不使月中的人把她接回去。

老竹匠回家非常快活，但是竹公主卻比以前更憂愁了。

舊月亮漸漸地沉下去了。有幾個晚上，只看見一片青天和許多閃耀的星光。

看不見月亮。到了下月初二三日，太陽西沉以後，如鉤的新月可以在西方看見了。每過一個晚上，新月就更大，更圓，更亮。竹公主看著月亮漸漸地圓了，大了，心裡更覺得愁苦。

國王記住他允許老人的話，一看新月出來，就派兵去守著老人的屋子。周圍都是兵，連屋頂上也有好幾百人坐著。在這種嚴密的守衛之下什麼人能進得屋裡去呢！

月圓了！竹公主坐在窗旁一張椅子上，眼看著月亮上升。一團銀白色的大球，由東方升起，起初露出半面，後來漸漸的立於山頂，漸漸地升於中天。

萬籟無聲，四周靜寂。

竹公主走到她父親身旁。他正躺在床上，好像已經睡著。當她走近床沿時，他張開眼睛，看她一看，說道：「我現在知道你為什麼要走了。因為我要走，所以你也走了。謝謝你，好孩子！你到我家裡以後，我們沒有一天不快活的。」說完了話，他眼閉了。她知道他是死了。

這時月亮正升在中天，放射清潔如水的銀光在大地上。有一線白光。又如煙，又如雲似的，由天上降到地上，好像一座仙橋。

由這座橋上，下來了成千成萬的穿著銀白色甲冑的兵士。如一陣風吹起的煙一樣。什麼聲響也沒有，也沒有一點風，只見這一陣兵士潮流不絕地由天而下。

國王派來的兵，站在那裡好像變成了石頭。

竹公主走出屋外，去見這個兵陣的軍官。她說道：「我預備好了。」她說了這句話以後，四圍又沉寂無聲了。那位軍官一聲不響地拿一杯酒給竹公主。竹公主也一聲不響地喝了。這就是「忘酒」。喝了這個酒，世上的一切事情，她都忘得乾乾淨淨了。現在她又是月中的一位仙女了。

軍官拿一件白衣給竹公主穿，她的舊衣裳，掉到地上，不見了。

竹公主隨著月宮的軍隊由白煙似的橋上升上去，漸漸地升過富士山頂。更高，更高地，升到月旁，然後不見了。大概他們是已經進了月宮的銀門裡了。

到了現在富士山頂還常常有一縷煙雲，圍繞於上，好像這座仙橋，還豎在那裡一樣。

（原載《兒童世界》第一卷第二至九期）

注：本篇係日本神仙故事《竹取物語》譯述。

騾子

一個鄉人，牽著騾子由城裡回家，他有一點疲倦的樣子，在路上一步一步地，慢慢向前走。那騾子在主人後頭，也是一步一步慢慢地，跟著行路。那時行到一個小小的村落，被兩個偷兒看見了，就想算計，偷他的騾子。兩個偷兒交頭接耳。計議良久，一齊屏氣斂神的，走近鄉人後面。一個輕輕地，把騾子頸上的繩脫下，套在自己頭上，跟他上路。一個急急地，將騾子牽去，跑得無影無蹤。那鄉人絲毫也不知道，還是逍遙自在的，向前走。看看走了一程，那偷兒估計著他的同伴已經去遠了，就把腳停住。鄉人覺著騾子不動，把頭回過一看，不覺大大地吃了一驚。「怎麼牽的騾子，卻變成了一個漢子呢？」鄉人這一嚇，心頭如小鹿亂撞，連忙按定心神，向那漢子說道：「我的騾子，怎會變成你呢？」那人愁眉苦臉的，答道：「因為我平日不孝，常常喝醉了酒，罵詈我的母親，上帝罰我受苦，變成騾子。今日我的罪孽已經滿了，所以又成人形。」鄉人聽了十分抱歉的，說道：「我是對你不住，整日裡把你當作畜生看待，鞭策你，勞苦你。罪過罪過，今日還你的自由罷。」一面說著，一面替他把繩子解開，那人答道：「這是我的罪孽，怎好怪你。」說罷各自回去。鄉人沒精打采的，回到家裡，把前情一五一十地，告訴他的妻子。不住地長吁短嘆，滿心以為把人當作畜生看待，真是一生的罪孽。他的妻子見他如此，安慰他道：「我們知道他是個人，即刻還他自由，我們的損失也很不少了，算來也沒有什麼罪過，你不必如此的坐立不安，還是明兒到市裡，再買一隻騾子來工作，是要緊的。」第二日鄉人清早起來，跑到市裡買騾子，一眼就瞧見群騾中間，有一隻騾子，拴在木樁旁，是他的騾子，是昨兒變人的騾子。他趕快走近，附在騾子的耳邊，輕聲說道：「你這癖氣老不變，昨兒回家又喝了酒，又罵你母親麼？又變作這個模樣，我現在是不好再買你了。」

（《天鵝》（童話集）文學研究會叢書，商務印書館一九二五年十月初版。原載《兒童世界》第一卷第三期）

注：本篇係由阿拉伯故事譯述。

風的工作

有一天早上，張名起來很早。他一睜開眼，就看見他的大風箏靠在牆上。這個風箏是他大哥哥做給他玩的，有一面令人喜歡的臉孔，還有一條長尾巴，由牆邊一直拖到火爐邊。

每一個早晨，張名一起身，總是頭一眼就看見他的風箏。風箏的可愛的臉孔似乎對他微笑。今天早上，風箏不笑了，愁眉苦臉地站在那裡，似乎是說道：「造成我什麼用？我希望不老站在屋角！可愛的草地呀！可愛的春天呀！我願意乘風飛到天上去遊玩。」因為這面風箏有兩天沒有到天上去遊玩了。

兩天來沒有一點風。今天還不知道有沒有。

張名由床上跳下來，穿上衣裳，立刻跑到門外，看山上的風車有沒有轉動，因為他希望昨天晚上風已經來了。但是風車卻沒有聲音，車輪也靜靜地站住，似乎懶惰得膩煩了。連樹葉也不動一動。

磨房主人沒有事情做，站在門口，眼看著天上的雲，嘴裡唱道：

「風呀，吹來！
把我的風車轉開，
使我的磨石磨米磨麥！
麥粉磨成，米磨白，
窮人才不會嘆氣悲哀。
好風呀！
吹來，吹來！」

他唱完嘆口氣，因為看見做餅的師父也沒有事做，很憂悶地站在鋪子前面。餅師傅的爐子冷了，煙通裡也沒有煙出來，他的眼睛也望著天，嘴裡也唱道：

「風呀，吹來！
把磨房的風車轉開！
使我的麥粉磨白，
做成好餅賣！

風不來，
我的餅就沒有賣了！
好風呀！
吹來！吹來！」

張名聽見他們的歌聲，也非常憂悶起來，正想說話時，又聽見一片歌聲。

「風呀，吹來！
我早上起來，
洗刷了許多衣裳，
晒在當街。
風呀，吹來！
把我的衣裳吹乾吹白。」

這一片歌聲是對街洗衣婦唱的，她正在把洗好了的衣裳，一件一件掛在竹竿上晒。張名看見他自己的白衫褲，昨天拿去洗的也掛在竿頭上。

洗衣婦看見張名，叫道：「好孩子，過來，過來！今天來幫我做一點事。」張名說：「好的，等我吃完粥就來。」他一吃完粥，就跑到洗衣婦家裡，替她拿著籃子。雖然那籃子很重，但他並不覺得十分吃力。

他正跟著洗衣婦在那裡晒衣裳，又聽一個人高聲唱道：

「風呀，風呀！
吹來，吹來！
可愛的風呀，
快把我的船吹送出海。
洶湧的白濤，
無邊的綠海，
是我的家鄉，
是我的和平之宅。
船上滿載著客人，

滿載著貨財。
好風呀，吹來！吹來！
把我的船吹送出海！」

洗衣婦和張名都順著歌聲起處望去，要看那唱歌的人是誰。原來這唱歌的人是一隻海船的船主。這位船主的家也住在張名的家旁邊。他的白色的大船，張名也常在海邊上見過。他載了許多貨物，想駛到南洋去賣，但是這幾天沒有風，船不能開。船主悶得慌，只得在街上閒步，唱著歌散散悶氣。

張名聽著他的歌唱得好聽，也想學他。回家以後，也在廳上挺著胸膛，手插在衣袋裡，邊走邊唱著。但他不大聽得懂船主的歌的意思，只反復的唱道：

「風呀，吹來！
好風呀，吹來！吹來！
把我的船吹送出海！」

當他唱著歌的時候，帽子忽然給人打掉在地上，一直滾到很遠的地方去，張名在後追著，但不知道是什麼人打的。他四面一看，並不見有人，心裡覺得奇怪。天井裡有兩株松樹，看他這個樣子，笑得非常利害，樹葉簌簌地響動，樹枝前後的搖擺，好像在那裡說道：「傻孩子，你知道誰把你的帽子打掉？」同時街上有許多人在那裡很快活地唱：

「好風來了！好風來了！
吹得風車動，
吹得旗兒飄。
水手們速速上船，
開船的鑼聲響了。」

他聽見歌聲，又見樹枝的搖動，才明白風真是來了。

他跑出門外一看，山上的風車，早在那裡工作了，車輪很快地轉動。磨房主人，把麥子送進磨裡去，又把磨好的雪白的麥粉，裝在袋裡忙得了不得。餅師傅也在那裡生爐子，預備粉來做餅。洗衣婦很快活地站在門口，看著一件件衣裳在風中飛飄。風一來，衣裳可以乾得更快了。剛才唱歌的船主已經上船，拔起錨，扯起篷，立刻就要開船了。

張名比別人更是高興，飛跑回家，把風箏拿出來，跑上山去放。真是好風！風箏上得真快。一會兒比風車高了，一會兒比樹頂高了，一會兒在天上了，比什麼都高了。風箏嗚嗚地響，好像是說道：「現在我快活了！」

張名向海一望，白色的船很快地在海面上駛行。山下餅店煙通裡的煙，突突而出。洗衣婦的歌聲也隱隱地可以聽見：

「好風來了！好風來了！
我的衣裳快要乾了。
感謝呀，好風！
使我的白衣，
雪片似的飛飄。」

張名覺得到處都是快樂，也不禁高聲地唱道：

「好風呀，好風呀，
吹上我的風箏，
上他天上的家，
吹乾我的衣裳，
潔白如白蓮之花。
好風呀，感謝，感謝！
好風呀，感謝，感謝！」

磨房主人聽見張名的歌聲，回頭對他微笑道：「孩子，今天的風好麼？」張名也微笑道：「真好！」

風也似乎在那裡微笑。

（原載《兒童世界》第一卷第五期）

狐與狼

有一個狐狸住在一座森林中。他雖然已經是很老，並且瘦弱得不堪，連走路也走得不快，但他卻是非常機靈的。所以他雖老弱，卻沒有挨過餓；得到的食物總比別人多。

一個冬天的晚上，他覺得非常饑餓，就從家裡出來，到四處去張羅食物。一家一家的雞窩都關得非常嚴密。他想捉到一隻肥雞來做晚餐是絕對無望的了！天氣這樣冷！兔子也深藏在他們自己的暖窩裡，決不肯輕易走出來。在這種晚上，狐狸先生要得到晚餐真是不容易呢！

他眼睛大大地睜著，沿路走去，看有什麼東西可以捉到。

過了一會，他跳在一條沒有水的溝裡，沿著溝底走去，聽見遠處有車輪的響聲。他把頭偷偷地向溝外一看，看見一個老漁夫趕著一輛載著許多魚的大車對他走來。十二月的太陽光，連晒了兩三天，把湖冰融化了，老漁夫在那幾天釣到不少的魚。

狐狸自語道：「好呀！我有晚餐吃了！這個老漁夫太吝嗇，一定不肯分些魚給我食。我只好把他們全偷了來吧！」

狐狸先生肚子裡已經把偷魚的好方法想好了。他聳身一跳，跳出溝外，躺在老漁夫必須經過的那條路當中，假裝已死。老漁夫的車走到臨近，看見一隻死狐正躺在道中，覺得驚奇，就從車上跳下來；捉住狐狸，打了幾下，看他一點不動，當他真是死了。就把他扔在車上，很得意地笑道：「我真運氣！白白地得到一床狐皮。」

狐狸聽了，盡力忍住了笑。他正躺在魚當中，嗅著魚的氣味，正饞涎欲滴呢！當他想在這個時候吃了他們，容易驚動老漁夫；勉強忍住餓，把魚一條一條向路上抛去，到了車空了的時候，他自己也一跳而下。老漁夫始終不覺得，還是很得意地趕車回家。

「來看我帶回家的好東西呀！」他很高興地向他妻子說道。他的妻子三足兩步由屋子裡跑出來，一看車子是空的，就嚷道：「是空車！哪裡有什麼好東西呀！」老漁夫回頭一看，車子真是空的；魚也沒有；狐狸也沒有。不要說狐皮得不著，連晚飯也沒有吃了。老漁夫急得直跳，知道是受了狐狸的騙了。

這個時候的狐狸先生真是快活！他一路走來，儘量地把魚一條一條地吃。吃不了的魚，他就把他藏在乾草堆底下，過幾時再吃。

剛好有一隻狼走過這個地方；他很恭敬地對狐狸說道：「你能給我一點魚吃麼？我有兩天沒有東西吃了！也不知道到什麼地方去找東西吃。」

狐狸答道：「我的魚是釣來的，不能分給你吃。你如果要吃，我可以教你一個法子去釣。你可以跑到湖邊，把尾巴浸在水裡；如果湖已經結冰了，那末，你就把冰打了一個洞，把尾巴浸在洞裡。你嘴裡要不住地說：『來，來！大魚來，小魚來！來，來，來！』極好吃的魚就會掛在你尾巴上了。時候越久，魚來的越多。你只要把尾巴拿起來，魚也跟了上來了。」

狼是很愚笨的東西，竟信狐狸的話為真，離了他一直向湖邊走去。湖又結上冰了。狼就把冰打了一個洞，把自己的尾巴塞進洞裡坐下去等著魚來。狐狸走過他身旁，他連頭也不回。狐狸看他這副神氣，不覺好笑。

天色慢慢地亮了，他覺得很冷，想把尾巴拿出洞外。但是這已是做不到的事了。因為冰已經把他的尾巴堅固的凍住了。他倒很得意，因為他想掛在他尾巴上的魚一定極多，所以重得拿不起來。

他正在那裡想怎麼樣可以把魚運回，忽然有好幾個女人到湖邊去汲水。「一隻狼！一隻狼！」她們很高興地大嚷。「來呀！把他殺死！」她們家裡的男人也都跑了出來，一同來捉狼。狼盡力地掙扎，好容易才把尾巴拉了出來；一邊逃，一邊哀叫，一尾巴上都是血。

同時狐狸因為有許多人都沒有在家的原故，得了好些益處；任意地吃了不少的東西。但是吃得太飽了，他竟懶得走動，又想找狼來背他回去。他把頭伸入麥粉桶裡，弄得一頭都是白粉，假裝受了傷。

他的聽官特別敏銳，在老遠的地方，就聽見狼的哀呼了。他順聲找去，不久就與狼相會。狼向他抱怨道：「你害得我好苦呀！看我的尾巴！真痛極了！」

狐狸答道：「看我的頭！」狼一看他的頭，心立刻軟了，覺得很可憐他，問道：「你傷得厲害麼？」

狐狸哀聲答道：「我連走也走不動了。」

「小兄弟，不要緊。跳在我背上，我帶你回去，」狼說。

狐狸真高興！一路上輕輕地唱歌，時時想著好笑；想著受傷的卻背著沒有受傷的走著，這是多麼可笑的事！

到家了，狐狸由狼背上跳下來，一句話也不說，就走進屋裡去，吃他剩下來的魚。但是狼還始終沒有吃一點東西呢。狐狸卻想不到狼的餓不餓，只在那裡好笑，笑狼的愚笨！

（原載《兒童世界》第一卷第五期）

注：本篇係據《列那狐的歷由》譯述

牧師和他的書記

有一個牧師，生性非常驕傲。他每次出門，走在大街上，老遠的就大聲叫嚷道：「避道！避道！牧師老爺來了！」百姓們怕他的威風，都遠遠地避開了。

一天，他出去散步，又一路地嚷道：「避道！避道！」剛好衝見國王出來。國王聽他這樣壞，又是生氣，又是好笑，一直走正路過去，並不理他。這回卻是牧師避道了。

他們走到臨近時，國王把牧師叫住道：「明天請你到我宮裡來，我有三個問題要問你。如果你答不出來，那末請你快脫下你的牧師的衣帽。因為你太驕傲了！」

這種話，真是牧師一生沒有聽見過的。他只知道罵人，說大話，做各種壞事。誰敢向他問什麼問題，他又何曾回答人什麼問題過。但是現在他卻不能不回答。因為要問他問題的，不是尋常的百姓，乃是國王他自己。

但是——除了罵人，說大話，做各種壞事以外，他又知道什麼事！他怎麼會回答什麼問題呢？所以他回家以後，非常憂愁。就叫他書記來商量道：「國王明天要問我問題，叫我回答他。如果回答不來，就要免我的職。你有什麼方法救我？」

牧師的書記是一位非常聰明的人，長得和牧師差不多高，面貌也有些相象。他聽見牧師要他救他，想了半天，說道：「你自己是不能去的。因為恐怕答不了問題，要被他免職。我想——最好還是我去罷。我穿了牧師的衣裳，同你很相像。國王大概不會覺察出來的。」

牧師大喜，就把身上衣裳脫下來，給書記穿。書記穿上一看，真是同牧師一模一樣。只有牧師極熟的朋友才能看得出來他是假裝的。

第二天早上，書記穿上牧師的衣裳，走到皇宮裡去。國王正在坐朝，看見牧師來了，就叫道：「你來了麼？好，我要問你問題了。」

書記答道：「是的，我來了。有什麼問題請你問。不知我能不能答覆你。」

國王道：「第一個問題：東方離開西方有多少遠？」

書記答道：「剛好是一天的路程。」

國王道：「你怎麼知道的？」

書記道：「你不知道麼？太陽由東方升起，由西方落下，不是剛剛走了一天的路麼？」

國王道：「很好！但是現在告訴我第二個問題：我坐在這個地方。在你看來，我到底值多少錢？」

書記道：「救主耶穌值三十塊錢。（耶穌被門徒所賣，門徒得三十塊錢），所以我想：估計你的身價不能高過二十九塊錢。」

國王道：「好的！但是你這樣聰明，能知道我現在在那裡想什麼事情麼？」

書記道：「我以為你所想的是站在你面前的是一個牧師。但是不對。我實是牧師的書記。」

國王道：「你回去罷！就讓你做牧師，叫你的牧師做你的書記！」

於是聰明的書記就永久穿上了牧師的衣裳。驕傲的牧師只好垂頭喪氣地披上了他書記所穿的制服。

（原載《兒童世界》第一卷第六期）

光明

古時，一個國裡有一個小女孩子，生出來的時候，頭頂上就有一團白光繞著。這團白光，使她一生光明快樂。

當她是一個抱在手裡的嬰孩的時候，常常地微笑，從沒有哭過。她一笑起來，白光就照得更亮，越顯得她美麗可愛。她漸漸地大起來，白光也更亮更亮起來。遠遠看過去，她額上仿佛有一粒大星閃耀著。

凡是愛光明的好東西，沒有一個不愛她的。可愛的白鴿聽她一喚，就飛了過去，很馴善地跟在她身邊並不驚走。紅玫瑰爬在她窗前，偷偷地看她。許多好看的鳥類，棲在園裡的大樹上，每天向她唱好聽的歌。美麗的蝴蝶圍繞在她的周圍飛來飛去。

她的父親是國裡的國王。所以她只有園池中的白蓮花高，或是外邊河岸旁所長的蘆葦高的時候，就有許許多多的宮女侍候著她了。她要什麼東西，就有什麼東西。她的父母愛她比什麼都甚。國裡的大臣將官，凡是看見過她的，也沒有一個不愛她。

但是這種快樂的光陰不能永久過下去。當她十歲的時候，國王的敵國忽然起了大軍，來侵犯他的土地。國王也帶兵去抵禦他們。打了許多次仗，國王都敗了。到了末了，敵兵進了都城，圍了宮門。宮人都散去。國王與王后也被敵兵所捕。敵兵把他們兩個人囚禁在一所監獄裡，用了許多兵丁在那裡監守。國王與王后別的都不掛念，只是想起女兒不知下落，心裡非常痛苦，一時流淚不止。

這位小公主到哪裡去呢？

別人都不知道。只有一個老乳母知道。這位老乳母乘亂兵入宮的時候，抱著小公主，逃出宮外。他們落荒而走。到了城外，又遇見亂兵劫掠。老乳母和小公主又相失了。

現在只剩下小公主一個人了。她不知往哪裡去好，只好在樹林中或田野中穿來穿去。幸喜沒有再遇見亂兵。

天色黑了下來，一路都是極荒涼的地方，看不到一個行人，更找不到什麼有人住的房子。只有野樹受風吹動，樹葉簌簌地響。蟋蟀伏在草中，大聲地快活地叫。但是小公主也不怕，因為她頭上有光明照著。

大約二更天的時候，她走到了一座大森林。她彷彿看見一個可怕的大鬼站在大路上，阻著她去路。但是借著她頭上的光明，走近一看，原來卻是一棵大松樹站在那裡。它伸出多發的手臂，好像歡迎小公主。小公主笑了起來，一樹林裡都是笑聲。

貓頭鳥奇怪道：「這個時候，還有人走過這裡麼？」但當他看見小公主頭上的光時，眼睛有些張不開，只得躲向暗處，自言自語道：「她是誰？她是誰？」

有一隻白兔子聞聲驚起，投在小公主的足下。她很憐惜地抱它起來。兔子道：「唉！獵人帶著獵犬，揹著槍，追在我後面。我跑了一天才逃得命來。你天使應該救一救我！」小公主把兔子抱在懷裡，拿手拍它，安慰它許久。兔子安靜地躺在她手臂上。

她走到森林的中間。野獸聽見有人的足聲走近，都非常喜歡起來。

狐狸道：「她是我的東西。我要帶她到曠地上吃了她。」

狼嚷道：「不是的！她是我的東西。我要跟在她後邊，等機會搶過去吃她。」

老虎睜著兩盞燈籠般的綠眼睛，咆哮道：「我的！我的！我立刻跳過去，把她吃了！」

他們辯論時，小公主已經走到臨近了。她頭上的白光，和善地照射在野獸們的身上。野獸們立刻逃走，藏在樹林深處，不敢再出來。

小公主安安穩穩地走過去。

小白兔很和平地睡在她懷中。

後來，小公主也走得疲倦了，就坐在草地上睡去。樹上的鳥守護著她，唱歌給她聽。一夜平安過去。沒有什麼壞東西敢來害她。

第二天早晨，有一陣馬兵由森林中走過。一路上東看西尋，好像在那裡尋找什麼東西。

森林中空氣非常清鮮。柔和的朝日，把林中的黑暗沖散了。林中的一草一木，都可以看得清楚。

各種的花都盛開，仰首向朝陽微笑。綠葉在日光中閃耀，微風吹動，他們就翩翩跳舞。一切東西都非常快活。只有這一陣馬兵，個個人都帶著愁容。

他們東張西望，不言不笑。他們當中的一個首領，頭上戴著王冠的，比其餘的人尤其焦急。

他們細細地尋找，最後找到了小公主躺下睡覺的地方。

馬蹄的聲音，把小白兔驚醒了。但小公主還沒有醒。她在夢中被人抱著了。醒來一看，原來是抱在她父親的懷中。

他們現在快活了！

上文不是說國王已被敵軍囚禁了麼？怎麼又會出來呢？原來當日晚上的時候，國王部下的軍隊，又同敵軍打仗，敵軍大敗而逃。他們遂進了都城，把國王和王后放出監獄。國王因掛念著小公主，所以立刻就帶兵到處的找。

這個快活的消息，到處傳布，立刻就傳遍都城。百姓們都非常喜歡，因為他們也是最愛小公主的。

國王和小公主及兵士們由森林中慢慢地向都城走去，小公主忘不了小白兔，對它說道：「兔子同我們一塊兒到宮裡去吧！在那裡一點危險也沒有。我必定好好地看待你。」兔子謝謝她，不願意跟她走，說道：「孩子們在家裡等我呢！我在世上也有我應做的事。不便跟你到宮裡去。請你放我走！」

小公主很捨不得放兔子走，但是沒有法子留住它，只好很親熱地撫弄它。過了一會，各說了一聲「再會！」各向各的家裡去了。

後來小公主一天一天地長大了，白光也更亮更亮起來，她的為人也更可愛。

她父親死了以後，大臣們就擁戴她做女王。狐、狼、虎、豹都不敢來害她的百姓。因為她的兵士把所有的惡獸都趕出國境以外。至於可愛的馴善的生物她也下令保護，不叫人害它們。

在和平與快樂的天地中，她度過了她的一生。

（原載《兒童世界》第一卷第六期）

獅子與老虎

匈牙利都城和匈牙利全國的各大城中，都有一種公共的僕役叫做「花爾大爾」的，由公共雇用，可以隨便叫他做什麼工作。有一穿著華美的衣服的紳士叫了一個那樣的僕役來，同他說道：

「『花爾大爾』，你願意每天在幾刻鐘內得到十個克龍（匈國幣）嗎？」

「花爾大爾」回答：「是，先生我應當做什麼事？」

「差不多沒有事。」

「？」

「我是動物園的管理人。」

「？？」

「我的獅子昨天死了。」

「？？？」

「你代替它。你把它的皮穿在身上，終日在籠中散步，好像是獅子一樣。」

「花爾大爾」答應了。就在那天，他穿上獅皮，在大籠中散步。

他安安靜靜在大籠中散步已有一點鐘了，那時候忽然發生一件大驚慌的事，人家放進一隻老虎到籠中。「花爾大爾」獅子恐怕要給老虎吃了，覺得非常驚慌，用人聲大嚷起來——但……老虎跑近了他，在他耳旁低聲說道：「不要怕，朋友！我也是『花爾大爾』。」

（原載《兒童世界》第一卷第六期）

行善之報

古時，有兩個夫妻住在一起，只生了一個孩子。他們是非常有錢的。孩子長大了以後，他們打算叫他經歷世故，學習買賣。先叫他進學念書。到了他學校畢業以後，他父親就給他一隻船，載了許多貨物，叫他到各地去賣。

他是一個仁慈沉靜的人，心腸非常軟，最好做善事。

他接收了船，看著貨物載完了，就辭別父母，開船起航。

船在海裡走了五六天，除了天和海以外，看不見別的東西。有一天，遇見了一隻土耳其船。他聽見那隻船中隱隱有許多人的哭聲。他心中大為不忍，就叫水手招呼土耳其船駛近。兩隻船靠在一起以後，他叫土耳其船的水手來問道：「請你告訴我，你們的船上為什麼有許多人在那裡哭！」他們回答道：「我們是販賣奴隸的船。這些奴隸都是從各處買來，販到遠地去賣的。我們怕他們逃走或是吵鬧，所以把他們鎖起來。他們大概是因為鎖住，又是想家，所以哭著。」

他說道：「請你們過去問問你們的船主兄弟們，不知他肯不肯把這些奴隸都賣給我？」

船主答應了，價錢講定，他就把他自己的滿載貨物的船給船主，把那隻載著奴隸的船換了來。

他把所有的奴隸都叫了來，一個個地問他們家在哪裡，並且告訴他們說：「現在你們是自由了。如果願意回去，我可以把你們送回去。」他們一個個喜出望外，爭先恐後地把自己的家鄉告訴他，只有一個老太婆同著一個非常美麗的女子，愁眉苦臉地站在那裡一點兒不響。他問她們是哪裡人。老太婆哭著道：「我們是從非常遠的地方來的。這個女孩子是國王的獨生女，我是她的乳母。從小把她養大。有一天，她到城外去遊玩，離開宮城很遠。那些壞土耳其人看見她，就把她擄去了。幸得我還在近處，聽見她哭聲，趕了過去。他們也把我擄去。他們把我們帶到海岸，就上了這隻船。」

他知道老太婆那個地方，實在太遠了，這隻船絕不能達到。所以就暫時把她們留在船上。先把別的人一個個打發上岸。

老太婆因為不能回家，又沒有別的地方好去，請求他把她們帶在身邊。

於是他娶了那個女孩子，把他帶回家去。

當他回家的時候，他父親問道：「你的船在哪裡？貨物都賣完了麼？能不能掙錢？」

他把船上發生的事，一五一十地說給他父親聽，並叫他妻子拜見父母，說道：「這個女孩子是一個國王的女兒，這位老太婆是她的乳母，因為她們離家太遠，不能回去，叫我帶他們在一起，所以我就娶了她。」

他父親生氣極了！大罵道：「你這個傻孩子！你怎麼全不想一想，竟做了這種傻事？把我的財產往水裡拋。我不要你做兒子了！」於是他叫僕人把他兒子和那個公主、老女僕都趕出大門外，不准他們再進來。

他沒有法子，只好同他妻子和老女僕住在外邊。

他幾次求他父親寬恕他。他母親和他父親的朋友也都極力勸老人再收留他。到後來老人的心軟了。就把他叫進家去，教訓了一頓。他答應以後再不做這種傻事了。他父親叫他把妻子和老女僕都搬了進去。又替他預備了一隻船，載上一船的貨，叫他駛到各處去賣。這隻船比以前的那一隻更大，所裝的貨也更值錢。

他拜辭了父母，別了妻子，動身上船。

有一天，他的船駛到了一個城邊。他上岸進城去遊玩。在城門口遇見了許多兵丁肩著槍，押著許多鄉下農人，把他們帶進監獄裡去。他心裡非常替這班農人難受，問兵丁道：「兄弟們，你們為什麼要捉他們到監獄裡去？」

兵丁回答道：「他們抗付田租，所以長官命令我們去捉了他們來。」

他到了城裡，見了長官問道：「那班農人到底欠了多少田租？」

長官把數目告訴了他。他把貨和船都賣了，把農人的債一概還清。農人都很快活地回家。他也很快活地回家。但他沒有想他的貨和船都沒有了，他父親要怎樣地責備他。他一到家，就跪在他父親腳旁，把所有的事講給他聽，求他的寬恕。但是這一回，他父親氣得實在太厲害了！不容他多說，立刻就推他出大門。

他要怎樣辦呢？他父親這樣有錢，他好意思當乞丐麼？

過了些時，他母親和他父親的朋友，又苦苦地勸他父親收留他。他們說：「他現在苦也受夠了，閱歷也多了。決不會再像以前那樣傻了。」做父親的，心腸總是軟的。只好嘆了一口氣，又把他收留在家裡。過了幾時，又為他備了一隻更大的船，裝上更值錢的貨物，叫他去做買賣。

他把他妻子的照片釘在桅上，老乳母的照片釘在下面。辭別了他的父母和妻子，又作第三次航海了。

船駛了一個多月，貨物也賣了不少。最後到了一座大城，城裡住著國王。拋錨以後，他放炮向城裡的人致敬。城裡的人都大大地奇怪，就是國王也驚駭不止。不知這隻奇怪的船的船主到底是什麼樣的人。當日下午，國王差了一個大臣到船上去，問他是誰，到這裡來做什麼。問答完了，大臣還說道：「國王說，他自己明天早上要來拜望你。」

當大臣和他在船上散步時，忽見桅上釘的公主和老乳母的像，不覺大吃一驚，幾乎不信他自己的眼睛。你知道這位大臣為什麼吃驚呢？

原來這座城就是公主的生地。這位大臣，國王很喜歡他，以前曾許把公主嫁他。後來公主給土耳其人捉去，他非常痛心。現在又看見公主的像，怎麼不驚喜若狂呢！

但他是個陰險的人，並不把他所見的事告訴給第二個人。

第二天早晨九點鐘，國王果然同大臣到船上來，仔細地問了船主一番話。

當國王在甲板上閒步時，一眼看見他女兒和老乳母的像釘在桅上。他又驚又喜，幾乎要嚷出來。但在船上不大好說話，就請船主下午到宮裡去，以便趁機查問一切。

下午，他到宮裡去，國王非常優待他，問他桅上釘的女子的像是從哪裡得到的。他看國王的神氣，知道是他妻子的父親。於是把以前的事原原本本告訴他。

國王聽了叫道：「那個女子就是我的孩子！她被土耳其人捉去很久了。你既是她的丈夫，那末，就是我的女婿了。快去，立刻回家把你妻子和你父母、老乳母都接了來！我沒有兒子，死了以後，把王位傳給你。現在未死以前，我願意見我女兒一面！」說著，他的眼淚掉下了。

他也替國王傷心，答應立刻動身回去。國王送給他自己坐的大船。他就把自己裝貨的船留在那裡。

他要求國王派一個大臣和他同去，因為怕家裡的人不相信。國王答應了，就派以前到他船上去的大臣同去。他們平平安安的到家。他同大臣坐車回去。他把一切事情都告訴了，並指著大臣說道：「這位大臣是國王派來接大家去的。」他妻子和老乳母喜歡得連話都說不出來。他父母也很喜歡，願意同去。

他們匆匆忙忙地收拾行李，搬上船去。第二天就開船走了。

那位同來的大臣，上文已經說過，是一個非常險毒的人。他看見已經許嫁給他的公主，白白給別人占去，王位也被別人搶去，心裡懊惱異常，老早就存心要害他。船駛到了海中。一個晚上，大臣故意請他到船面上商量事情。他是心裡坦白的人，絕不疑大臣要謀害他。他們走到船邊，大臣抓住他，把他推到海裡去。這夜風很順，船駛得很快，又是黑夜，他雖會泅水，但是也不能再爬上船來。大臣高高興興地去睡覺，他卻在海裡竭力遊著，泅到岸邊。幸得離海岸還近，波浪把他一推，送他上岸邊一塊懸岩上面。

同時，船上的人大亂了。他們早起不見了船主，知道他是失足跌下水去了。大家都哭得很悲慘，公主傷心更甚。

船到國王所住的城邊，大家都往王宮裡去。國王聽見他溺死，也很傷心。把他父母留在宮裡，非常優待他們。

再說他被波浪推上懸岩，一時暈了過去，醒過來一看，四面都是荒涼的沙地，一點人煙也沒有。他喝著海水，採青苔當飯，受著日晒，受著雨淋。過了兩個多禮拜，還沒有看見有人走過。

一天，他清早醒來，看見有一個老人在岸上走動，好像是要釣魚的樣子。他大聲招呼老人，求他救他。老人答應了，但是說道：「你用什麼謝我呢？」

他憂愁地說道：「我還有什麼東西可以謝你呢？你看，我身上什麼也沒有了。

只有破的衣裳。」

老人道：「不要緊，我這裡有紙筆。你寫下一張字據，說明以後有什麼財產都同我平分，我就救你下來。」

他答應了。老人渡過水來，把他由懸岩上救下。帶他到岸上並指示他的路途。

他又餓又冷，赤足走了許多的路程，走了三十多天，才到國王的城裡。他坐在王宮前面，手裡還戴著公主給他的戒指。宮人很可憐他，給他一點剩飯吃。第二天，他站在御苑門口。管園人把他趕走了，說道：「國王和公主就要來了！」他避開一旁，坐在牆角下面。過了一會，他看他父親同國王一塊兒走著。大臣和公主跟在後邊。他們走近他，公主看見他手戴的戒指，大吃一驚，但她卻想不到這個乞丐就是他的丈夫。她對他說道：「可以把你手上戴的戒指給我看一看麼？」

大臣聽了公主的話，略略有些驚駭，說道：「走我們的，何必同齷齪的乞丐說話。」她不聽他，取了戒指來，細細地看了又看，認識是她自己的東西，心裡異常悲傷，但是還勉強裝出鎮定的樣子，問乞丐借了戒指，說要拿回宮去細看。

回宮以後，公主拿著戒指，哭著向國王說：「這是駙馬的戒指。不知怎麼會戴在乞丐的手上？」

國王立刻叫宮人喚了乞丐來，詳細地盤問他。他一五一十地把大臣謀害的事，從頭至尾說了出來。他們仔細一認，才認出乞丐原來就是駙馬。他父母和公主、國王，都喜極而泣。

國王叫兵士把那位大臣捉來，交給駙馬發落。他很可憐他，並不殺他，還安慰了他幾句話，仍舊放他回去。

全國的人都讚頌他的仁慈。

不久，國王退位，請他嗣繼他的王位。

一天，救他的老人忽然來了，帶著他寫的字據。他很喜歡老人來，說道：「請坐，老人！我決不食言。現在慢慢地同你平分我的財產。」說著，他拿出一張地圖，把國土清清楚楚地分做兩份，指著道：「這一份是你的，這一份是我的。」

老人取了地圖，又還了他，說道：「拿去！我不是老人，是上帝的使者。因為你做了許多善事，上帝所以叫我來救你。現在祝你康健快樂！」

天使說著不見了。國王很幸福地過了他的一生。

（原載《兒童世界》第一卷第七期）

小人國

古時，有一個孩子，名字叫做愛兒，年紀剛有十二歲。有一天，他在學堂裡答不出問題來，被先生責打了幾下。他害怕起來，跑到河岸旁邊的一個洞裡，藏在那裡，不敢出來。兩天沒有吃一點東西。那個時候有兩個不到一尺高的小人在洞裡出現，對愛兒說道：

「跟著我來，我們把你送到快樂之國去。」

愛兒跟著他們，經過很長的黑暗的地道，進到一個豐富美麗的國裡去。但是那個地方，沒有太陽，沒有月亮，也沒有星光。只從奇怪的天空上，射下幾線朦朧的微光。那兩個小人帶愛兒去見他們的國王，國王叫愛兒伴著他的大兒子玩。快樂之國裡的人都是很小的，但卻都是非常美麗，他們有金黃的頭髮披在兩面。

快樂之國的國王看見愛兒住了很久，非常想家，就允許他從地道裡出去一趟，回家去看看母親。愛兒告訴母親許多關於快樂之國的事，並且說，這個國非常富足，器具都是黃金做的。他母親要他帶些寶物回來。

愛兒第二次再進小人國伴國王的兒子遊戲。他偷了太子的金碗，走出地道，往家裡跑去。但是終於被那兩個小人追上了。他們把金碗奪了去，回向洞裡去。

愛兒非常後悔，想再到快樂之國，求國王的寬恕。但是洞裡的地道已經關閉，愛兒再也不能進去了。

（原載《兒童世界》第一卷第七期）

獅王

有一個地方，沒有驢子。某年，由別的地方搬了許多人來。他們帶了他們的驢子同來。有一隻驢子偶然脫逃了。他們遍找不見。

驢子到哪兒去了呢？

原來驢子由家裡逃出，就棲息在一座森林中，引頸長鳴。不久，有一隻獅子聞聲尋至。他向來沒有看見過驢子，突然看見這個新奇的長耳朵的東西，心裡有些害怕。他低聲地問驢子道：「你是誰呀？」

驢子道：「我是獅王。你沒有聽見我挑戰的聲音麼？」

獅子道：「聽見的。但是我們不要打戰。我們同盟起來，抵抗別的獸類罷。」

他們兩個就同盟了。他們一起走，走到河邊。獅子很快地就泅過去。但是驢子卻掙扎了半天才得遊過對岸。

獅子問道：「怎麼？你連泅水也不會？」

驢子道：「泅水？我同鴨子一樣地會泅。你沒有看見我用尾巴捉了許多魚麼？

魚的重量幾乎把我身子拉下去。但是因為你性急，等不得，所以我全把他們放了，才得輕身上岸。」

不久，他們又走到一座牆邊。獅子一跳就跳過去。但是驢子卻只把兩腳蹈在牆頭，半天也爬不過去。

獅子問道：「你現在怎麼了？為什麼不跳過來？」

驢子道：「你沒有看見麼？我正在秤我自己呢，我要看我的上身有多少重，下身有多少重。」

掙扎了半天，他才得爬過去。獅子說道：

「我看你是沒有什麼力氣的。我們打一打看！」

驢子道：「打就打！但是未打之前，我們先試一試看，到底是誰的力氣大。我一個人過牆時，永遠不跳過去，總是把它推倒走過。你能夠麼？」

獅子用爪在牆上抓，抓了半天，爪子受傷了，牆還絲毫沒有搖動，只好站在一旁不再去抓。

驢子道：「看我來！」他用他的後蹄鐵，死勁往牆上一踢。牆本是很老的了，被他一踢，立刻就坍了下來。

獅子驚詫道：「好了，不用再說了！你的力氣真比我大。我叫大家奉你做獅王。」

第二天，這個地方的獅子都會在一塊，驢子很驕傲地把他們帶到一個長滿荊棘的山谷裡。

獅子們很害怕地大叫道：「請不要到那邊去！荊棘刺入爪裡是非常痛苦的。」驢子道：「你們怯懦的東西！現在，看我！」他立刻張開大嘴，把荊棘連莖連葉地吃了許多進去。獅子們大驚異。一個個都願奉他做獅王，再也不敢違背他的命令。他並且不吃獅子們獵來的東西，只吃這些使獅子見之頭痛的荊棘。因此，獅子們更喜歡他，崇奉他比以前無論哪個獅王都甚些。

（原載《兒童世界》第一卷第八期）

聰明的審判官

一、老祖母

老祖母坐在床上，小同和同妹都立在地下，眼珠凝望著老祖母，一動也不動地。三兒靠在老祖母懷裡。他們都靜悄悄地聽著老祖母講故事。

老祖母說道：「孩子們，你們今天要我講故事。我想，講什麼東西好呢？你們喜歡聽什麼？狗兒貓兒打架，好麼？老虎姨的故事好麼？」

小同插嘴道：「老祖母！不好，不好！老虎姨的故事我已經聽大姐姐講過了。你有沒有別的新鮮的故事講給我們聽？」

三兒笑眯眯地望著老祖母，懇求似的說道：「老祖母！快些講！快些講！」

老祖母微笑，手摸著三兒的頭頂，說道：「我講聰明的審判官的故事給你們聽好不好？你們不要出聲音，聽我講！」

孩子們靜悄悄地望著老祖母，口都張大著，熱心地聽著老祖母講故事。

二、聰明的孩子

老祖母說道：「印度地方，古時有一位極聰明的審判官。無論什麼疑難的案子一到他手裡，沒有不查出真情來的。他有許多有趣的故事，流傳下來。我要一件一件地慢慢地同你們講。現在先說他小孩子時候的一件事。」

有一天，有四個流氓拿了一罐金子，到旅館女主人那裡去，請她保藏著。這一罐金子都是他們用欺騙的手段得來的。他們說道：「女主人，請你把這一罐子金子保藏著，如果不是我們四個人齊來問你要，你千萬不要把他給我們當中的任何人。」

女主人接了這一罐金子，把它埋在地下。

過了許多天，那四個壞人同在樹蔭底下休息。因為天氣炎熱，他們口渴得要死。有一人說道：「誰願意到旅館那裡去，問女主人要一罐牛乳來解渴？」

一個人應聲道：「我願意去。」

這個人到了旅館，向女主人道：「女主人！請你把那罐金子給我。」

女主人答道：「不能不能！很對不起！要你們四個人全到，我才能還你。」

壞人答道：「好的。」就同女主人一塊兒走到旅館門口，向那坐在樹蔭底下的三個人大聲問道：「你們不是要我把那個罐子拿來麼？」他們一齊回答道：「是的，是的！女主人，快把罐子給他！」因此女主人就把那一罐金子，由地下掘出來，交給壞人。那個壞人一接了金子，立刻就跑出門外，逃得無影無蹤。

那三個人坐在樹下，等著吃牛乳；但是左等也不來，右等也不來。他們知道事情有些不妙，一齊起身到旅館那裡去。問女主人道：「那個人呢？」女主人道：「已經拿著一罐金子走了。」

他們非常生氣，立刻把女主人送到法庭去。

他們對法官說道：「我們吩咐她，如果不是四個人同來，她一定不要把那罐金子給別人。現在她竟把那罐給了那個人，誰知道不是她和他通同作弊呢！我們非要她賠償不可。」

女主人氣得臉白身顫，一句話也回答不出來。

法官判決道：「旅館主人，不守信約，應負償金之責。」

女主人離了法庭，一路哭著回去。有一班小孩子正在路上遊玩。其中有一個孩子，名為拉孟的，很可憐這個女主人，問她道：「你為什麼哭呢？」女主人把一切事情都說了。拉孟大叫道：「不公！不公！」

許多人都傳述拉孟的話，說道這個判決不公。這句話不久傳到國王耳中。國王召了拉孟來，召了法官來，也把所有的人——三個原告，和女主人——都召了來，叫拉孟去審問。

拉孟先聽了兩方的告訴，就對三個原告說道：

「不差，女主人照理是要賠償你們的損失的。但是現在你們只有三個人在這裡。一定要你們四個人全來，她才能把那罐金子賠出來還你們！」

女主人得救了。因為那個偷金子的賊人，永遠不會再出現；就是他們四個人永遠不會再齊全。女主人自然是永遠不要把錢拿出來了。

一陣歡呼的聲音，由聽審的人口裡發出來。三個原告低首無言，以前承審這個案子的法官也低首無言。女主人和國王卻大大的快活！

國王把法官免職，就叫拉孟去當法官。

老祖母說到這個地方，停著不說了。孩子們重複吵著。同妹問道：「老祖母，拉孟做了法官以後，還有審什麼案子，再講給我們聽聽吧！」三兒也說道：「老祖母，再講給我們聽聽吧！」老祖母道：「今天太晚了，你們該去睡了。明天我再說給你們聽，有趣的事多著呢！」

孩子們向老祖母道了晚安，都跳跳躍躍地到他們母親房裡去。小同一邊走，一邊挺著胸膛說道：「我是拉孟，我也會審案子！」

三、失寶復歸

第二天天色一黑，小同就嚷著要吃飯；因為老祖母答應他吃完晚飯後再繼續講聰明的審判官的故事。好容易等到擺桌子，等到吃飯。本來小同、同妹和三兒每天吃飯都是很慢的；現在因為愛聽故事的心熱，飯也吃得格外快，竟比老祖母先吃完。

他們的母親覺得很奇怪，問道：「你們三個淘氣的人，今天為什麼吃飯吃得這樣快？想跟父親去看電影麼？」

他們都搖頭笑道：「不是，不是！」幾雙黑漆漆的眼睛只望老祖母那邊看著。

看得老祖母笑了。

老祖母叫三兒過來，問道：「你是不是還要聽拉孟的故事？」三兒笑道：「是的，老祖母！請你快吃完飯，就講給我們聽。」說時，老祖母把飯吃完，大家洗完臉，漱完口，幾個小孩子圍著老祖母，到她房間裡去。母親吩咐道：「安靜些聽著老祖母講：不要打擾老祖母。聽完了，就出來睡覺。」他們連忙答應了。

老祖母坐在床上，三兒坐在老祖母身旁，小同和同妹搬了兩張小板凳坐在床旁，故事開始講下去。

「前回講的是拉孟少時的事，」老祖母說道：「今天再講他做了法官以後所審的案子。」

第一案是失寶復歸：

有一個人，家藏一顆寶石，有酒盅般大，值得十多萬塊錢。有一次他要遠行。把寶石帶在身旁，又恐怕在路上遭強盜劫奪；把它藏在家裡，更不放心。因此，把它拿到一個開珠寶店的朋友那裡，叫他代為保存。他的朋友滿口地答應，並且說道：「你放心，什麼東西藏在我保險箱裡的，決不會失落或被偷的。」他非常感謝，非常放心地走了。

隔了半年，這個出外旅行的人回來了。到家把行李安頓好以後，就去找他的朋友問他要還那顆寶石。他的朋友顯出非常驚駭的樣子，說道：「你寄存在我這裡的那寶石早已取回去了，為什麼還問我要？凡是有東西藏在我這裡的，我都有賬可查。」一說著，把他的存物簿拿出，指點給他看，說道：「你看，簿上不是記明某月某日，你已把寶石取回麼？並且，當你取去寶石的一天，還有一個做衣匠和一個朋友都在我這裡，可以做證，證明你已親自把寶石拿走。」

那個寄放寶石的人聽他這一套話，竟呆住了；氣得只要和他拼命。許多人都勸他不動。他們只好一齊到法庭裡去打官司。審判官就是拉孟。

拉孟傳齊了原告、被告和證人。聽了他們的訴說後，拉孟把他們四個人都留下，每個人給他一間房子住，並且給他些黏土，叫照寶石的形狀大小，做出一顆黏土的寶石模型來。

模型都造好了。拉孟把他們細細地試驗一下，看出原告和被告所做的模型一模一樣，毫無差異。兩個證人所做的卻與他們大不相同；由原告和被告的模型看來，寶石是八角形的，有盅口大小。但是那兩個所做的寶石模型，卻一顆是方的，約有黃豆大小，一顆是圓的，約有茶杯口大。

拉孟把模型給他們看，說道：「你們還不服罪麼？證人就是只見過寶石一次，做出的模型，也不應和原物相差如此之遠，顯然你們證明的話都是假的。」

證人沒有話說，只好承認，說是那個珠寶商人買通他們出來作證的。

拉孟隨即判決道：「珠寶商人不應吞沒友人之物；除將原物追還原告外，應監禁一年。證人受賄妄言，依法應監禁五個月。」

這個判決不惟原告和觀審者悅服，就是被告和證人也低首服罪，沒有第二句話說。

老祖母把這個故事講完後，因為時間還早，隨即又講了一節：

四、偷珠賊

一個富人，拿了一串珠子到一間珠寶鋪裡去修理，這串珠上的珠子共有五十顆，但是拿回來時，只剩了四十八顆了。富人大怒，立刻跑去同店主大鬧；店主起了許多誓，證明串上實在只有四十八顆珠子，並沒有五十顆。富人沒有法子，只得跑到拉孟那裡，控告珠寶店主偷竊之罪。

拉孟看著珠寶店主的神色，知道他犯罪心虛。但是聽了他們兩方面的訴說以後，拉孟卻假裝袒護著他，說富人的控告不實，判決被告無罪。

過了好幾天，拉孟悄悄地向富人要他把他的珠串暫借一用，又在家裡找了五十顆同樣的珠子，把他們串在一起。他自己把這一串珠，送到偷竊富人珠子的珠寶商那邊，叫他修理，並且對他說道：「你很忠厚，我所以信你。這是百顆珠子，請你替我換一換串繩，明天就要送回。舊繩已經壞了。」珠寶店主見這位大審判官委託他做事，非常喜歡，立刻就動手替他做，但是他數一數珠子，只剩了九十八顆了，他在桌上找，在地板上找，到處都找到，但是這兩顆珠子總是不見。他害怕起來。因為把大審判官的珠子拋了，實在不是小事！他沒有法子，只好硬著心腸，把以前偷來的同樣的兩顆珠子拿出來補上。

當他把這個珠串送給拉孟時，拉孟立刻指出他的罪狀，判定他的竊盜之罪，把那兩顆珠歸還原主。

老祖母把這節故事講完，壁上掛的鐘正鏜鏜地打了九下。老祖母道：「已經九點鐘。該去睡了。下回再講罷！」孩子們正聽得高興，還不肯走。但知道母親就要來叫他們去睡，不走也是不能夠。所以他們只得懶洋洋地站起身，預備著走。

「老祖母，晚安！感謝你的好聽的故事。」小同很有禮貌地說。

三兒也學著說道：「老祖母晚安！感謝你。」

老祖母很慈善地說道：「晚安，你們！」

於是小孩子們都走了。老祖母微笑地，眼送他們出房門。

五、兩個朋友

今天是禮拜日。同妹和小同的學校都放了假。早上，父親帶他們到吳淞鎮海邊去散步。就在吳淞鎮吃了飯，坐了一點十分的火車回來。吃過飯沒有事，小同又嬲著老祖母，把聰明審判官的故事講完。

老祖母坐在階前一把籐椅上，和暖的日光，正射在她膝蓋上，三兒倚在她懷中，小同坐在石階上。同妹自己有把小籐椅，她把它搬來放在老祖母身旁坐下。

老祖母說道：「孩子們靜聽！現在講拉孟審一個負心的朋友的故事。」

有兩個朋友，交情極好。一個朋友忽然得了重病，看看快死了。他家裡沒有什麼人，只有一個小兒子，年紀不到三歲。他差人找那位朋友來，把這個孩子交給他，並說，「我把財產全交給你。等我兒子大了，依你所喜歡的給他多少財產。」當時就立了遺囑，把他的話也寫進去。

一年一年地過去，那個孩子成人了。他到那位朋友家裡，問他要回他父親的財產，他父親的財產約有一萬塊錢。但這個朋友只還了他一千塊錢。死了父親的兒子不答應，一定要他全給還他。他說道。「你沒有看見你父親的遺囑嗎？他明明地說，依我所喜歡的給你。現在我喜歡給你一千塊錢，你怎麼還要說話？」但是那個兒子仍舊不肯；到了後來，兩人到聰明的審判官拉孟那裡告狀去。

拉孟叫把「遺囑」拿來，他聽了兩方面的話，又讀了遺囑，隨即判決道：「在『遺囑』上注明被告應依他所喜歡的給原告，現在被告只肯給原告的一千塊錢，而把其餘的九千塊錢留起來。可見被告所喜歡的是九千塊錢。所以照遺囑，被告應把他所喜歡的九千塊錢給原告。」那位負心的朋友沒有法子，只好把九千塊錢給還他死了的朋友的兒子。

六、偷雞之鄰人

老祖母把兩個朋友的故事講完了，叫同妹倒了一杯茶來；嚼完茶，她又繼續下去講鄰人偷雞的故事：

一個婦人看她的一隻雄雞飛到鄰居的屋頂上去，她呼喚了半天，也不見下來，過了一會，眼看這隻雞跳到鄰居的天井裡去。以後就不見這隻雞再出來了。她到鄰居家裡，問他們要還那隻雞。但是他們都說：「我們沒有看見你的雞飛下來。如果是飛下來，大約也已再飛上去了。我們天井裡實在沒有雞在那裡。」失雞的婦人不信，堅執地說她的雞是在他們天井裡；因為她親眼看見她的雞跳到他們的天井裡去。他們一定說沒有。到了後來，他們沒有法子，只好同到拉孟那裡去告狀。

拉孟聽完了他們的告訴，就命令他們回家去。但是正當他們要走出法庭的門口時，拉孟突然大聲地對堂下觀審的人說道：「偷雞的人真傻，她偷了雞殺了，卻不小心，雞毛粘在頭髮上也不知道，卻還要賴說：她沒有看見什麼雞。」

偷雞的婦人聽了拉孟的話，立刻舉手到頭上去摸索頭髮。

拉孟立刻叫她回來，宣言她是偷雞的人。因為她如果沒有把鄰居飛來的雞偷殺了吃，為什麼聽了這句話就舉手到頭上去摸索呢？那婦人沒有話說，只好承認。拉孟判決：偷雞的鄰人除了賠了一隻雞還給失雞的人，還要罰款若干，以懲她偷竊及妄言抵賴之罪。

七、借指環之故事

上面這段故事很短，老祖母講不到五六分鐘就把它講完了。因為孩子們非常愛聽，她又接講了下面一段故事：

有一個人借了一隻金戒指給他的一個朋友。但是到了問他要還的時候，這位朋友睜目大怒，嚷道：「這個戒指，是我自己的。你幾時借了戒指給我？」

借他戒指的人，立刻到拉孟那裡去告狀。被告傳到了。拉孟叫了一個手飾鋪的夥計來，叫他試驗這個戒指是不是真金的；預先吩咐他說假話——如果是真金的，只說不是真金，只有半成金。到了審判的時候，拉孟叫了他來，高聲說道：「驗一驗看，這個戒指是不是真金的。」夥計看了許久，然後回告道：「這只戒指不是真金的，內雜銅質，只有七成金。」借主大叫道：「錯了！錯了！這戒指是十足的金子打的！」但是那借戒指不還的人，卻一聲兒不響地站在那裡。

拉孟立刻判決道：「這只戒指確是原告的東西，應即歸還他，因為沒有自己的戒指，自己還不知道他是不是真金的。」

借戒指不還的人臉紅了，只得把戒指還了原主。

八、死象與破瓶

小同問老祖母道：「拉孟所審的案子還有沒有？」老祖母道：「只有一件了。」這時天色已經不早，太陽淡淡地照在屋簷，不久就要下去了，但是小同和同妹總想今天把他聽完。老祖母只得又講下去：

有一個人借一隻象（印度以象供騎用）給一位朋友結婚用。但是不幸那隻象走到半路，忽然倒地死了。借主聽見這個消息，跑來大鬧，宣言不要賠錢，也不要別的象賠，只要把那一隻死的象，弄活來還他。借象的人沒有法子，只得到拉孟那裡去告狀。拉孟聽了案情，就叫他們退去，等明天再說。

當日拉孟又祕密地把借象的人找來。教了他一番；囑咐他不要來聽審。只躲在家裡，把門關上，但不要銷了；門後擺了許多舊瓶子。我叫「原告來捉你去，」拉孟說，「原告推門進去，必定會把瓶子撞破幾個。你也要他賠撞破的瓶子，不要他賠錢。」

借象的人照拉孟的話做去，果然原告來了，果然他把瓶子撞破了好幾個。借象的人立刻堅執地要他賠原瓶。他們又到拉孟那裡去了。拉孟聽了告訴，對要賠原象的人問道：「你要怎麼辦呢？」他沒有話回答。

於是拉孟宣判道：「死象同破瓶是一樣的。象死不能復活，瓶破不能再完，所以被告應各照象值及瓶值折錢賠給原告。」象的借主只得承認。

老祖母講到這裡，夜已黑了，母親跑出來喚道：「外面很涼；你們快請老祖母到屋裡講罷。」老祖母隨即站起，走到屋裡，小同他們也都跟了進來。三兒用手抱著老祖母的頭頸，說道：「老祖母，還有別的故事麼？」老祖母笑道：「好孩子，故事多著呢！有空的時候，慢慢地講給你聽。」

（原載《兒童世界》第一卷第八至十期）

注：本篇係根據印度的關於拉孟的傳說而作。

柯伊

青兒坐在山邊綠草氈上細想，她竟有這許多的事情要做，幾至於一件事情也不能做；她竟是這樣的快樂，幾至於變成不快樂。如果她往山頂上走呢，碧色的天穹、綠蔭四覆的大樹可以看見了，但是美麗的小草，美麗的木菌，美麗的紅色的、紫色的、白色的花卻看不見。如果她往谷下走呢，清澈見底的溪水流過石子間的淙淙的聲音可以聽見了，但是和暖的好風，在山頂上樹頂上簌簌作樂的聲音卻聽不見。

青兒盤著腿坐在山谷旁細想，心裡委實決斷不下。她是久住在城裡的一個小女兒。現在因為小學校裡放了春假，她父親把她帶到這裡來住幾天。

在山邊，有一條羊走的小路，可以上通山頂，下達山谷。青兒站起來，走了幾步，還不能決定：到底是走上山頂或是走下山谷。她站的地方的景色，已經是非常美麗的了。細草開著各樣的花，還有碧綠的羊齒，血紅的雞冠花，很高傲地挺生在綠草中間。偶然有一二山燕的叫聲衝破這沉寂的山間的空氣。

青兒靜聽了一會。山燕飛去，山間又沒有別的聲音了。她叫道：「柯伊！」她常聽見母親同父親說，山林中間，有一個草木之神，名字叫做柯伊，是一個非常有趣的小孩子。所以她在無意中，試叫了一下。

「柯伊！」有一個聲音回答道。

說話的是誰呢。她又叫道，「柯伊！」仍舊有一個人回答道，「柯伊！」這個回答的聲音從什麼地方發出來，青兒不知道；但是她每次叫了一下，卻總有一個回聲——遙遠而清晰。

她想道：「真是有仙人在這裡？我知道了！」於是她又叫道：「你是一個仙人麼！」

清清楚楚的有一個聲音回答道：「仙人！」

她緊接著問道：「那末，你在什麼地方藏著？」這個時候，青兒高興極了；她的聲音嚷得更高。

遙遠而清晰的聲音又回答道：「藏著！」

「你是不是藏在山谷裡邊？」青兒問道。

一個聲音回答道：「在山谷裡邊！」

青兒高興地說道：「是了！在山谷裡！」她立刻毫不遲疑地由小路一步一步地走下山谷。她的足常蹈在草花上。羊齒草叫道：「留神！」但是她並不注意聽它的警告。越下去路越不好走；她連爬帶走地跑下去，在她身邊的石子紛紛地跌落到谷裡。

路旁有一道小溪；溪水笑著說道：「留神！」柳樹伸出長臂，搖著頭說道：「留神！」野草的小花同她的足親嘴，小草也把她的足捧著，好像是說道：「停步，停步，不要再走下去了。」

但是青兒笑道：「不要緊；親愛的柳樹，親愛的小草，溪旁的向日葵在日間可以引導我；天上的明星在夜裡可以引導我。我不怕迷路！」但是向日葵卻很狡猾地笑著，天上的星，也躲在太陽後面，很狡猾地笑著。

柳樹嘆了一口氣，小草也嘆了一口氣，溪水淙淙地流過，也嘆息了一會，他們都知道可惡的向日葵和天上的小星是最會捉弄人的。

青兒繼續地往下走；走到了谷底，他看見小森林中有一扇小門，門內黑暗無光。但是青兒不管，她還是很勇敢地爬進門口。經過門口，是一條長地道，裡面充滿著朽爛的木頭和草菌的氣味。地道的末端，有一間綠色的房子；這間房子，全是樹木造成的，牆上全長著綠葉，屋頂上也有花朵垂下。地板上滿是細草繁花；靠左角的牆邊，有紫銅色的大菌一堆，菌上坐著一個小孩子，手裡拿了竹竿，身旁放一把刀，正要做一個「叫子」給自己玩。他身上穿著細毛衣，是可愛的綠色；兩個細長的耳朵懸在一邊；還有柔和的金黃色的頭髮，棕紅色的臉，大而帶棕色的眼睛；看來他是一個很強健而且活潑的孩子。

「柯伊？」青兒問道。

他點頭道：「柯伊！我是柯伊。你的名字是青兒。我知道的。但是你從哪裡來的？怎麼會到這裡來？」

青兒答到：「我是從城裡來的，坐著火車來。」

「什麼是火車？什麼是城？」柯伊問道。

她回答道：「城麼！像一個養兔的地方，一個四方的牆圍著，城裡滿是房屋和人民，和喧嘩的人聲，有時還有煙和灰塵。到了晚上，街上都是燈光，比月亮和星還亮呢。火車是一種有輪子的木箱。頭上有一個火車頭，帶著許多車走，真像一條龍。」

「龍麼？我看見過的。」柯伊說。

「這不是龍。不過是同龍一樣罷了。」青兒說：「他還會吐氣、吐煙，在晚上還由煙囪裡噴出許多好看的火花來。」

柯伊說：「大概很像樵夫的驢車吧！唉！講起樵夫，我真恨他，他用大斧把我們美麗的樹木砍倒，把他們拿來當柴燒，並且把樹林中的許多可愛的生物都驅逐走了。你看，現在有許多森林中，已經不能找到『更格盧』或是琴鳥了。如果有許多樵夫到這裡來，我知道所有的樹都要被他們砍下；可愛的鳥聲將要永遠聽不見了，溪流也不再唱著歌從從容容地流著了，他要枯乾了，因悲戚而死去。一切美麗的花，鮮明可愛的綠草，都要萎謝消滅了。這座仙國似的可愛的森林也就永遠摧毀了。我真不愛你們人類。他們只是破壞美景。」

「不要緊，親愛的柯伊！」青兒說。「我是一個人類的孩子，我回去的時候，一定要叫他們不要再來砍樹。他們都不知道你。」

柯伊道：「不，不。你不能走。你要長久地同我住在一起。」

柯伊與青兒在森林之心一同遊戲。他們非常快活。也不知道過了多少天。有一天傍晚，柯伊和青兒遊戲倦了，一同坐在溪旁草地上，凝視溪魚在清澈的水中游來游去；水獺在岸旁伸出頭來，一看見人影，又縮了回去。不久，小溪魚也都不見。碧綠的水中，只映著他們兩個人可愛的小臉。

柯伊又對青兒說道：「我永遠不讓你走。永遠不讓！」說著他漸漸地睡著了。青兒也依傍在他身上睡著。無力的夕陽，淡淡地射在他們身上，好像親愛的母親守著她孩子睡覺一樣。

夜之幕放下了，山谷裡黑漆漆的。長大的樹，開始微語，而且嘆息。貓頭鳥在樹上哀鳴。歸巢太晚的小鳥還在啾唧地叫著。青兒突然醒了。她伸手想去搖醒柯伊，但是柯伊走了。

她叫道：「柯伊，柯伊！」但是沒有人回答她。她看著沿溪的向日葵，但是它們已閉眼睡覺了。天上的星呢，也藏在雲後了。

松樹嘆道：「柯伊永遠不讓你回去了！」

溪水也嗚咽似的嘆道：「不讓，不讓你回去了。」

青兒急得只要哭，自己問道：「那末，我要怎麼辦呢？親愛的柯伊！讓我回家走一走，立刻就回來！」但是柯伊不說話，他正藏躲著。他太愛她了，至於怕出來見她，因為如果她求他指點回家的路道，他不能不說。但是如果他藏著呢，她不認識路，一定會永久住在森林中的，所以他就躲著不出來了。

正在這個時候，青兒突然聽見頭上樹枝搖動的聲音，抬頭一看，看見一隻小熊，在枝上跳躍。青兒對他唱道；

「小熊呀，小兄弟呀，請你告訴我青兒，青兒應由哪條路回家？」

小熊立刻回答道：

「青兒回家的路，只在這座森林中，我指示她，如果她允許我一件事。」

小熊當即告訴她，請她回家時，盡力阻止樵夫不要帶斧頭入山砍柴。青兒滿口地答應，小熊遂和她一同上路。這時東方的天色已有點亮了。小熊走到三叉路口，停步不走，說道：「我怕人類，不能再往前走了。你自己一個人去罷。」說著，他跳上樹枝，向山間走了。

青兒又只剩了一個人。她叫道：「柯伊！」叫了許多聲也沒有人答應。只有一隻白鸚鵡在枝上閒立著。青兒懇求似的向它唱到：

「親愛的白鸚鵡呀，請告訴我青兒，

青兒應由哪條路回家？」

白鸚鵡反復地學她的話，到了後來，才對她說道：

「青兒回家的路，只在這座森林中，

我指示她，如果她允許我一件事。」

他所求的是：要青兒叫人類不要從鳥巢裡偷去鳥卵，不要甩鳥槍來打鳥，不要斫去樹林，叫鳥類沒有地方住。青兒都答應了。一群白鸚鵡如一朵白雲一樣，飛起在前引路。但是出了樹林以後，它們也不肯再往前走了。

一條大的蜥蜴，很懶惰地躺在草上。青兒用腳踢了它一下，問道：

「親愛的小兄弟，親愛的小蜥蜴請告訴我青兒，青兒應由哪條路回家？」

蜥蜴伸一伸懶腰答道：

「青兒回家的路，只在很近的地方，我指示她，如果她允許我一件事。」

青兒道：「什麼事呢？」蜥蜴道：「請你告訴人類，不要捉著我，打死我；我不是一個有毒的、害人的東西，乃是吃人類之敵，如蟲蠅蛇的害物的。」青兒也答應了。

蜥蜴慢慢地在前走，青兒跟著。走了一會，青兒認識她的來路了。她向森林中的小兄弟小姐妹們告別。一步一步地爬上山，但是她的心非常悲苦，因為她還沒有同柯伊告別。

她坐在以前所坐的草地上，很悲戚地叫道：「柯伊！」

「柯伊！」有一個悲戚而遼遠的聲音回答她。

青兒高聲地叫道：「我愛你！」

「我愛你！」一個清晰而遼遠的聲音又回答道。

「我立刻就回來！」青兒說。

仍舊一個懇求似的回聲：「立刻就回來！」

她很柔和地說道：「再見！」

一個延長而衰弱的聲音也說道：「再見！」

於是青兒歸家了。

她現在仍舊住在城裡，同她父母住在一起。但是她的小小的心總緊緊地懸念著美麗的森林和柯伊，和許多親愛的小朋友。

有時，走在狹長的夾道中，偶然叫了一聲「柯伊！」他的宏大的聲音，也還在回答她呢。

（摘自《天鵝》（童話集）文學研究會叢書，
商務印書館一九二五年版。
原載《兒童世界》第一卷第十期）

注：本篇係奧地利童話譯述。

彭仁的口笛

古時，有一個國王，他養了許多兔子，下令召募養兔的人。許多人都去應召。但是到了不久，兔子不是病死，就是走失，沒有一個人能夠供職到兩天之久。國王的刑罰又嚴，如果有一隻兔子死了或走失了，看管的人就要打一百軍棍。所以到了後來，大家都怕了，誰也不敢再去嘗試。

國王出了重賞，招募看管兔子的人。

在一個鄉僻地方，有一個農夫的兒子，名字叫做彭仁。他平常做人極好。但因為太好了，所以往往受人侮蔑。他家裡本來很有錢，後來都分散完了。到了他窮的時候，以前借過他錢的人，沒有一個再肯去理他了。當國王下詔的時候，他正是窮得連飯也沒有吃。聽見這個消息，他想，應召而去，也許可以混一碗吃。於是他就動身向城裡走去。

他走了一會，看見路上有一群人圍在一處，在那裡大笑。他覺得奇怪，連忙也擠進去看，看見一個老婦人，站在一株枯樹旁邊。她的鼻子，夾在樹枝當中。

無論她怎樣掙扎，也不能把鼻子拔出。看的人越聚越多。看她的怪狀，沒有一個不哈哈大笑的。老婦人叫道：「你們當中無論哪一個人，做做好事，幫助幫助我，把我的鼻子拿出來罷。痛死了！痛死了！」但是看的人只是大笑，沒有一個人肯動手去幫助她。彭仁心中不忍，和聲地問道：「嬤嬤，你為什麼把你的鼻子夾在樹枝裡了？」老婦人答道：「唉，有一百多年沒有人叫我一聲嬤嬤了！來，你是好人，來幫忙我把鼻子拿出罷。」彭仁答應了。用了許多力量，才把她的鼻子由樹枝裡拔出。看熱鬧的人漸漸地散了。

老婦人道：「唉！我站立在這裡，一百多年沒有吃東西了，你能給我一點東西吃麼？」彭仁由袋裡取出一個燒餅給她吃。老婦人道：「你真是好人，我送你一個好東西。」

說著，她從衣袋裡取出一管口笛送給他。這管口笛真是奇怪。他從這一頭吹起來，可以任意把所要散開的動物向四面散開。他從那一頭吹起來，又可以使那些已經散開的東西，重新聚集攏來，一個也不會走失。如果這管口笛遺失掉，或是被人取了去，只要他心裡想要它回來，它立刻就會再藏在他衣袋裡了。

彭仁得了這管奇怪的口笛，謝了老婦人，就向城裡走去。第二天早上，他到了皇宮前面，要求宮人許他見見國王，因為他願意當看管兔子的人。國王立刻出來和他相見，允許他做看守人，薪俸也特別優厚。但是，國王說道：「如果你把兔子遺失了一隻，你是要打一百軍棍的。」

國王說著，就帶彭仁到兔房裡，叫他把兔子趕出去。

初起，兔子們都很安靜地在草上站著、躺著。一到了正午，它們就漸漸地東奔西跑了。彭仁說：「好罷！你們都去遊玩一會罷！」他把口笛一吹，兔子都四散奔跑，跑得無影無蹤。到了傍晚，他又把口笛一吹，兔子全都奔跑回來，一行一行地站住，同綿羊一樣安靜，跟著彭仁回宮。

國王同王后、公主都站在宮門旁邊等著彭仁回來。他們看見彭仁驅著一大群兔子走來，覺得很奇怪，國王心裡想道：「這個人難道有這樣好的本領，會把我的兔子看管得這樣周到？」他不相信，輪著手指，查點兔子的數目。但是數來數去，一隻兔子也不曾走失。

第二天，彭仁又領兔子到田野裡去。國王叫一個美麗的宮女跟他到田裡，問他怎麼能使兔子聽他的命令？彭仁就由衣袋裡取出口笛給她看，告訴她這管口笛的神異。他說完了話，就向口笛的一頭吹了起來，兔子全都四散地奔逃了。宮女倒很替他擔心。他說：「不要緊！」又向口笛的那一頭吹了幾下。許多兔子又都跑回去，一行一行地站著，同綿羊一樣安靜。宮女道：「這管口笛真好！」她出了一百塊錢，要買他回去。彭仁答應了，把口笛交給她，把錢拿來。她十分感謝地走了。但是走到宮門口，衣袋裡的口笛忽然不見了。這是因為彭仁想著要它，所以口笛自己又跑回彭仁那裡去了。到了傍晚，彭仁把口笛一吹，兔子又跟他一同回宮，國王同王后、公主站在宮門口，把兔子數了又數，又是一隻兔子也不曾走失。

第三天，彭仁又帶了兔子到田野裡去。國王差了美麗的公主和他同去，問他要那管口笛。公主答應：如果他能擔保這管口笛不至中途失落，她願意給二百塊錢買他。彭仁答應了，但是還要公主同他親一個嘴。公主也答應了。於是彭仁拿了錢，公主取了口笛。她把口笛拿在手裡，很留心地握住，不使它飛跑掉了。但是當她走到宮門口，偶不留神，口笛由她手中滑下，立刻不見了。到了傍晚，彭仁又帶了兔子回宮，仍是一隻兔子也不曾走失。

第四天，王后自己到彭仁那裡去，要他把口笛賣給她。起初她只肯出五十元，後來加到三百元，才把口笛買了。但是一到了宮門口，她手裡拿的口笛仍舊是不見了。傍晚的時候，彭仁仍舊驅著一群兔子回宮，一隻也不曾走失。

國王說道：「這回一定要我自己去了。」第二天一早，他騎著白馬，到彭仁看守兔子的地方去。他下了馬，同彭仁談得很親切。彭仁取出了口笛，指示給國王看。他向口笛的一端吹了幾下，兔子全跑得無影無蹤。過了一會，他又向口笛的別一端吹了一會。兔子由四面跑回來，一隻也不曾走失。他們很安靜地站在彭仁旁邊，好像一群和善的小綿羊。國王說：「這管口笛真好！」他要向彭仁把口笛買來，出了一千塊錢的高價。彭仁說：「這管口笛，我是不賣的。但是如果你肯同繫在樹下的白馬接吻，我就可以把它賣給你。」國王答應了。他取出絲的手巾掩在嘴上，然後同馬親嘴。他取出一千塊錢給彭仁。彭仁把口笛給他。他拿手巾把口笛包好，又用絲帶縛了。然後把它擺在香袋裡，又用絲帶縛了。把他擺在貼身的衣袋裡。他想這樣藏法，一定不會再失落了。但是當他走到宮裡，取出香袋一看，口笛已經不見了。到了傍晚，彭仁又驅了兔子回宮，一隻也不曾走失。

國王非常生氣，說他用魔術騙了他們，一定要殺他。彭仁說，他們要殺他是不正當的，因為口笛是他們要買的，他並沒有存心騙他們。國王叫他把得這管口笛的始末說給他們聽。彭仁就把他的身世源源本本地說給他們聽，他怎麼在家鄉受人騙，怎麼遇見老婦人，怎麼她送他這管口笛。他們聽了，都覺得可憐他。公主也很愛他。國王后來就把公主嫁給他。他們結婚的時候，兔子也成群跑到禮堂來觀禮。那管口笛卻從此不見了。大概是老婦人把它收回去了。

（原載《兒童世界》第二卷第一期）

兔子的故事

一、兔子與狐狸

兔子在一般森林的獸類中，算是最狡猾，最淘氣的小東西。他詭計多端，又是善跑，上他當的不知有多少。許多鄰人幾乎沒有一個人不曾吃過他的虧，一個個都恨他透骨，想把他捉住；但是想去捉住他卻實在是一件極不容易的事。因為他太機靈了。無論他們用什麼巧妙的計策，都會給他察破。

有一天狼對狐狸說道：

「小兔子太可惡了。今天晚上我們沒有晚飯吃。何妨把他騙到你家裡來。我們一同把他捉住打死了。不惟吃頓飽飯，也替大家除了一個害，你看如何？」

狐狸道：「好極了！但是怎麼才能把這個小東西捉住呢？」

狼道：「我有好法子。你照我所說的做去就是了。你現在趕快跑回家去，睡在床上，假裝已經死了。你千萬不要動。也不要說什麼話。等到兔子到你家裡來看你，走到你床頭時，你立刻就跳起來捉他。我在門外接應你。如此，兔子不愁捉不到。如果這個計策失敗了，我一生一世不再做狼，只好吃草過日子了。」狐狸聽了狼的話，立刻跑回家去，照他的話做去，躺在床上，蓋了一條被，假裝已死。

同時狼也動身向兔子家裡走去。到了門外，狼打門道：「不好了，親愛的兔子，可憐的狐狸今天正午的時候忽然死在家裡了。我正要去替他料理後事。你也趕快來幫忙罷。」他說完了話，等兔子開門出來，就匆匆忙忙地走了。兔子把狼的話當做真的。他想假裝好人到狐狸家裡去弔喪。但他究竟是機靈的。當他到了狐狸家門口的時候，先不進去，只在門口再三探望，看看有沒有危險。他看見狐狸躺在床上，兩膝彎著，蓋了一條被，一動也不動地躺著，好像真是死了。兔子嘆息道：「唉！可憐的狐狸呀！你真是死了嗎？可憐可憐！但是你如果真是死了，我也是喜歡的。因為你平素是很恨我的，我最好坐在門口，等鄰居都來了再進去。也許他還沒有死呢？我聽見人說，狐狸雖然是死了，他的兩條後腿，還是伸屈不止。為什麼你獨這樣安靜地躺著呢？」

狐狸不知是計，只當兔子的話是真的，心想裝死一定要裝得像些，便把後腿伸屈不止。兔子一看狐狸的腿忽然動了，知道他是裝死的。立刻轉身就跑，一口氣跑到家裡，不敢再出來。狼與狐狸想追去捉他，已是來不及了。狼只好把狐狸埋怨了一頓。狐狸嘆道：「小兔子真是不容易騙！」他們想吃兔肉吃不著，晚上只好餓一頓。

二、兔子與人熊

狐狸家裡有一個花園，園裡生了一株梨樹，樹上結了不少的梨子。每當梨子熟了的時候，小兔子總是偷偷地由籬笆的破洞裡跑進園去，採了許多梨子回去。狐狸看見每年的梨子總是少了許多，知道是有人偷他的，心裡非常恨他，總想把這個偷梨賊捉住痛打一頓。他想出一個好法子，去捉偷梨的賊人。梨樹是正在這籬笆旁邊的。狐狸把樹枝彎了一枝下來，繫一根繩子在樹枝上。然後他又在繩的末端打了一個活結，用一根杆子把這個活結固著在籬笆的破洞裡邊。

第二天早晨，小兔子知道梨子熟了，由家裡跑出來，又打算進園偷採。不料他剛爬進破洞，杆子被他衝倒，活結正套在他的後腿上，樹枝向上彎上去，把兔子高高地吊在空中。

小兔子這回可真上當了。他知道狐狸和他是老冤家。如果被他捉住了，至少也要打個半死的。他心中暗暗地叫苦。正在這個時候，有一隻人熊一步一步地由森林中走出來。被小兔子一眼看見了。他高聲叫道：「熊兄！熊兄！」熊不知道是誰叫他。看了半天，才看見兔子吊在樹上。他走到樹下，問小兔子道：「兔兄，你為什麼高高地掛在樹上？」

狡猾的兔子答道：「好買賣！頂好的買賣！一分鐘有一塊錢，一分鐘有一塊錢！」

人熊很高興地問道：「什麼？一分鐘有一塊錢麼？我還不十分明白你的話，請再詳細些告訴我。」

小兔子說道：「那末，請你慢慢地聽我說。我說一分鐘有一塊錢。這錢是狐狸給我做報酬的。他恐怕老鴉要來偷他的梨吃，所以叫我到這裡來。他把我掛在樹上，為的是可以把老鴉驚走，不會來偷吃。只要吊在這裡一分鐘就可以有一塊錢拿。」

人熊很羨慕地說道：「這買賣做得真好！只要吊一分鐘就可以得一塊錢。」

小兔子道：「不好，不好！一分鐘有一塊錢，實在是好工錢。但是在我看來還覺得不高興。一則因為我吊在這裡已經很久，覺得太疲倦了。二則我自己還有許多要緊的事情要做，很想早些離開這個地方。你願意代替我吊在這裡麼？一分鐘有一塊錢呢！你知道狐狸是有錢的，並且是決不會失信的。」

人熊道：「可以，可以！你下來，我吊上去吧！」說著，他把樹枝彎了下來，把活結解開，小兔子得了自由。但是同時人熊卻又把活結套在自己腿上。樹枝向上一彎，這回卻是人熊高高地吊在樹上了。小兔子很從容地由破洞逃出，很高興地回家再去睡覺。

過了不久，狐狸手裡拿了一根粗棒子出來。他看見人熊吊在樹上，說道：「好！原來是你來偷梨吃。你老賊！我今天要狠狠地教訓你一頓。」說著，他把人熊痛打了一頓，才放他走。

可憐的人熊，他竟代小兔子受了一頓毒打。他到這個時候，才知道是受小兔子的騙了。不單一個錢也拿不到，卻反受了一頓打。

（原載《兒童世界》第二卷第三、四期）

兩個生瘤的老人

古時有一個老人，他左頰上，生了一個大瘤。起初還小，後來漸漸地變大，好像一個極大的桃子長在臉上。無論是吃飯或是喝茶，只要一吃東西，就覺得痛。但是他是好人，雖然如此痛苦，他卻並不說一句怨言或訴苦的話。

有一天，他到山上去砍柴。忽然黑雲四布，大風拔樹，接著大雨傾盤而下。他不能回家，只得找了一棵老樹，樹心是空的，躲在裡邊避雨。雖然外邊雨下得極大，好像天要掉下來的樣子，樹洞中卻是很乾很暖。風吹不到，雨打不到。

他以前永遠沒有看見過這樣的大風雨。現在聽見雨聲如氾濫的急流一樣，由天上潺潺而下，大風把老松樹的樹幹吹得左右搖動，好像一棵小草，他心裡覺得很害怕。

他以為在這裡大風雨當中，山上只有他一個人在。但是不久，他忽然聽見有好幾個人的聲音，由遠而近。他們一邊走，一邊很快活地唱著談著。他想道：「真奇怪了！在這種天氣，難道還有人敢上山來？怎麼他們不怕大風雨，反而很快活地唱著？」仔細聽了一會，他們的聲音不十分像平常人的聲音，好像風在樹上呼嘯的聲音。

他們拿著一根火把，火光非常的明亮，但是亮了一下，不久又滅了。亮的時候，全山上都可以看得見。老人在樹洞中伸出頭來，借著火光之力，看見他們身上長著大翼膀，嘴是尖的，同雞的嘴一樣。才知道他們就是雷神。

他們團坐在地上，當中生著火，快快活活地在那裡唱著，談著。他們的歌聲非常好聽。有時極幽婉，如吹過樹梢的微，又如微微地吹到春草上的東風一樣；有時極雄壯，好像海洋中的大浪波。奔騰澎湃，起伏不定；有時低而清脆，好像小雨點落在殘荷的葉上一樣；有時漫長不斷，欲絕而仍連，如山間的小溪，淙淙地流過碎石上面。

樹枝被風吹得頻頻點頭，好像是讚美他們的歌聲。雨也停止了，似乎是恐怕它自己的宏大而濁亂的聲音，會把他們的歌聲弄混亂了。老人聽得出神，再也不能安安靜靜地坐在樹洞當中。他由洞中跳出，雜在他們當中，隨著歌聲，跳舞起來。這時，空氣非常清淨。樹上的綠葉，與地上的青草經過雨水的掃刷，顯得格外翠綠可愛。他好像樹，好像花在風中一樣，不停地跳舞。又好像河旁的柳樹一樣，他常常低頭鞠躬。他們的歌聲漸漸的變成溫婉，變成微弱。到了後來，樹葉都不搖動了。太陽也由雲隙中照下，他們的歌聲也停止了。老人也坐下休息。

雷神們對老人說道：「好老人，你的跳舞很好。下回能再為我們跳一回嗎？你臉上的東西很好看，可以取下來給我們。我們用金子給你換。」於是他們把老人臉上長的大瘤取下來，拿了一塊金子給他。他們飛上雲端去。老人也回家。

當他到家時，他妻子叫道：「喂，丈夫，你臉上的瘤哪裡去了？」他告訴她在山中所遇見的事情。又把雷神給他的金子拿出來。他們都非常喜歡。從此，他們的生活漸漸地比以前好了。

有一個老人，住在這個老人旁邊。他臉上也生了一個大瘤，顏色很紅，好像一個大蘋果。他聽見雷神把他鄰居臉上的瘤取去，又送給他許多錢的事，心裡非常羨慕，也想去試一試。

有一天，他看天上布滿黑雲，立刻跑上山去，也躲在以前那個老人所躲的樹洞中。他坐在那裡等雷神來。

過了一會，大風雨來了。雨聲極大，好像天河的水流溢到地上來。電光好像大蛇的舌頭一樣，時時在雲端閃耀。這個老人心裡非常害怕，身子索索地抖。

後來雷神來了。他們一眼看見了他，把他由樹洞中拖出，叫他在他們面前跳舞。但是他見了他們的怪狀，害怕得更厲害，連站也站不穩，不要說跳舞了。

他們見他站在那裡不動，身子只是抖，心裡很生氣，說道：「你怎麼不會跳舞了。你今天來是不是來要回前回你給我們的桃子？」說著，他們就捉住老人，把以前那個老人取去的大瘤也按在他的臉上。

他們飛上雲端去了。老人只得哭著回家。

可憐的老人！他不僅得不到錢，不僅沒有把臉上的瘤去掉，並且反而加上一個大瘤了。大家都說，這是他貪心的報應。

（原載《兒童世界》第二卷第八期）

注：本篇係據日本古代傳說譯述。

兔之祖先

小孩子們，你們看見過兔子麼？雪白的毛，黑的短尾。真是有趣的小動物。現在我講他所以到地球上來的故事給你們聽。

有一天，天上的許多小孩子都在那裡哭。

「小孩子，小孩子，你們為什麼這樣哭？」天上的仙母問道。

一個小孩子回答道：「我們沒有東西遊戲。」別一個小孩子回答道：「我們沒有事做。」其餘的小孩子一齊回答道：「我們很沉悶地坐在那裡，怎麼能不哭呢？母親，有東西給我們遊戲麼？」

母親問道。「你們為什麼不拿星燈來遊戲呢？」

一個小孩子哭道：「母親，星光全都熄滅了。」別一個小孩子哭道：「太陽已經出來，星光全都熄滅了。」其餘的小孩子也哭道：「太陽已經出來，星光全都滅了。母親，我們怎麼還能把星燈拿來遊戲呢？」

母親問道：「你們為什麼不打雷鼓呢？」

一個小孩子嘆氣道：「母親，雷鼓都打破了。」別一個小孩子嘆氣道：「母親，我們天天打，把雷鼓全都打破了。」其餘的小孩子都嘆氣道：「唉，母親，雷鼓全都打破了，打不響了。」

母親問道：「你們為什麼不把五色的虹帶拿來遊戲呢？」

一個小孩子哭喪著臉回答道：「母親，五色的虹帶全都斷了。」別一個小孩子哭喪著臉回答道：「母親，五色的虹帶全都被我們拉斷了。」其餘的小孩子都哭喪著臉回答道：「母親，五色的虹帶全被我們拉斷，不能再拿來玩了。」

母親問道：「雨水還有麼？為什麼不拿雨水來灌溉雲上的白花呢？」

一個小孩子回答道：「母親，水缸裡的雨水全乾了。」別一個小孩子回答道：「母親，太陽把水缸裡的雨水全晒乾了。」其餘的小孩子回答道：「母親，太陽把水缸裡的雨水全晒乾了；沒有雨水，我們用什麼東西來灌溉雲上的白花呢？」

母親問道：「你們為什麼不把雪籃裡的雪拿來做雪人雪球遊戲呢？」

一個小孩子回答道：「母親，雪籃裡的全已沒有了。」別一個小孩回答道：「母親，雪籃裡全已沒有，我們把它全拿來做雪球了。」其餘的小孩子一齊回答道：「母親，我們把雪全拿來做雪球，所以不能再做別的遊戲了。」

母親道：「雪球呢？你們為什麼不做擲雪球的遊戲呢？」

一個小孩子叫道：「我們願意，我們願意！」別一個小孩子叫道：「我們願意，雪球在牆角堆著呢！」其餘的小孩子一齊叫道：「快來！快來！大家快把雪球取來，做擲雪球的遊戲吧。」

他們快快活活地在那裡取雪球，也不哭，也不沉悶了。他們在天空上把白雪球擲來擲去。白雪球在白雲做的地板上跳舞，一會兒跳到這裡，一會兒跳到那裡。他們真是快活！

忽然，一個小孩子大叫道：「不好了！白雪球掉下了。」別一個小孩子也同時大叫道：「不好了！白雪球由白雲做的地板的空洞裡掉下去了。」其餘的小孩子也都大叫道：「不好了！白雪球由地板洞裡掉到地球上去了。」

他們想追去捉，已經是來不及了。白雪球跳跳躍躍地由雲隙中往地球上掉落。天上的小孩子們又哭起來。

正在這個時候，天上的仙母拿著火把出來，把星燈一盞一盞地點起來。她一聽見小孩子們的哭聲，連忙跑過來問道：「又哭了，為什麼事？白雪球呢？」

一個小孩子哭著告訴道：「母親，我們的白雪球由地板洞裡掉下去了。」別一個小孩子哭著告訴道：「母親，白雪球由白雲做的地板的空洞裡掉落下去了。」其餘的小孩子一齊哭著告訴道：「白雪球由地板洞裡掉落到地球上去了。」

母親道：「可惡的白雪球，等我去追回來給你們玩，不要哭。」說著，母親帶著火把由雲上追下去。她看見白雪球正在離開地面不遠的空中跳躍著。她看看要追到了，就用火把去打它，只打著它的尾巴，把它弄黑。這時，白雪球已經掉在地球上，不能再捉回去了。母親只得回去，拿別的東西給天上的小孩子們玩。

白雪球落在地上，它還是跳躍著。

這個白色的球，帶著小小的黑尾巴，就是我們現在稱為兔子的東西了。

（原載《兒童世界》第二卷第九期）

米袋王

古時，有一個兵士，帶著弓箭到外邊去遊歷。有一天，他走到一條河邊，想由橋上走過去，忽見橋上躺著一條大蛇，張口吐舌，非常可怕。因為他躺在這裡，弄得什麼人也不敢過橋，但是這個兵士是很勇敢的。他經過許多戰爭，見過無數的可怕的事。一條大蛇擋路，在他看來是算不了什麼事的。所以他不肯轉身跑走，反而勇敢地走上橋，踏在蛇背上過去。這個時候，大蛇忽然不見了。只有不到一尺長的小人站在他面前。小人見他要走，立刻跪下去，很恭敬地對他叩頭。小人一邊叩頭，一邊說道：「我到現在才找到一個勇敢的人。我變成一條蛇躺在這裡，等了許久，要找一個有勇氣的人，能夠幫助我的，但是總是不能找到。因為他們一看見我就不敢過橋了。只有你能夠不怕，能夠不跑回去而反走過來。你真是一個勇敢的人。你願意幫助我，救我們許多性命嗎？」

兵士答道：「我是一個兵士。本來是應該救死除暴的。請你起來，告訴我你是誰，要害你們的是什麼人。最好把你的事情詳詳細細地講給我聽，我才可以幫助你。」

小人又叩了一個頭，站了起來，說道：「請你聽我說。以前的時候，這條河的水非常乾淨。風景也很美麗。我們的小魚兒在水面上游來游去，永沒有受什麼危險。近一二個月，山旁森林中，忽然出來一條可怕的大蜈蚣。它每天到河邊飲水。它把它的千多隻有毒的足，伸入美麗的河水中。把水流弄得混濁而且有毒。並且它還殺死了許多河中可愛的魚類。我是河中之王。如果不想法子救救我的小魚，恐怕它們全都要給這個惡魔殺死了。」

兵士說道：「我很願意幫忙你把這個可惡的蜈蚣殺死。但是我不知道怎麼樣才可以幫你忙。姑且跟你一塊走，試試我的弓箭。」

小人就同兵士一起躍入水中，來到水底上小人的宮裡。河王住的宮真是美麗呀！他的牆壁窗戶以及柱子、地板，都是用珊瑚、珠玉、水晶和寶石做成的。他的許多僕人，如鯉魚、金魚等都是穿著非常好看的衣裳。他們用小小的碧玉盆子盛了米飯，各色果子，及許多菜蔬，請兵士吃。招待得非常殷勤。

兵士正在吃飯的時候，聽得河岸上有許多喧嘩震動的聲音，好像一座大山在河岸上震動一樣。河王和許多魚類都大起驚慌，向兵士說道：「大蜈蚣又來了！

這些振動的聲音，就是它的一千多隻毒足在石路走動的聲音。我們最好快一點出來。過一會兒。它就要到了河旁，把河水弄濁，並且殺死許多魚兒了。」

兵士立刻起身，同小人一起到河邊去，看見大蜈蚣已經快要走到河邊了，這個大蜈蚣的形狀真是可怕。它的頭同牛頭差不多大，全身有五六丈長。它的一千多隻腳，全都發出紫色、綠色的亮光，好像一陣大軍，各人手裡執著一盞美麗的燈，在那裡走動一般。

兵士拿起大弓，安上一根箭，向蜈蚣頭上射去。他的射法是極準的，永遠不會不中。這根箭由弓上射出，恰好射中大蜈蚣的頭額。但是它好像不覺得。因為箭射不進它的頭，向旁邊滑去了。兵士又安上第二根箭，向大蜈蚣射去。雖然也是射中，但是又向旁邊滑去，不能把它射死。

兵士只剩下一根箭了。大蜈蚣一步步走近，快要走到水邊了。兵士心裡很焦急。河王更是萬分地驚慌。

忽然兵士記起當他小的時候，他的祖父曾告訴過他說：「如果你把箭頭擺在嘴裡弄濕它，就可以殺死一切的怪物。」

他立刻把最後的那根寶貴的箭擺在嘴裡弄濕了，然後把它安在弓弦上，對準大蜈蚣頭上射去，剛好射中它前額，它大叫一聲，倒在地上死了。

小人見兵士替他除了大害，非常感謝他，想把許多禮物送給他。但兵士一點也不受。他說：「救死除暴是我的責任。決不敢受什麼報酬。」小人沒有法子，只好叩頭送他回去。

當兵士到家的時候，他看見他的舊房子已經沒有了。在那個地方另外有一所新的宏壯的房子。他起初很疑惑，不敢走進去。後來看見門上寫了幾個字道：「河王把這所房子送給勇敢的救了他們的先生。」他沒有法子，只好進去住。房子裡邊，設備非常完全。一切應用的器具都是極華麗的。在客廳上，又有五件寶物堆在地上。每一件上面都寫著：「河王感謝勇士，送這件東西給他做紀念。」

第一件是一口大銅鐘，在鐘外面，刻著兵士射死大蜈蚣的故事圖，還有許多字，記載這件事的始末。第二件是一把寶劍。用這把劍的人常常會得勝利。第三件是一身甲冑，用鋼鐵打成，非常堅固，無論什麼刀箭都不能穿入甲內。這幾件還不算奇怪。最奇怪的寶物是最後的兩件。一件是一大卷的綢布。他要什麼顏色，這個綢布就會變成什麼顏色。並且這一卷綢布，越用越多，永遠不會用完。其他一件是一袋米。也是永遠用不完的。無論他用了多少，總不會用少了的。並且用得越多，袋裡的米也越多。

兵士有了這五件寶物，因此，建了不少的功業。有一年城裡大饑荒，兵士把米袋裡生出來的米拿來救濟災民，把所有饑病的人都救活了。

大家都稱頌他的善行，稱他做米袋王。

這就是米袋王的故事，到現在還有許多人把他告訴給小孩子聽。

（原載《兒童世界》第二卷第十期）

注：本篇係日本神仙故事詳述。

八十一王子

有一個地方的國王，他生了八十一個兒子。八十個兒子都是勇敢驕傲的人，只有最小的王子，就是第八十一個王子，是一個謙虛好善的人。他們都看他不起，非常地憎惡他。

第八十一王子無論看見什麼人都有禮貌，決不敢擺出王子的架子，去虐待一個百姓。他的八十個哥哥都道：「你這種行為，實在不像是一個王子，倒像是一個普通的樵夫或僕人。你為什麼要對一切百姓那樣恭敬呢？難道他們是你的朋友嗎？」

但是無論他們怎麼勸，小王子還是照舊做去，對百姓極謙虛，極恭敬。他的哥哥們見勸他不聽，更加討厭他了。

有一個極美麗的公主住在很遠的地方。她要招一個王子做她的丈夫。王子們得到這個消息，都非常喜歡，立刻收拾行李預備動身到她那裡去。把所有的行李都叫第八十一王子挑了。不准他同他們一起走。只准他在後面挑行李。小王子很高興地照他的八十個哥哥所吩咐的話做去，並不生氣。

經過了許多山，許多水，他們走到了海邊，在這個地方，他們看見一個可憐的小兔子躺在道旁呻吟著。他身上一點毛也沒有，很像一隻被屠夫刮去了毛的小死豬，太陽晒在它肉上，它覺得悶熱痛苦。它向八十個王子叫道：「唉，好朋友呀！我快死了。你們救一救我吧。誰能告訴我用什麼方法才能把我身上的毛再生長出來麼？」

驕傲殘忍的王子們對著可憐的小兔子笑。其中有一個王子回答道：「你願意使你的毛再長出來麼？我有一個法子，你用不用？你快些到海邊去，跳入水中，洗了一回澡。海裡的鹽水能夠使你的毛復生，如果你要它快長出來，那末，洗完澡後，你可以躺在那塊岩上，受太陽晒，受風吹。」他說完話，同其餘的王子笑著走了。

小兔子不知道他的話是騙他的，還當他是真話。立刻跳入鹽水中洗澡。洗完澡，又跑上岸來，躺在那塊岩上受風吹，受日晒。但是可憐的小兔子呀！鹽水沁入皮膚中，只有使它皮膚更加痛苦而已，風一吹，太陽一晒，它的苦更甚了。

它連動也不能動了。只躺在岩上呻吟叫喊。忽然它聽見一個人很溫和地在岩下問道：「為什麼事？你要不要我的幫助？」

小兔子呻吟道：「唉！我快死了！」過了不久，它看見一個人爬到岩上。這個人就是第八十一王子。他把行李擺在岩下。自己爬上岩，走到小兔子身旁。他看見小兔子這樣痛苦，很可憐他，俯身問道：「小朋友，你為什麼事這樣呻吟？唉，你的身上的毛哪裡去了？」

小兔子答道：「唉，說來話長呢。我這個苦是應該受的。請你細細聽我說。我有一天乘船到那邊海島上去遊玩。因為玩得太高興了，不知道船已經先開走。我到岸旁看船已沒有，覺得非常著急。我向海邊看了許久，也沒有一隻船經過。後來看見一隻鱷魚招呼道：「鱷魚，鱷魚，到這裡來，我同你說幾句話。」他游到岸邊，我對他說道：「在這海裡共有多少鱷魚呢？」他答道：「這海裡的鱷魚的數目比我背上所有的鱗甲還多呢。」我說道：「你們的數目總沒有我們兔子多。在那邊岸上的兔的數目比我背上的毛還多呢。」鱷魚道：「讓我們數一數看。」我說：「好的。你們鱷魚由這裡起，一條一條地排在海面上，一直排到那邊陸地上。我由你背上跑過去。一邊跑一邊數。然後我們再去數兔子的數目。看看哪一類的數目多。」於是海中的鱷魚都來了。它們在海面上列成一排，剛好由島旁排到陸地旁邊。我跳在它們背上，一邊跑，一邊算。唉！我真傻呀！當我走到陸地旁邊，蹈在最末一隻鱷魚的背上時，我大笑說道：「你們可笑的東西！你們以為我是要數你們是多少隻麼？錯了錯了。我實在是要你們做我的渡海的橋梁呢。謝謝你們的厚待。再見了！」我說完了話，正要跳上岸去，不幸身子已經被最後一隻鱷魚捉住了。他捉住我，把我身上的毛全都拔下。他臨走的時候，向我說道：「我們也要知道知道這岸上的兔子到底有多少。所以拔下你身上的毛計算計算看。」海上的鱷魚都張開大嘴笑了。

小王子說道：「你受這個苦是應該的。但是以後呢？還有話沒有說完麼？」

小兔子道：「是的。我實在應該受此苦。以後決不敢再欺騙別人了。自我的毛全拔去了以後，沒有法子，只好躺在海岸旁呻吟著，求人幫助。忽然來了八十個王子。他們只管對我笑。內中有一個對我說，叫我到海裡鹽水中洗澡，然後，再跑到這個岩上，躺在這裡受風吹日晒，用這個法子，我身上的毛一定可以復生。我錯信了他的話，照他所說的辦了。但是現在你看呀！不單我身上的毛一根也沒有復生，我全身的肉被鹽水一洗，反覺得比以前更痛得厲害了。」

小王子很替可憐的小兔子擔憂。因此，帶它到一個清水的泉旁。他對小兔子說道：「請跳下去，在這水裡洗了一回澡。這樣可以把你身上的鹽水洗去。我去找茉莉花和樹葉。把它們蓋在你身上，你的毛可以復生。」

於是小兔子跳在清泉裡洗澡，小王子替它去找藥草。等它洗完了澡，小王子也已把花和葉找回。

小王子叫小兔子靜靜地躺在地上，用採來的花葉替它蓋上。小兔子覺得身上不痛了。過了一會，它身上的毛果然復生了。

於是小王子挑起行李，別了小兔子，起身去追他的哥哥們。他走了許多路，行李又重，到了美麗的公主所住的地方。他已經是疲倦極了。他看見他的八十個哥哥都在這裡。當時，美麗的公主還沒有見他們。他們遷怒於小王子，以為這全是他的過失。

等了兩天，公主還沒有出來相見。他們生氣了。想不見她就回家。忽然公主差了一個人來。大王子道：「好呀！她要見我了。我知道她差人來是叫我去的。」二王子叫道：「不是的，不是的！她所要見的人一定是我。我知道她是叫我去的。」三王子插嘴道：「你們都是傻子。你們不知道她要見我麼？我比你們漂亮得多呢。我知道她一定是差人來叫我。」

公主的差官，等他們吵鬧完了，才說道：「我們的公主要看那個替八十個王子挑行李的人。請他就同我一同進宮。」

小王子放下行李挑，跟了差官一同進宮。

差官帶他到公主的客廳裡。公主已經坐那裡等他了。她的相貌真是美麗呀。小王子永遠沒有看見過有像她那樣美的女人。那一隻曾被鱷魚拔去毛的小兔子正站在公主旁邊，它的毛還沒有長得十分長。

公主對小王子說道：「我的朋友，我很感謝你在路上幫我的小兔子許多忙。要沒有你，它算不定已經死了。它剛才回家來告訴我這件事。唉，你有這樣好心為什麼不過是一個挑行李的僕人呢？」

小王子告訴她道：「美麗的公主呀！我不是一個僕人。我的八十個哥哥，他們要來見你，叫我跟在後面，替他們挑行李。其實我也是一個王子，同他們一樣。」

公主道：「你對我的小兔子那樣好心，我用什麼東西報答你才好呢？你要什麼，我都可以給你。」

小王子答道：「美麗的公主呀！我不要別的，只要永遠同你一起住在這裡。不知你能答應麼？」公主點頭答應。

於是小王子就做了這個地方的國王。小兔子也成了他的最好的朋友。

至於那八十個王子呢？他們知道沒有希望，只好垂頭喪氣找路回家。這一次，沒有人再替他們挑行李了。他們只好自己挑著走。

（原載《兒童世界》第二卷第十一期）

注：本篇係譯述的日本的神仙故事。

花架之下

林國濱從學校裡回家，手裡拿著書，慢慢地走進大門。他的小弟弟國汶、國沁和小妹妹英兒正在天井裡捉迷藏。國汶用手巾蒙了眼，張開兩臂，四處捉人。英兒一見國濱，立刻跑過去叫道：「哥哥，你回來了？」國沁也跟著跑回去，問國濱道：「哥哥，有帶什麼好玩的東西回來沒有？」國濱笑道，「沒有，今天沒有。」這時，國汶已把眼上蒙的手巾取下，也跟在國濱身旁。

國汶道：「哥哥，你今天在學堂裡一定又學了什麼有趣的遊戲。可以教教我們麼？你以前教我們的拔河，捉小雞，我們都做得膩煩了，覺得沒趣。好哥哥，再教我們幾件新鮮的遊戲罷！」國沁和英兒也都懇求道：「好哥哥，請你再教我們幾件新鮮的罷！」國濱笑著搖搖頭。國汶道：「再不然，也請哥哥教幾隻歌給我們唱唱。」

國濱只是笑著，一直往廳上走。三個小弟妹跟在他身邊，也一直往廳上走去。英兒要國濱牽住了自己的手，一路上只是望著國濱。不絕地懇求道：「好哥哥，

好哥哥，教我們些有趣的玩意兒罷。」國濱只是笑著，不作聲，國汶賭氣說道：「哥哥不教，我自己也會去學。爹爹說過了，下半年也要送我進學校。」

國濱笑道：「好弟弟，不要生氣了。等一會我自然會有好東西給你們。」英兒和國沁都快活得跳起來，連忙問道：「哥哥，是什麼好東西？哥哥，是什麼好東西？」國濱道：「故事！」三個小弟妹聽了都十分快活，英兒大聲叫嚷道：「快聽哥哥講故事呀，母親，母親！」

母親正在大廳上，手裡拿著花瓶，滿桌上都擺著鮮花，如玫瑰、荷花之類。母親整理花朵，把它們插入瓶中。這時看見他們兄妹四人進來，就笑道：「國濱，你放學了？」又笑著問英兒道：「英兒，你嚷些什麼？哥哥沒有帶糖回來麼？」英兒立刻撲入母親懷中，說道：「母親，不是的。哥哥要講故事給我們聽呢，母親，你也去聽，母親，你也去。」母親搖頭道：「我手裡濕，不要來！國濱！你放下書，帶他們到花園裡去遊玩罷。我有事呢。」國濱即走進後廳，跑入自己書房，把書放在桌上。那三個淘氣的小弟妹，早已跟了進來。國濱道：「國汶、國沁、英兒，都跟我到花園裡去罷。太陽快要落下了。花園裡很涼快。我們坐在花架下的草地上，講講故事，唱唱歌，好不好呢？」英兒道：「好的！好的！」他們三個孩子立刻跳跳躍躍地隨了國濱，穿過上房，到了花園裡。這時正是夏日百花盛放之時。籬笆下矮小的玫瑰花，紅得可愛。池中清澄澄的水，托著翠綠的荷葉和紅的白的荷花，一陣風來，吹得滿園裡都是清香。夜來香的小朵的花，已有幾朵開了，也一陣陣放出香氣。細柔的草，剪得平平的，鋪在地上，好似一床綠氈。池旁幾株大柳樹，垂著頭，隨著晚風搖擺著。夕陽淡淡地照在牆角高處；西方的天被他染得血紅，白雲都披上了很美麗的衣服，好像歡送太陽回家。花園裡除了這四個孩子外，靜悄悄的沒有一個人。蝴蝶也看不見一隻。只有紅嘴的可愛的翠鳥從園外嚶的一聲飛了進來，一見有人，又嚶的一聲，經過荷池，飛出牆外去了。

國濱領了三個弟妹進園，在一架夜來香的花架下，揀一方草地坐了。

國沁問道：「哥哥，你今天講的是什麼故事？兔子欺騙人熊的故事和貓猴分餅的故事，我們都聽爹爹講過了。」

英兒拍著小手道：「哥哥，要新鮮的，要有趣的！」

國汶道：「你不要鬧了，快靜靜地坐下，聽哥哥講罷！」英兒努著小嘴道：「你不要說我。你也常常地鬧呢！前回爹爹講小兔子的故事時，你不是也說說鬧鬧麼？」

國汶正欲再發話，國濱連忙說道：「不要再鬥嘴了。你們都坐下聽我講故事。」

國沁道：「哥哥講故事了！快靜下來！」

三個孩子都靜靜地坐在草地上聽著國濱講。

國濱道：「我今天在學校裡聽先生說故事；他一共說了四個故事，我聽得很有趣。現在便一個一個地搬運出來，再說給你們聽。」

於是國濱便開始講下去。

一、虎與熊狐

狐狸是最狡猾的，最會欺騙人的獸類。有一天，狐狸閒著沒事，從家中出外散步。他走過一片草地，看見一隻熊在地上很高興地跳舞。狐狸問道：「熊先生，你今天為什麼這樣高興呢？」熊聽見狐狸的聲音，連忙停了跳舞，向狐狸招呼道：「狐兄！你看我的跳舞美觀不美觀！今天早晨，喜鵲先生見我走路，他稱讚我走得極靈巧，定是個跳舞能手。我聽見他的話，十分高興，所以在此練習。想等國王壽辰時，獻技娛悅他老人家。」狐狸明知喜鵲的話是冤他的。像熊那樣笨重的身體，哪裡配跳舞呢？但狐狸也不便說穿，且樂得拿他來開開玩笑，當時便也順口讚美道：「跳得真好，跳得真好。不愧是一位跳舞能手。」熊見狐狸也稱讚他，心裡更是高興了，只在草地上亂跳亂舞，也顧不得身子疲倦。狐狸見他這種怪狀，心裡只是好笑，想道：「且再冤他一冤。」

狐狸知道有一隻老虎，其家離此不遠，因為存心要害這隻熊，便對熊說道：「熊先生！您的跳舞既然這樣好，您的唱歌的本領，想必也不會十分差。」熊的虛榮心被狐狸的甜蜜的話引得熱烘烘的，急欲在狐狸面前顯顯本領，便道：「狐兄！你聽我唱。」便闔了兩眼。一邊亂跳，一邊高聲亂唱。

熊唱得不久，已驚動了坐在家中的虎先生。虎先生這幾天正沒有大塊的肉吃；只吃些小兔子充饑，心裡非常不高興。現在聽見熊的歌聲，知道有好買賣上門了。他便從家中一步一步地、輕輕地順著歌聲走去。狐狸早已遠遠地躲避開了。熊還不知道，還在那裡很用力地唱著歌，跳著舞，心中得意非凡。等到他張開眼睛，不唱不跳時，他的身體，已被虎先生捉住了。不到一刻工夫，虎便把熊的身子吃完，抹著嘴，又回家睡下了。

狐狸躲在遠處，看熊被虎殺死，心中只是好笑。一隻老鷹在天空盤旋，看見這種情形，不禁嘆了一口氣道：

「虛榮心真是害人！」

二、烏鴉與蛇

一個烏鴉築巢在一株樹上。在這株樹的下面，便是一條蛇的住洞。

蛇是貪食無厭的惡物，常常乘老烏鴉不在巢中時，偷爬上樹，吃他的小鴉。老鴉看見小鴉一天一天地少了，也明知道是被這蛇吃了的。因為力量不敵，只好心中懷恨，不敢明明白白地與蛇吵鬧。

有一天，這蛇因為腹中饑餓，不管老鴉在家不在家，便一口氣爬上樹來，伸開大嘴，便把小鴉吞了一隻下去，老鴉這時正在巢中。一見這個情形，真是又悲又恨；沒有法子，只好哀求這蛇道：「蛇先生！請你做做好事罷！不要再吃我的孩子了。你看，我的孩子，已被你吃了六個了。你如果答應不吃我的孩子，那末，我每天必定把我得來的食物，分一部分給你吃。」

蛇笑道：「你這個黑穢的東西，誰稀罕你的食物，有現在的好老鴉肉和小鴉肉不吃，卻去吃你的吃剩的腐屍臭肉。我卻沒有這樣傻！」蛇說完了話，便從從容容地爬下樹來，進洞睡了。

老鴉又急又恨，只在樹枝上躍來躍去。過了一刻，忽然想到了一個復仇的方法，便伸開兩翼，飛入王宮，把王后心愛的指環用喙含了，飛了出去。宮中的人追趕這老鴉，一直追到樹下。老鴉把指環置於蛇的洞口。宮人把指環撿了起來。當時蛇被人聲驚醒，昂頭跑出，張口露齒，像要咬人似的。有幾個人被他嚇跑，有幾個人便拿棍子把蛇活活地打死。這正是：

「惡人自有惡報。」

從此以後，老鴉高枕無憂，再也沒有什麼惡漢跑來欺侮他了。

三、聰明人與他的兩個學生

一個東方的聰明人收了兩個學生。有一天晚上，他因為要試驗這兩個學生的智力，便各給了他們一塊錢，吩咐道：「我給你們的錢不多，但是要你們立刻買了一件東西來，能夠把這間黑暗的房間完全塞滿了。」這真是難題目呀！一塊錢能夠買什麼東西呢？怎樣能夠買了這許多東西叫這大房間塞滿了呢？

但是他們兩個學生，卻立刻遵命出去買。

隔了不久，他們都回來了。

一個學生拿了這一塊錢買了許多乾草，叫人運了回來，擺進這個房間。真的！這個房間被這許多乾草都塞滿了。但是這聰明人搖搖頭，並不稱讚他。因為把乾草堆在房裡，是很笨的法子。房子被乾草都塞滿了，人又怎麼好坐呢？這只是使這房間更加黑暗，而且變成無用而已。

別一個學生卻只費了四角錢，買了一盞油燈回來。他把這盞燈點了。房間裡立刻亮了起來，什麼東西都看得見。這個學生叫道：「先生！我已把這房間用燈光來塞滿了。」聰明人喜道：「是的！好孩子。這正是塞滿這房間的正當辦法。你們要記住：聰明的人用好手段去達到好目的；愚蠢的人卻往往因用了壞手段，把目的也弄得不對了。」

四、孔雀與狐狸

狐狸先生與孔雀姑娘做了鄰居。狐狸每想乘隙把孔雀姑娘捉來充饑。只是孔雀姑娘是出名謹慎的，每日總把門戶關閉得非常嚴緊。狐狸苦於無隙可乘。有一天，狐狸站在空地上，只管仰頭看天。孔雀姑娘在家門口看見了問道：「狐先生呀，你為什麼只是仰頭看天？」

狐狸答道：「我要數數天上到底有多少顆星？」

孔雀道：「你數過了麼？到底有多少？」

狐狸道：「同地球上所有的傻子差不了多少。」

孔雀道：「到底是傻子的數目多呢，還是星的數目多呢？」

狐狸道：「唉！地球上傻子的數目卻比天上的星多了一個。」

「這一個多出來的傻子是誰呢？」

狐狸道：「就是我自己！」

孔雀道：「為什麼你是一個傻子呢？」

狐狸道：「我笑我自己傻。為什麼不去數數你美麗的尾上的星點，卻去數天上的星？啊，你的尾上的星點，真繁多，真美麗啊！能夠容我數一數麼？」

孔雀搖搖頭，轉身爬入屋內，把門緊緊關好，在屋內答道：「你用好話騙我，想乘機把我捉住麼？我不是傻子，決不會上你的當！」

狐狸在屋外也搖搖尾巴，嘆道：

「任是怎樣狡猾的，總敵不過那謹慎的。」

國濱不停不歇地把這四段短故事講完。三個小弟妹都聽得出神。這時天色漸漸地黑了。西方天上的紅雲已不見了。小銀船似的月亮，已升在東方。夜來香的香氣更強烈了。花園中除了他們兄妹四人的聲音外，連鳥聲蟲聲都聽不到。國汶由草地上站了起來，拍去身上的塵土，說道：「哥哥，今天的故事真有趣！我最恨狐狸，引虎吃了熊，他自己卻還在那裡笑。」英兒、國濱、國沁也都站了起來。英兒道：「不是的，我喜歡孔雀姑娘。就是狡猾的狐狸，也不能給她當上。」國沁道：「不是的，哥哥。那個學生最聰明；我真喜歡他。他知道買了一盞燈。花的錢又少，東西又有用。」他們正在辯論，國濱忽然指著池邊道：「弟弟，妹妹！快看！螢火蟲出來了！」隨著國濱指處，他們看見有三四個螢火蟲帶了燈籠，從他們蘆葦的屋中陸續飛出來。英兒笑叫道；「哥哥，哥哥！是的！螢火蟲出來了。」國沁道：「是出去買油燈。」英兒叫道：「不是的！母親說過的，他們是帶了燈到外婆家裡去逛逛的。」國濱道：「不要胡猜了。天色已晚，我們再唱一首歌，就進屋裡去罷！也許爹爹已經回來了。」國汶、國沁和英兒都拍手道：「好的！好的！但是唱什麼歌呢？」國濱道：「我教你們的螢火蟲歌，忘了麼？」英兒道：「沒有忘，沒有忘！」國濱道：「那末我們唱罷。」於是四個孩子都高聲唱了螢火：

東邊照照　西邊照照
夜裡漆黑　光頭還好
太陽出來　看不見了
一點亮光　實在太少

他們有的唱歌，有的唱譜，正在唱得十分高興時，母親在花園門口高聲叫道：「你們快不要唱了，爹爹已經回來了。晚上黑漆漆的，花園裡不好逛了。也要吃晚飯了。」

四個孩子，一聽母親呼喚，都停了唱跑出花園。英兒飛快地跑到母親身旁，說道：「母親，母親，爹爹有帶了皮老虎來沒有？剛才哥哥說的故事真有趣。」

母親笑道：「不要鬧了，快進去罷。」

於是四個孩子隨著母親進屋去。國沁跟在國濱身邊纏住他，說道：「哥哥，你明天再講些故事給我們聽！哥哥！我把爹爹給的那個大皮球送你，好不好？」

國濱含笑點頭。

（原載《兒童世界》第三卷第一期）

注：本文中的四個故事，系根據於印度的寓言。

漢士與郭麗

漢士的母親問漢士道：「漢士呀，你要到什麼地方去？」

漢士答道：「到郭麗家裡去。」

母親道：「漢士呀，你要好好的，不要做錯了事給別人笑。」

「我自己會留心的。再見，母親。」

「再見，漢士。」

漢士到了郭麗家裡。漢士道：「你好呀，郭麗？」

郭麗答道：「你好呀，漢士，今天帶了什麼東西來送我？」

漢士道：「我沒有什麼東西好送你。你可有什麼東西給我？」

郭麗給了漢士一根繡花針。

漢士道：「再見，郭麗。」

「再見，漢士。」

漢士把繡花針擺在乾草堆裡，驅了乾草車回家。

母親問道：「漢士，你回來了，帶了什麼東西來？」
漢士道：「郭麗給我一根繡花針。」
「繡花針呢？」
漢士到乾草堆裡找繡花針，再也找他不著。母親問道，「你把繡花針擺在什麼地方的？」
「乾草堆裡。」
「唉，你這個笨孩子！繡花針是應該拖在衣袖上的。」
漢士道：「下回知道了，母親！」
漢士的母親問道：「漢士呀，你要到什麼地方去？」
漢士答道：「到郭麗家裡去，母親。」
母親道：「漢士呀，你要好好的，不要做錯了事給別人笑話。」
「我自己會留心，再見，母親！」
「再見，漢士。」
漢士到了郭麗家裡。漢士道：「你好呀，郭麗？」

郭麗答道：「你好呀，漢士？今天帶了什麼東西送我？」

漢士道：「我沒有什麼東西好送你。你可有什麼東西給我麼？」

郭麗給了漢士一把裁紙刀。

漢士道：「再見，郭麗！」

「再見，漢士！」

漢士把裁紙刀扡在衣袖上，很高興地走回家。

母親問道：「漢士你回來了？帶了什麼東西來？」

漢士道：「郭麗給我一把裁紙刀。」

「裁紙刀呢？」

漢士伸出手臂道：「扦在衣袖上呢！」

母親一看，漢士的衣袖全被刀戳破了，便說道：「唉，你這個笨孩子！裁紙刀是應該擺在衣袋裡的。」

漢士道：「下回知道了，母親！」

漢士的母親問道：「漢士呀，你要到什麼地方去？」

漢士答道：「到郭麗家裡去。」
母親道：「漢士呀，你要好好的，不要做錯了事給別人笑話。」
「我自己會留心的。再見，母親！」
「再見，漢士。」
漢士到了郭麗家裡。漢士道：「你好呀，郭麗？」
郭麗答道：「你好呀，漢士，今天帶了什麼東西來送我？」
漢士道：「我沒有什麼東西好送你，你可有東西給我麼？」
郭麗給了漢士一隻很小很小的小羊。
漢士道：「再見，郭麗！」
「再見，漢士。」
漢士把小羊的四腿用繩子捆了起來，想把他擺進衣袋裡。但是衣袋太小了，擱不下去，只好拿一個布袋把小羊裝起來。等到漢士走到家時，小羊已經悶死在布袋裡了。
母親見了漢士，問道：「漢士，你回來了？帶了什麼東西來？」
漢士道：「郭麗給我一隻小羊。」

「小羊呢？」
「已經死了。」
「你用什麼法子把它帶回家的？」
「把它擺在布袋裡帶回家的。」
母親道：「唉，你這個笨孩子！小羊是應該用繩子縛在頸上牽了回家的。」
漢士道：「下回知道了，母親！」

漢士的母親問漢士道：「漢士呀，你要到什麼地方去？」
漢士答道：「到郭麗家裡去。」
母親道：「漢士呀，你要好好的，不要做錯了事給別人笑話。」
「我自己會留心的。再見，母親！」
「再見，漢士。」
漢士到了郭麗家裡。漢士道：「你好呀，郭麗？」
郭麗答道：「你好呀，漢士，今天帶了什麼東西來送我？」
漢士道：「我沒有什麼東西好送你。你可有什麼東西給我麼？」

郭麗給了漢士一大塊鹽肉。

漢士道：「再見，郭麗！」

「再見，漢士。」

漢士用一根繩子縛了那塊鹽肉，手裡牽住繩頭，拖著鹽肉就走。街上的狗見了，都跑來搶肉吃。等到漢士走到家門口，回頭一看，鹽肉早已絲毫無剩了。

母親見了漢士，就問道：「漢士你回來了！帶了什麼東西來？」

漢士道：「郭麗給我一大塊鹽肉。」

「鹽肉呢？」

漢士道：「給狗吃去了。」

「你怎麼把鹽肉拿回家的？」

漢士道：「鹽肉麼？我拿繩子把他縛了，拖了回家的。」

母親道：「唉，你這個笨孩子！鹽肉是應該頂在頭上拿回家的。」

漢士道：「下回知道了，母親！」

漢士又要出門了。漢士的母親問道：「漢士呀，你要到什麼地方去？」

漢士道：「到郭麗家裡去。」

母親道：「漢士呀，你要好好的，不要做錯了事給別人笑話。」

「我自己會留心的。再見，母親！」

「再見，漢士。」

漢士到了郭麗家裡。漢士道：「你好呀，郭麗？」

郭麗答道：「你好呀，漢士，今天帶了什麼東西來送我？」

漢士道：「我沒有什麼東西好送你。你可有什麼東西給我？」

郭麗給了漢士一隻很小很小的小牛。

漢士道：「再見，郭麗！」

「再見，漢士。」

漢士緊緊的把手捉住了小牛的前腿，用頭頂住了牛腹。小牛盡力掙扎，漢士也盡力握緊牛腿。一路上出了許多的汗，好容易才把他運到家。母親正立在門口，看見這個情況，又是生氣，又是好笑，連忙叫道：「快把它放下來罷！快把它放下來罷！」

漢士才把小牛由頭頂上放下，小牛已是奄奄一息，漢士也疲倦得幾乎說不出話了。

母親責備漢士道：「唉，你這個笨孩子呀！小牛是應該用竹鞭子驅了回來的；一到家門口，就要把它驅進牛房，拋些乾草給它吃。」

漢士道：「下回知道了，母親！」

漢士又要出外了。漢士的母親問道：「漢士呀，你又要到什麼地方去？」

漢士答道：「到郭麗家裡去。」

母親道：「漢士呀，你要好好的，不要做錯了事給別人笑話。還有一句話，你已拿了郭麗許多東西了。她的繡花針、裁紙刀、小羊、鹽肉、小牛，都已送給了你。你也應該送些好東西給她才對。」

漢士道：「我什麼東西也沒有！」

母親脫下了手上戴的戒指，交給漢士道：「漢士，你把這個戒指送了她罷。」

漢士道：「再見，母親！」

「再見，漢士。」

漢士到了郭麗家裡。漢士道：「你好呀，郭麗？」

郭麗答道：「你好呀，漢士？今天帶了什麼東西來送我？」

漢士取出了戒指，雙手捧給郭麗，一面說道：「這就是送你的。但是你可有什麼東西給我？」

郭麗道：「什麼也沒有了！我自己同你一起去罷！」

漢士取了一條竹鞭，叫郭麗在前面，他自己在後面用竹鞭把郭麗驅著回家。一到了家門口，立刻就把郭麗推進牛房，擲了一把乾草給她說道：「你吃！」

漢士轉身去見母親。

母親問道：「漢士，你回來了？帶了什麼東西來？」

漢士道：「帶了郭麗她自己來。」

母親急問道：「郭麗呢？她在哪裡？」

「在牛房裡！」

母親道：「唉，你這個笨孩子！」她立刻同了漢士到牛房裡去，把郭麗請了出來。

以後漢士便與郭麗結了婚。

（原載《兒童世界》第四卷第一期）

愛美與小羊

父親買了一隻小羊。愛美極喜歡這小羊。小羊也很喜歡愛美。愛美到學校裡去，小羊必跟了去。禮拜日，小羊到草地上吃草，愛美也跟去在旁邊看著。到了年底，父親要殺這小羊祭佛。他叫了一個屠夫來。屠夫拿了一把刀，捉了小羊要殺。愛美抱了小羊哭道：「父親！不要叫這個人殺我的小羊。」

父親看愛美可憐，便打發屠夫回去，放了小羊不殺。第二天是正月初一。正月初是一個頂快樂的時候，愛美穿了紅衣，帶了小羊，到姨媽處拜年。表弟弟見了拍手笑道：「愛美穿紅衣，小羊穿白衣，真好看呀！」

愛美拜完了年，又帶了小羊回家。路上的許多小孩子見了愛美和小羊也都拍手笑道：「愛美穿紅衣，小羊穿白衣，真好看呀！」

（原載《兒童世界》第五卷第一期）

伊索先生

一、發端

新年是一年裡頂快樂的時候。家家人家都把房屋收拾得煥然一新。個個孩子，都是興高采烈地遊戲著。

雖然每年都有一個新年；雖然每年的新年都是刻板似的點綴著；然而到了這個時候，無論什麼人的心裡，總會自然而然地起了一種激動而愉快的感覺。

小孩子們尤其覺得快樂。學校裡已經放假了。如果兄弟姐妹多的人家，他們便在家裡遊戲。如果沒有什麼兄弟或姐妹的人，他們便跑出去和住在鄰近的同學或平日的遊伴一起遊戲。

新年裡所做的種種遊戲，有的是有益的，有的是有害的。「說故事」是各種遊戲中最有益而又是最有趣味的一件事。

現在，新年已經到了！諸位做過什麼遊戲沒有呢？有聽人家說過什麼故事沒有呢？我現在且說幾件極新鮮有趣味的故事給大家聽聽。這些故事，我猜想諸位大約都是不曾聽見過的。

二、伊索先生

現在所講的幾件故事，都是關於伊索（Aesop）先生的。諸位如果讀過伊索寓言必定知道「伊索」這個名字。《伊索寓言》便是這位伊索先生做的。關於伊索先生的生平，各書上有許多不同的話。我們現在且把大家所公認的寫在下面。

伊索先生是古代希臘的人。他約生在距今二千五百餘年前。他是一個奴隸。但他比他的主人乃至當時的一切達官富人，都聰明得多。

他極會說話。又極機警。那時他在貴人家裡，當著許多女賓，把他的寓言講給她們聽。她們聽得非常麼專心！

後來，他的主人因為他的聰明才幹，便把他的奴隸籍削除了。所以他在老年的時候，是一個自由人。

除了這些簡單的事蹟以外，各書上所載的關於伊索先生的故事還很多。現在且揀幾件最有趣味的講講。這種故事之足以使聽者愉快，也不減於他所做的寓言。

三、伊索被買

先講伊索先生被他主人桑塞士買去的故事。

在希臘古代，就是在伊索先生那個時候，各處市場上常常有許多奴隸排列在那裡出賣，正同現在的人出賣家畜一樣。

有一天，伊索和別的兩個奴隸，一同被一個主人送到市場上出賣。桑塞士是當時的一個大富翁，素以慈善著名。他要買一個奴隸。那天便親到市場上去揀選。

他問那兩個奴隸道：「你們會做什麼事？」

那兩個人便誇說了一頓，說自己會做這樣，會做那樣。他們都願意做桑塞士的奴隸，希望桑塞士能把他們買去。

只有伊索默默無言。桑塞士便單向伊索問道：「但是你能做什麼事呢？」伊索答道：「他們能做那許多事情，又能做得那樣好。還有什麼事情留下來給我做呢？」

桑塞士又問道：「如果我買了你後，你能忠心做事，誠實不欺麼？」

伊索答道：「就是你不買我，我也是要忠實不欺的。」

桑塞士又問道：「你能答應我以後絕不逃走麼？」

伊索答道：「你也曾聽見過一隻囚在籠中的鳥，答應他主人說不逃走麼？」

桑塞士聽了伊索的回答，心裡非常滿意，便把他買了回來。

四、舌宴

過了幾時，桑塞士要請幾位客人吃飯。他叫伊索預備一桌金錢所能買的最好的飯菜。

客人來了。他們入席之後，伊索送上來的第一道菜是一盤紅燒的豬舌。隔了一會，第二道菜又送上來。主客一看，又是一盤舌頭。不過不是豬舌，而是羊舌。燒法也與前不同。等到第三道、第四道菜送上來時，主客一看，又都是舌頭。不過種類與燒法都各各不同。桑塞士至此，不能再忍，便銳聲叫了伊索來罵道：

「我沒有告訴過你，要你預備一桌金錢所能買得到的最好的飯菜麼？為什麼只是拿出什麼豬舌、羊舌等類的菜來？」

伊索答道：「世間還有什麼東西比舌頭更好的呢？舌頭是知識學問的大運河。用了舌頭，一切偉大的行為，一切美善的學問才會成功。」

主客聽了伊索的答辯，都極滿意，便不再說什麼話。

到了散席的時候，主人又叫了伊索來。

桑塞士向眾客說道：「請大家明天再到我這裡來吃飯。」又向伊索說道：「你以今天的菜，為最好的。請你明天再替我預備一席你所謂最壞的菜來。」

到了第二天，客人都到齊了。大家上了席。伊索送上來的第一道菜又是一盤舌頭。第二、第三道菜也與昨天一樣，仍舊也是兩盤舌頭。客人都大大地奇怪起來。桑塞士更是大大地生氣。

桑塞士問伊索道：「唉！又是舌頭！為什麼舌頭在昨天是最好的菜，在今天卻又變成最壞的菜呢？」

伊索答道：「世間還有什麼東西比舌頭更壞的呢？天下最壞的事，哪一件沒有舌頭參與其間？虛詐、不公、奸謀等等壞事，哪一件不是用舌頭來替他們遮瞞的？所以舌頭是亡國、毀城、變友情為仇敵的東西。」

主客聽了伊索的這一席話，又極滿意。於是大家便盡歡而散。

五、巧計

有一次，桑塞士無意中同一位學者賭了一個東道，說他能夠把海水喝乾。

他回家以後，心裡十分後悔，知道這次的東道是輸定的了。誰能把海水喝乾呢？沒有法子，只好叫了伊索來求計。

伊索道：「你要實行你的話，自然是絕對不能辦到的。但是我有一個法子。你能依了我的方法做去，準保這次東道不會輸給別人。」

桑塞士便一切依了伊索的話做去。

到了約定的那一天，桑塞士同了伊索去會見那位學者。他們一同走到海邊。人民聽見這個消息，也三五成群地跑來看熱鬧。

伊索在海岸上備了一張大桌子，一張椅子。桌上放了幾隻大水杯。許多奴隸站在桌邊，手裡都拿著水杓子，預備取海水倒在杯中給桑塞士喝。

桑塞士已受了伊索的教導，心裡毫不驚慌，很莊重地坐在椅上，等著要喝杯中的水。

四面觀看的人和那位學者都覺得驚奇。他們都以為桑塞士真是瘋了。隔了一刻，一切都預備好了。桑塞士便向那位學者說道：「我同你賭的是要把海水喝乾。並沒有說把各處流入海中的河水也都喝了。請你把這些河水止住了，不要讓他流入海水。然後我才能把海水喝下去。」

誰也知道河水是不能阻止他不流入海中的。所以那位學者只好瞠目無言，自己認輸了。

六、旅行

有一次，桑塞士要到一個很遠的地方去。他叫他的奴隸們把路上要用的東西都收拾好了，捆成一包一包，以便攜帶。

一切東西都已收拾好了。伊索到他主人那裡去，要求挑一擔最輕的東西。桑塞士要使這位心愛的奴隸快活，便叫他自己去揀選他所要挑的東西。

伊索把所有的東西都看了一回，最後揀了一擔麵包來挑。到了動身的時候，別的奴隸都暗地裡譏笑著伊索，以為聰明的人也會懵懂起來，竟揀了一擔最重的東西來挑。原來麵包擔在許多行李中算是最重笨的。

走了半天，到了中午的時候，伊索已經滿頭是汗，覺得非常疲倦了。如果再挑幾點鐘，恐怕伊索必定要坐在地上不能再走了。好在這時已到吃飯的時間。大家都揀一個陰涼的地方，坐下休息。休息了一會，便都向麵包挑裡取了麵包來吃。這一頓吃，把擔裡的麵包吃去了一半，下半天，伊索便舒服得多了。到了吃晚飯的時候，伊索所挑的擔子裡，已經沒有一塊麵包剩下了。

第二天由旅館裡動身時，伊索已是空手走路了。因為從這個地方走過去，沿路上都很繁盛，不必再買麵包在路上吃，所以此後的許多路，伊索都極舒服，不要挑一點東西。至於別的奴隸，所挑的東西仍是絲毫沒有減輕。他們走到疲倦時，看見伊索肩上空空，自由自在地走著，覺得十分羨妒。他們現在再也不敢譏笑伊索，只有暗暗地嘆服他的聰明了。

（原載《兒童世界》（新年特刊）第五卷第一期 一九二三年一月六日）

張兒

張家門前有一片空地。空地上生了一棵大樹。大樹上有一個鳥窠。窠裡有三隻小鳥。小鳥的母親常常飛到田裡，銜了小蟲回來給小鳥吃。張兒放學回家，每天都要站在樹下，看這三隻小鳥，張兒一見大鳥回窠，就說：「小鳥，你的母親回來了，小鳥，你的母親回來了！」小鳥在窠裡見了母親回來，也噪著歡迎她，說：「母親回來了，母親回來了。」

（原載《兒童世界》第五卷二期一九二三年一月十三日）

朝露

古時，有三個兄弟，他們的父親給他們每人一個麵包，叫他們自己去求生活。當他們由家中走了一段路時，肚裡覺得餓了，兩個哥哥便對弟弟道：「我們現在先同吃你的麵包，以後我們給你我們的麵包吃。」他們是常常欺負這位弟弟的。弟弟很願意地把他的麵包分給他們吃，但到了第二天吃飯的時候，兩位哥哥自己很舒服地各在吃著麵包，不分給弟弟吃一點。

他問道：「你們昨天把我的麵包都吃完了，為什麼今天卻不肯給我一點吃？」他們答道：「如果你要我們給你東西吃，你必須讓我們把你的一雙眼珠挖出了，那麼，我們可以帶了你各處求乞，以得到些麵包吃。」

可憐的弟弟怎麼辦呢？他餓極了，所以他只好讓哥哥們把他的眼珠挖出，但那兩位哥哥卻把這位盲目的弟弟帶領到深山中，把他留在那裡，自己卻去求生活去了。

現在可憐的弟弟，真是苦惱極了。一個人孤零零的，沒有人助他，也沒有人為他計畫。後來，黑夜來了，魔鬼們成了一個圈跳著舞。其中有一個說道：「那個盲人如果用早上的露水洗擦他的雙眼，他便會立刻看見東西了。」

他記住這話，一早便在草上尋集露水，把它擦洗雙眼，果然雙目重明了。於是他集滿了一杯的這種露水，下山去求生活。

在路上，他看見一隻鼠四處亂竄，因為這可憐的東西的眼盲了。於是他用朝露把它的眼睛擦了一下，它立刻能夠見物了。小鼠對他致謝，說道：「上帝會報酬你，以後有機會，我必會報恩！」

走了不遠，他又遇見一隻蜜蜂，亂飛著，且哀聲地哭著，因為它是盲目的。於是他用露水打濕了它的眼，它也立刻重明了。它謝了他，說道：「上帝會報酬你，以後有機會，我必會報恩！」

走了不遠，他又遇見一隻鴿子在塵土中亂轉。他問道：「你為什麼在塵土中亂轉？」鴿子道：「你何必問我，你又不能幫助我！」但少年答道：「請等一等。」他用露水擦它的眼。它立刻再能見物了，說道：「上帝會報酬你，以後有機會，我必會報恩！」

現在他到了一個大城了。恰恰他的兩位哥哥也正在這城中辦事。他很有幸地居然也能在這裡做了一個牧童。

兩位哥哥認出了他。有一天，當他帶領了羊群到野外去時，他們去對主人說謊，謂那位牧童自己誇口說，可以於一夜中把所有的穀都收割下來。這使主人十分喜歡，他便命令少年去做這事，不做便砍了他的頭。他哭著，跑了出來，自己投身在草地上。於是小鼠來了，安慰了他，告訴他不妨安安逸逸地去睡，這事由它去辦。夜間，到了一大群的鼠，咬斷了全部穀稈，於是第二天少年醒來時，一切事都已告成了。主人見了十分地喜歡。

於是那兩位哥哥又到主人那裡，說他曾自己誇口過，以為能在一夜之內把一座禮拜堂建築好。第二天早晨，當他回家時，主人告訴他說，在今夜必須把禮拜堂造好，不然便要砍下了頭。於是他又哭著投身在草地上。

於是蜜蜂飛來了，叫他安安逸逸地去睡，它和它的朋友們會把這工作完全做好，不勞他的焦慮。夜間幾千萬的蜂都來了，用蠟來建築了一座禮拜堂。當夜色還黑漆漆的，主人醒了來時，忽然看見外面很光亮。他很詫異，便喚了一個貼身的僕人和他一同進禮拜堂去看。連祭壇也都造好了！

於是兩個哥哥又告訴主人以別的謊話——牧童曾怎麼地自誇說他能夠把一串

珍珠給女公子，還可以送一個金蘋果給小公子玩玩。當他回家時，主人告訴他須把珍珠串及金蘋果帶來，不然便要賜死。

他哭著，投身於草地上，鴿子卻飛了來，說道：「你且把眼淚揩乾了去睡吧；明天一早，事情便都可以弄好了。」第二天早晨，少年看見一串美麗的珍珠和一個金蘋果已經在他身邊了，於是他把他們給了主人的女公子和小公子。

於是主人叫了少年進屋，問他怎麼會做這許多事。於是他告訴主人，他的兩個哥哥怎樣地搶去了他的麵包，挖去了他的眼珠，棄他在深山中以及一切的事。於是主人把兩個哥哥逐去了，少年卻得了重賞，且得了女公子為妻。

（原載《小說月報》第十七卷第三號一九二六年四月）

七星

古時，某地方的國王有一個美麗的女兒，她的美麗沒有一個女子可以比得過。但是，某一天，有一條龍來把她劫走了，一點蹤跡也尋不見，不知他把她究竟帶到什麼地方去。

於是國王叫來了他的首相，要他出去尋找公主，如果找不到，便不用回家。首相立刻出發了，他尋遍了全個世界，尋不到公主一點蹤影，簡直連一點消息也沒有。但後來，有一個老婦人，告訴他到某某地方，去問龍母，因為只有她才曉得被劫去的公主的消息。

首相聽了她的話，就去尋找龍母。經了千山萬水，經了無數危險，他終於平安地到龍母家中了。他要求龍母告訴他公主所藏匿的地方。

龍母答道：「朋友，你今夜就在這裡睡吧。上帝給我們的，我們都當與你分享之，——你不會受餓的。當我的孩子們，那些龍，從遠地回來時，我就將問他們公主的消息。我一共有五個兒子，一個比一個聰明。大兒子有要什麼就可偷來的本領；他能從母牛那裡偷到小犢，母馬那裡偷到小駒，而不會被它們所覺察。二兒能夠追蹤一切失去的東西，雖然已失去了多年，他也會尋蹤覓到。三兒子能夠把箭射中他所要射的東西。四兒子能夠於傾刻之間建立一座不可攻克的城堡，把他所要藏匿的東西和人放在裡面，沒有人能夠找到。五兒子是如鷹一般的勇鷙，如電光一般的迅速，當他出手去劫奪什麼時。」

當她說話時，她的龍子們都已回家了。母親問他們有沒有曉得國王的女兒的蹤跡。

他們答道：「當然曉得的，她現在和一條比我們更兇狠的龍在一處。他從她父親國王那裡把她劫走了，現在把她藏在他的一個城堡內。」

首相道：「我求你們幫助我去尋到她，我如果找不到公主，便不能回去見國王的面，性命也不能活著了，你們的幫助，國王一定會知感謝的。」

龍子們都表示願意幫助他。二兒子去追蹤得了公主住的地方，大兒子去偷劫了美麗的公主回來。但那條可怕的龍卻追了來，又把她奪去，飛在空中，要把她帶到一個安穩的地方。於是三兒子取了他的箭來，一箭射中龍的心。那龍大叫一聲，從雲端跌落在岩上，屍骨跌得粉碎了。公主是緊緊地被縛在那龍身上的，龍跌死了，公主當然也要跟他跌死的了。但是，不，不！當她跌下時，五兒子如電光一般迅速，把她搶護住了。所以她是平安無恙的。

可是，現在，他們又突然遇到一個不可測的危險了，因為那死龍的兄弟，帶了不少惡怪，又追上來了。虧得四兒子立刻建了一座堅固的城堡，他的兄弟們、公主及首相，才得安穩地躲在堡中。

那些可怕的惡龍在堡外等候了許久；但後來他們因為知道沒有希望了，便回去了。於是那五個龍子、美麗的公主以及首相便出了堡，回到龍母那裡了。

大兒子說道：「母親，我把公主從惡龍那裡救了出來，她該不該屬於我？」二兒子說道：「但如果我不去找出她的住處，你怎麼能去救她？」三兒子道：「我如果不用箭把他射死了，大哥哥自然救不出她，但是二哥哥也枉自辛苦去找一趟而已。所以，在情在理上說來，公主都應該屬於我。」五兒子插上去說道：「公主應該屬於我；如果當她跌落時，不是我去捉住她，她早已不能活著了。」四兒子說道：「如果你們把全局面仔細想了一下，便知道我是最有資格去取得公主了；因為如果我不立刻建立了一座城堡以躲藏你們以及公主，你們以前的辛苦，便都要白費了。」

現在，首相也加入競爭了。

「你們的話都是不對的。公主是我的；因為如果我不告訴你們公主被劫的消息，大龍子便也不會去救她，二龍子也不會去尋她，三龍子也不會去殺龍，四龍子也不會去建立城堡，五龍子也不會去保護她的跌落了。」

如此的，他們六個都要爭娶公主。龍母說：「如果你們的話都不錯，那麼你們都有娶她的權利；但公主當然不會是你們六個所共同佔有的。但你們卻可以把她當作你們的妹妹，愛她，保護她，一直到了你們和她死時為止。」

他們聽從了龍母的話。他們和公主至今日還同坐在天空上，我們都可以看見，這就是人類所稱做「七星」的了。

（原載《小說月報》第十七卷第四號）

列那狐的歷史

一

在五旬節的前後，樹林中大概都是美麗而且可愛的，樹木覆被著葉與花，地上鋪著綠草與有香氣的花朵，禽鳥們和諧地唱著悅耳的歌；在這個時候，全體禽獸的高貴的王，獅子，要在這次宴會的幾個聖日裡，坐朝辦理國政。他把這件事叫他國境之內全都知道，又出了告示說，每個禽獸都必須到這裡來——於是所有大的小的禽獸都到了宮廷裡來，只有列那狐不來，他自己知道他有許多罪惡，得罪過許多到這裡來的禽獸，因此，他便不敢到來了。當禽獸之王坐朝，所有禽獸都集合在那裡時，只聽見許多禽獸在苦苦地控告著列那狐。

二

依賽格林（Esegrim）狼同他的親族與朋友們到來，站在國王面前，說道：「高貴有力的王，我的主，我懇求你，以你的威力，正直，與仁慈，你要對於列那狐所給與我及我的妻子的種種侵害及無理的胡鬧，加以憐憫。他不管我妻子的不願，強行侵入我的屋裡。我的兒子們睡在那裡，他撒尿在他們頭上，因此他們從此成了瞎眼。親愛的王，這件事，現在到你宮廷這裡來的禽獸，有許多都是知道的。他還有許多侵害的事，我也不能細說，現在只好不提。但他對於我妻的羞辱與侵侮，這是我萬不能不報仇的，必須叫他給我以賠償。」

三

狼說完了話，小獵狗考托士（Courtoys）又立起來向國王控訴說，怎樣地在寒冷的冬天，霜雪滿地，他為嚴冬所苦，什麼食物都沒有了，只存一個布丁，而列那狐卻把這個布丁從他那裡偷走了。他說了這些話，特保（Tybert）貓憤怒地跳到他們中間，說道：「國王，吾主。我在這裡聽見列那被人苛刻地控告，沒有別人，只有他自己，才能洗清他。但考托士在這裡控告的，卻是許多年前的事——

那個布丁是我的，而我卻不控告；因為我在夜間從一個磨坊裡把它得來。磨坊主人躺在那裡睡著了。如果考托士有什麼份，那也是由我那裡得來的。」

於是潘莎（海狸）說道：「你想一想看，特保，列那被人控告是不應該的麼？他簡直是一個謀殺者，一個海盜，一個賊，他不愛一個人，就是這裡我們的王，我們的主，他也不愛。他只要能取得一隻肥雞的腿，便失去善德與名譽也願意。我要告訴你，我昨天看見他對於克瓦（Cuwart）兔所做的事，克瓦現在是站在這裡，受著國王的和平而安全的保護。他答應克瓦說，他要教克瓦以他的『克里獨』（Credo），使他成一個好牧師。他叫他去坐在他的兩腿之中，唱著而且高聲叫道：『克里獨，克里獨！』我剛由那裡經過，聽見這個歌聲。後來我走近了，卻看見這位列那先生已放下他方才的教讀與教歌的事而又在演他的舊戲了。因為，他這時已把克瓦的咽喉捉住，如果我這時不來，他已把克瓦的生命取去了。你們在這裡還可以看出克瓦兔的新創痕。我的主，我的王，如果你對於這事沒有刑罰，讓那個破壞你的和平者安安靜靜地走去，你便要沒有權力執行你的部下的審判，即你的子孫們在許多年之後也要受罵的。」

「實在的，潘莎，」依賽格林說道，「你說得不錯。實行正義與公理，是正當的，如此，弱者才能生存於和平之中。」

四

於是獾豬格令巴（Grymbart）出來說話了，他是列那的姊姊的兒子，說話時帶著怒氣。

「依賽格林勳爵，你的話是不對的。俗諺有之，『一個仇敵的口中，說不出好話來。』你說的都是謊話，你責備我舅父列那的話又是對的麼？我可以說，你不敢肯定地說，你們兩人中，列那侵害你比你侵害他更甚些，應該用繩把頭頸掛在樹上，如一個賊一樣。但是他如果像你一樣現在也在這宮廷上，在國王身邊，他心裡會不會想道，你所做的事已夠叫你去向他謝罪，——你曾許多次用你的兇殘尖利的牙齒咬打我的舅父，至於究竟多少次數，我簡直算也算不清楚了。但我可以告訴出我所熟知的幾件事：你不記得你怎樣地處置他從車上拋下來的比目魚，當你遠遠地跟在車後面，自己獨自吃掉了好的比目魚，只剩下魚骨或你自己所不吃的骨頭給他麼？同這一樣，你對於肥豬肋肉也不肯給他，這豬肋肉氣味非常好，你獨自吃在嘴裡了，當我舅父向你要他的一份時，你卻侮蔑地答他道：『列那，好孩子，我很高興把你的一份給你。』——但我的舅父卻什麼也沒有得到——實則這塊豬肋肉乃是他冒大險而得來的，因為人來了，把他拋在一個袋中，他好容易才得逃命出來。如此同樣的事，列那曾從依賽格林那裡受到許多次。唉，諸位先生，你們想想，這是對的麼？然而還有呢。他控告我舅父列那怎樣地侵害他，因為侮辱到他的妻子。我舅父確曾躺在她身邊；但那是七年之前的事了——那時他還沒有娶她呢；如果列那為了戀愛與敬禮對她表示他的意志，那有什麼要緊？她不久是被恕了。所以依賽格林如果聰明些，便沒有控告的權。他要相信他自己沒有權力如此地誣謗他的妻子。現在還要對於兔子克瓦的事說明一下。我想這事是一種猜想。如果他讀書時，功課讀得不對，他的先生列那還不應該打他麼？如果不打學生們，不叱責他們的懶惰，他們要永不肯用功的。再說考托士控告說他很苦地在冬天得到一塊布丁，在這時候，食物正是很不易找尋。但他最好不要開口控訴，因為他的布丁是偷來的。古諺說道：『悖得者亦悖失，』是應該的。如果列那從一個賊那裡取去所偷的東西，誰會去責備他？這是正理。他懂得法律的，能夠明白正義的。我的舅父是一個和靄真實的人；他不能忍受偽虛的事。他做事都與他的牧師討論。他永不曾害過什麼人；因為他一天不過吃一頓；他過著隱士的生活；他有一年多不曾吃肉了。我昨天聽見從他那裡來的幾個人說，他已經離開他的馬里卜臺堡（Maleperdays），建築了一個上穴；他住在那裡，不再去打獵，只靠著人家的施濟，除了人家施濟給他的東西外，什麼也不取；他十分懺悔他的罪惡。終日禱著上帝。」

如此，格令巴代他舅父辯護了許多話，正當這時，他們看見山上走下了雄雞張的克勞（Chanticller），抬了一個屍架，躺在架上的，是一隻死雞，列那狐曾把她的頭咬去，這必須抬來給國王看，使他知道。

五

張的克勞走前來，悲憫地撲打著他的雙手與他的翼膀；在屍架的兩邊，有兩個悲戚的小雌雞抬著，——一個叫做康太，第二個叫做克拉耶，死的是她們的姐姐小雌雞柯平。她們哭他們死去的姐姐，哭得十分悲切，她們母親的哭聲尤高，遠遠地便可聽見了。這樣的，他們這一大隊伍走到獅王的面前。

於是張的克勞說道：「悲慈的主，我的王，請你垂聽我的控告，我告的是列那狐，他大大地侵害我及這裡立著的我的孩子們。四月的初旬，天氣很好，我是很高興，很驕傲，因為我的孩子們很多；我有八個好看的男孩，七個好看的女兒，他們都是我妻子孵出來的；他們都很強壯而且肥胖，常到園中去走走，園的四周都有牆，還有六隻大狗看守著，所以我的孩子們並不害怕。列那這賊，看著他們眼紅，但又不能得到，——這個殘暴的賊常常在牆上走著，大狗們便撲過去，把他趕走了。有一次，他幾乎被他們捉住了。

「於是我們不見了列那好一會。後來他來了，裝成一個隱士一樣，帶來一封信給我讀，信上蓋有國王的印，說道，國王要使國內人民全都平安樂業，各種的獸類，禽類，都不准侵害別的禽獸。他還對我說道，他現在是一個出家人了，他要大大地懺悔他的罪過。他還給我看他的隱士的衣服。於是他說道：『張的克勞勳爵，此後你可以不用懼怕我、注意我了，因為我現在不再吃肉了。我現在要走了，要去唱禱歌了。上帝保佑你。』於是列那走了，說著『克里獨』躺在一株山楂樹下。那時我是又快活又高興，並不去注意他了。我叫了我的孩子們集攏來，同到牆外去散步；然而我們卻自此受下許多害，因為列那躺在密林中，輕輕地偷走到我們及鬧的中間，捉去了我的一個孩子，放到他背袋中。從此，他日夜地等待著，偷去了我的許多孩子。我的十五個孩子現在只剩下四個了。其餘的都被他吃掉了。昨天我的女兒柯平，就是現在躺在屍架上的，又被他捉去了，虧得被大狗救了回來。高貴的王，我向你懇求，請你可憐我所受的無理的大損害及我的好看的孩子們的失去！」

六

於是獅王說道：「獾豬勳爵，你聽見你舅父，那位隱士，所做的事了麼？他又齋戒，又禱告，然而做出了什麼事！現在，靜下來，張的克勞，你的控告夠了。你的女兒死了躺在這裡——我們要為她舉行葬禮。先把她光榮地葬了，然後再同諸位大臣們商量怎樣以正義與公理處置這個大謀殺者，叫這個虛偽的賊受法律的制裁。」

葬禮舉行後，獅王召集他的大臣與最有智謀的諮議，商議怎樣責罰列那狐。他們決定先差一個人去叫列那狐來對案，不要躲避不來。白魯因熊得了這個差使。

獅王對白魯因熊道：「白魯因勳爵，我派你做這個差使；但你自己要小心，因為列那是一個奸滑的、殘暴的東西，他還曉得許多的詭計，會說謊，又會造謠；他竟要欺騙你，而且給你些當上呢。」

白魯因道：「什麼，我的主，不要說起這事！那狐想欺騙我！我決不會上他的當的。」

於是白魯因快活地從這裡動身走了，但是恐怕他將不會再這樣地快活了！

七

現在白魯因是很高傲地向列那狐家裡走去，他心裡確信那狐是不會戲弄他的。他走進一座黑暗的森林，列那在那裡也有一條小路，預備被獵時逃走的。白魯因要到馬里們臺堡必須由此林中經過。列那有許多住宅，但馬里卜臺堡是其中最好、最安穩的一個。他於需要時，或有所懼怕時，便住到那裡去。現在，白魯因到了馬里卜臺了，他看見堡門緊閉著。於是他走到門前，坐在地上，叫道：「列那，你在家麼？我是白魯因。國王差我來叫你到宮廷去，辯護你的控案。國王立誓說，你不來或我帶不來你時，你是要被判死刑的。他要絞死你，或把你摔死在岩石上。列那，聽我的忠告，到宮廷去吧。」

列那躺在門內，如平日一樣，在晒太陽。當列那聽見白魯因的話，便走到他的洞中去。馬里卜臺是到處都是洞的，——這裡一個洞，那裡又一個洞，前面又是一個洞。——狹的，曲折的，長的，還有許多路可以通到外邊。這些通路，他可以隨意啟閉的。在他帶了擄掠物回家，或做了什麼壞事被追捉時，他便跑進來，藏身在祕密室中，以避仇人們，因此，他們便不能尋到他了。他用這個方法，曾騙過了許多要追捉他的禽獸。這時，列那自己在想應該用什麼方法使那熊受苦惱，他自己便可以安居不去。

於是，列那想定了計策，走了出來，說道：「白魯因，叔叔，我歡迎你！我聽見你在外邊很久了，但我正在做晚禱——所以不免延擱了一會。親愛的叔叔，他使你走過這麼長的山嶺，真不是一個好差使；我見你很疲倦了，熱汗流在兩頰。這是不必來叫的：我明天一定會到宮廷上去的；但是，我現在覺得憂愁略減些，因為你的忠告可以在宮殿裡幫助我。難道國王在你之外不能差了別一個到這裡來麼？那是大可驚奇的。因為，國王以下你就是最仁厚，最有兵力，土地最多的了。

我很想我們現在立刻就動身到王宮，但因我吃了新的食物太多了，嘴裡很難過，有些不便。」

於是熊說道：「親愛的侄兒，你吃了什麼東西，使你的嘴如此難過？」

「親愛的叔叔：我吃的是蜂蜜；我餓時便去吃。」

白魯因叫道：「啊，列那，你說什麼！你不喜歡蜂蜜麼？我喜歡它比什麼東西都甚些。好列那，幫我得到些這個蜜，我將終生做你的摯友。」

八

「白魯因，叔叔。我想你是在開玩笑。」

「天呀，列那，不。我一點也沒有同你開玩笑。」

於是列那說道：「那末你這樣的喜歡蜂蜜是實在的麼？這蜜叫你們十個來飽吃一頓還吃不完。」

「不必我們十個，列那侄！」熊說道，「為什麼要十個來吃？如果我有了這裡和葡萄牙那裡所有的蜜，我也能獨自把它吃完。」

列那道：「你怎麼說，叔父？這裡近旁住有一個農夫，名叫蘭特福（lantfort），他有無數的蜜，你便吃七年也吃不了；如果你待我以友誼，幫我反抗在國王面前控告我的仇人，這些蜜便可以在你的掌握之中了。」

於是白魯因熊答應他說，如果他有得蜜吃飽，必定與列那成了一個忠誠的朋友，比誰都要好些。

狡狐列那笑了，說道：「如果你有七張嘴，我也可以使他們吃得飽飽的。」熊聽得這話，喜歡非常，忍不住笑了出來。

於是列那想道：「好運氣。我將領他到那裡去，使他儘量地笑笑。」

於是列那說道：「這事不必久延了。我必須為你辛苦一下。你要十分明白我對你的好意。」

笨熊謝了他。狐說道：「現在，叔叔，我們走吧，你跟著我。我可以使你有許多蜜，你簡直吃不了。」他們同走了好久，到了農夫蘭特福的農場裡了。白魯因勳爵覺得很高興。

蘭特福是一個木匠，據人說，他善於鋸斷大木頭。前天他曾運了一株大橡樹放在農場中，他已經開始鋸解這塊橡木了。他把兩個木橛夾在已鋸開的縫中，使它張裂著。列那見了很高興，他已得到他所要的東西了，於是他笑著對那熊說道：「在這樹裡，蜜之多是不可計數的。你試到那裡去看看；少吃些，因為蜜雖甜美，卻不要吃得太多，能稱量的吃，便可與身體無害；好叔叔，如果吃得太多而致病，我是要負責的。」

「什麼，列那，侄兒，不必為我憂愁！你以為我是一個愚夫麼？」

列那說道：「吃東西最好不過度。去到樹旁，爬進去。」

白魯因熊匆匆地要取得那蜜，兩隻前足先伸入鋸開的樹縫中，頭也伸了進去。列那輕輕地跳近，把木橛拔了出來。於是鋸開的木合了攏來，把熊緊緊地夾在樹縫中。這就是侄兒帶騙地把他叔叔囚禁在樹中的樣子，他不能用力，也不能用智巧把他的頭和足由樹中拔出來。

白魯因熊身體雖堅實有力，這時也無法可施。他很明白他是被欺騙了。他開始吼叫，後足掙扎著，發出的聲響，已驚動了農夫蘭特福。他匆匆地走出來，手裡執著一把尖利的鐮刀。白魯因熊被夾在樹縫中，又害怕，又著急。他掙扎著，吼叫著；都沒有用。他不知怎樣地脫逃。

列那狐遠遠地看見木匠蘭特福來了，於是他對白魯因說道：「那蜜好吃麼？

現在怎麼樣？不要吃得太多——吃多了對於你身體是有害的：那時你便不能到宮廷去了。當蘭特福來時，如果你已經吃得夠了，他會給你水喝的；那末蜜便不會粘著在你喉嚨口。」

列那說了這些話，他自己轉身到他的堡中去了：蘭特福來了，他看見那熊被緊夾在樹中。於是他匆匆地跑到鄰家，叫道：「都到我天井裡來——有一個熊被捉住了！」這句話傳得極快，不久，所有男人女人都來了，都盡力地快跑來，手裡執著各種的武器——有的是木棒，有的是耙，有的是掃帚；教堂裡的牧師也拿著神杖跑來，他的妻子也來了，連口中牙齒都沒有的老太婆也跑來了。

白魯因在此是以一當百的。他聽見眾人的喊聲，掙扎著，盡力一掙，把他的頭釋放出來。但他的頭皮及他的雙隻耳朵都留在樹縫中了。在他把雙足拔出之前，足爪及足皮也都被留住了。他兩足痛得不能走，又滿頭是血，流在眼睛中，連眼都睜不開。每個人都去打他，他只好無抵抗地呻吟著，順受這些攻擊。他們把他打得死去活來。他忍痛一跳，那邊是大河，一班女人被擠落河中去了。牧師的妻也落在水裡。牧師無心再去打熊了，急得大叫道：「她在水中！救她，救她！誰救得她起來，我把他的罪惡都赦免！」大家都依牧師吩咐去河中救人，把熊放在一邊。熊見人都去了，便也跳入水中，盡力地游泳而逃。牧師見熊逃了大怒，追在後面大叫道，「回來，你這賊！」他只作不聞，盡力地游泳。他心裡咒　那有蜜的樹及列那狐，他使他受了這許多苦！他泅得疲了，爬上對岸，坐在那裡休息。他呻吟著，嘆息著，血流過雙眼，痛徹心腑。

現在我們看那狐在這時做什麼事。他乘機到蘭特福家裡，偷了一隻肥雞，匆匆地由一條小徑走了。他向河邊走去，心裡很快活，想熊此時必已被打死了。他想道：「熊死了，宮廷上便無對證了。」到了河岸，卻吃了一驚，原來白魯因熊還好好地躺在那裡休息。他心裡異常地憂鬱，而且很生氣。「蘭特福這個愚人！不得好死的！竟把握在手中的肥熊放走了！」他過了河，見白魯因熊受著重傷，全身是血。列那狐便譏嘲地說道：「你偷了蘭特福的蜜，付了錢沒有？如果沒有，那是很可恥的。我當代你去付給他。那蜜好吃麼？你為什麼戴了大紅帽，把耳朵也罩得不見了。」

白魯因熊聽得這些話，憤怒異常，卻又無力去報仇。他任憑列那說去，自己卻一聲不響地極痛苦地忍受著；後來，又跳入河中，泅到對岸去避他。他遲延了許久，才動身到國王那裡去覆命，一路上差不多是連爬帶滾。他遠遠地爬滾來，國王端詳了好久，才認得是他，心裡不大高興，說道：「這是白魯因熊，我的朋友！天呀，誰打得他這樣厲害？頭全都變紅了，幾乎要打死了。他在什麼地方被打的呢？」

於是白魯因熊走近國王面前，說道：——

九

「慈憫的主，我的王，請你代我報仇，懲罰那個狡獸列那；我因為致你的使命，被他弄得如此。我的兩隻前足，我的雙頰，我的雙耳，全部都因他的奸謀而失去了。」

國王說道：「這個偽賊列那怎麼敢如此？我對你說，白魯因，我立誓要為你報仇。」

他召集大臣們，商議怎樣處置列那。會議的結果是再叫人去召他來聽審。他們想，特保貓是奉行這個使命最適宜的，因為他很聰明。國王也以為是。

十

於是國王說道：「特保勳爵，你到列那那裡，告訴他，這是第二次召他來聽審。他雖然對別的獸類施凶，但他相信你，肯聽你的話的。你對他說，如果他三次召不來，我們將以法繩他及所有他的親族，決不寬貸。」

特保道：「我主，我求你另差別人去吧。我身體又小又弱。白魯因熊那樣強壯有力，都不能帶他來，我怎麼能夠呢？」

國王道：「不，特保勳爵，你是聰明有學問的。智巧是比力量更有用的。」

特保只得答應了下來，不久，便動身向馬里卜臺去了。他到了那裡，看見列那狐獨自立在他的門前。

特保說道：「列那，國王召你去呢。他說，你這一次如果再不同我到宮廷去，他要殺死你呢。」

狐說道：「特保，好兄弟，我歡迎你！祝你運氣好！」列那嘴裡說著好話，心裡卻在想擺布他的計畫。

列那繼續地說道：「我們今天可以在一起麼？我要為你接風。明天一早，我們便一同動身到宮廷去。好兄弟，聽我的話吧。我沒有一個朋友如你那樣可信託的。白魯因熊，——那個奸細！我怎麼會與他同去！但是，兄弟，我明天一早一定同你走罷。」

特保道：「最好我們現在就走。月光照得如同白晝：我從沒有見過比今夜更好的天氣。」

「不，好兄弟，夜間走路不大好，要犯疑的。今夜還是住在這裡吧。」

特保道：「我們住在這裡，吃些什麼呢？」

列那道：「這裡吃的東西很少。你可以有甜的蜜。你怎麼說，特保，你要別的麼？」

特保答道：「這我不要。你還有別的麼？如果你給我一隻肥老鼠，我是更要喜歡的。」

列那道：「一隻肥老鼠！好兄弟，是你說的麼？這裡近旁，住有一個牧師，他家裡有一所穀倉；那裡有許多老鼠，便拿一輛馬車還載不了他們呢。我聽得牧師常常說，老鼠害他們不淺。」

「啊，好列那，引我到那裡去，我一定盡力幫助你！」

「嗄，特保，你說真話麼？你果是這樣的喜歡老鼠麼？」

貓說道：「我愛老鼠比人給我的什麼東西都甚些！鼠肉比什麼都好吃。你領我去吧，以後什麼都好商量。」

列那說道：「你同我開玩笑！」

貓說道：「天呀，我沒有！」

列那道：「特保，你開玩笑！」

特保道：「列那，我實在沒有。如果我有一隻肥老鼠，便拿勳爵給我換，我也不肯。」

狐道：「那末，我們走吧，特保，我帶你到那個地方去。」

貓道：「列那，好的，我們就走。」

於是他們一同走到牧師的穀倉，倉的四周，圍以泥牆。前一夜，列那狐曾由牆洞走進去，把牧師的一隻肥雞偷走了。牧師非常生氣，在洞口布了一面羅網，要捉住他。這個惡賊，狐，早就知道了這事。他對貓道：「特保兄弟，爬進洞去吧。捉老鼠的時間不要太久了。吃夠了，就出來。我在洞外等候你。明天我們同到宮廷去。特保，你為什麼不進去？」

特保道：「列那，你叫我進洞麼？如果牧師要捉住我呢？」

狐說道：「啊，啊，特保！你怎麼這樣膽小？」

貓覺得羞愧，便一跳進洞去了。恰恰地被捉住在網中。這就是狡狐列那招待他兄弟，他客人之道了。

特保困在網中，十分害怕，他向前跳去，網也跟著往前。於是他吼叫起來，喧聲很大。

列那站在洞口之外，聽見他的吼聲，自己很得意，對他說道：「特保，你喜歡你的老鼠麼？肥不肥？牧師還會給你湯吃的。特保，你一邊吃，一邊唱，——宮中的習慣是那樣的麼？天呀，如果依賽格林在這裡，受你同樣的待遇，我才快活呢；因為他常常危害我。」

特保逃不了，只是高聲地咪叫著，驚得牧師醒了，他高叫道：「謝天謝地，我的網已捉住偷雞賊了。起來，我們要懲戒他！」牧師把家中的人都叫醒了，嚷道：「狐已捉住了！」大家都奔到洞邊，牧師的妻執著祭燭，牧師用大棒向貓沒頭沒腦地打去，還把貓的一隻眼挖去了。特保跳了起來，盡力咬了牧師一下，他大叫一聲，向後倒了。他們忙亂地把他抬起，仍舊放在床上。狡狐列那，這時已經回轉他的家了。特保見身旁無人，便乘此機會，把網咬開了一個大口，逃出洞外去了。他一顛一拐地跑到宮廷上去，這時天氣很好，太陽光耀地照在空中。他上了列那的大當，身體打得不成樣子，眼也瞎了一隻。國王見了特保的形狀，聽了他的告訴，更覺得震怒，立誓必把列那按律治罪。

列那的外甥格令巴說道：「我的主，請你再差人去叫他一次來聽審。如果他這一次再不來，那末他的罪惡便是真實的了。」

國王道：「格令巴，你想誰要去叫他來呢？誰再肯犧牲了他的耳朵，他的眼睛，或他的生命，去召這個凶獸來呢？我以為這裡沒有這樣的一個笨人。」

格令巴說道：「上帝保佑我，我就是這個笨人吧，我願自己去走一趟叫列那來。你能命令我去麼？」

十一

獅王道：「現在去吧，格令巴，好好地照顧你自己。列那是又兇險、又狡猾，你必須留意他。」

格令巴說，他一定會自己留意的。

於是格令巴向馬里卜臺去了；當他到了那個地方時，他見列那狐在家裡，他的妻愛美林夫人（Damo Eymelyn）同幾個幼子躺在暗隅。

格令巴先對他的舅父舅母問過了好，然後對舅父列那說道：「舅舅，大家在控告你，你不到庭是有損無益的。現在最好同我一起到宮廷去，不能再遲延了。控告的事件很多，這一次是第三次的召喚了。我告訴你實話，如果你明天不去，便不會有什麼好結果的。你將見三天之內，你的屋便要四面被圍起來，拷問機，絞架都要立在屋前。我說實話，你那時將不能逃命，便連你的妻、你的子也將不能活了。——國王說，他要將你全家都殺死。所以最好你還是和我同到宮廷去。你的聰明的狡辯會使你得機會打翻一切的控詞，使你的仇人們含羞而去。你已做過比這次更大的事許多回了。」

列那狐答道：「你說的不錯。我想最好還是和你同去。如果我到國王那裡當面和他相見，和他說話，也許他會憐憫我的。雖然我做了許多壞事，然而宮廷裡不能沒有我：那是國王很明白的。宮廷裡最需要機警聰明的諮議，而我卻是最好的諮議。不過，宮廷裡恨我的太多，我心裡總未免有些憂愁，因為人一多便會比一個人害我力量大。但我最好還是和你同去。甥兒，一人做事一人擔，比之妻子一同受害總是好些。起來，我們走吧，我將忍受一切。」

列那對他的妻愛美林夫人說道：「我把孩子們託給你，你好好地看顧他們。我最小的孩子列金（Reynkin）尤須特別留心撫養。他十分地像我，我希望他能學我一樣。如果上帝保佑我得逃命歸來，我必定十分感謝你。」於是列那別了他的妻而去。

唉，上帝！愛美林是如何的憂苦呀！馬里卜臺的主人，糧食的供給者是走了，家中將要絕食了。

十二

當列那和格令巴同走了一會之後，列那說道：「好甥兒，我現在實是十分恐懼，因為我這次去是冒著生命之危險的。我很想懺悔我的罪惡，好甥兒，我要對你懺悔：這裡不能得到一個牧師。如果我懺悔了自己的罪過，我的靈魂也可以清明些。」

格令巴答道：「舅舅，你要懺悔自己罪過，先須答應不再出去盜竊東西。」列那說，他願意。「現在聽呀，好甥兒，我要說了。我懺悔以前所做的種種壞事，希望能因此得赦罪。」

於是列那便開始說道：「我曾侵害過無數的禽獸──尤其是白魯因熊，我的叔父，我使他的頭全染了血；又教特保貓去捉老鼠，卻有意害他陷入羅網，被人打得渾身是傷；我還大大地侵害張的克勞，把他的孩子吃去了許多。國王也不能除外──我曾汙蔑他及王后許多次，他們自此永不能自己洗清。然而上我的當最多的還是依賽格林狼，我簡直數不清有多少次。我叫他做『叔叔』，其實不過騙騙他：他並不是我的親族。在伊爾麥（Elmare），我叫他扮成了一個教士，我自己也做了一個。我把他的足縛在鐘繩上，叫他去學撞鐘。他把鐘撞得十分的響，街上的人都驚駭起來，不曉得鐘樓上出了什麼亂子，大家都跑了來。他被他們幾乎打得死去。此後，我又教他去捉魚，他也因此受了不少下的打；我還引他到一個有錢的牧師家裡去：這個牧師有一個儲藏室，掛著許多塊豬肉，我常常到那裡去果腹；在這個儲藏室，我曾掘有一個洞，我叫依賽格林爬進去。他在裡面吃得太多了，腹漲大了，不能爬出來。我於是跑到村中大嚷大叫，又跑到牧師那裡，他正在桌上吃飯，在他面前有一塊肥肉，我搶了它，便盡力地逃走了。牧師叫道：『捉住那狐，殺死它！我想人永沒有看見比這再奇怪的事。狐跑到我家裡，從我桌上搶了肉去；人類中哪裡有這樣勇敢的賊！』於是他拿起餐刀，向我擲去，但沒有擲中。他跟了我來，叫道：『捉住那狐，殺了他！』我在前，他們在後追，人愈追愈多，他們都想傷害我。

「我跑了許久，到了依賽格林所藏的地方，我把那塊肉放下了，因為太重；然後我由一個洞中逃出了。牧師追到，拾起肉來，看見狼在那裡，大叫道：『來呀，朋友們，賊在這裡了，是狼！他現在不能逃了！』大家都來了，打得他極重，還拿大石擲他。他暈倒如死。他們把他抬出村外，拋入溝中。後來，我又引他到一個地方，說那裡有七隻母雞，一隻雄雞。旁有一個機關門。我對他說，如果他相信我，爬進這門，便可得許多肥雞吃。依賽格林笑著爬進門，只爬進一點，說道：『列那，你同我開玩笑，裡面沒有雞。』我說：『叔叔，你再爬進些，便可捉到了。要成功便須勞力與冒險。』他再爬進，卻跌落在陷井中了。睡著的人聽見響聲，起來點燭照看。他們見了他，把他打得半死。此外還有許多次類此的事，我也不能立刻都想出來。現在我已懺悔完了，替我赦罪吧。」

格令巴是很機伶的，他從樹上折下一枝，說道：「現在，你用這木棒在身上打三下，然後把它放在地上，直著腿跳躍了三次，再把它拾起，與之接吻。如此，你今日以前所做的罪過便都可得赦了，因為我已都赦免了他們。」

列那狐很喜悅。

於是格令巴又對他舅舅說道：「舅舅，以後你要做好事了。讀讚美詩，到禮拜堂去，給舍施，不再偷竊，不再欺騙人，那末，你便可被憐憫。」

列那答應說，他可以這樣做，於是他們一同向宮廷走去。離正路不遠，有一所尼姑庵，庵門外有許多鵝呀，雞呀在遊戲；列那狐帶著格令巴不走正路而向尼姑庵走去。列那狐看見一隻肥小雞離群走著，便去捉她，卻被她逃走去了。

格令巴說道：「怎麼，舅舅，你做什麼！你剛懺悔過，又要犯罪了。你應該痛自懺過。」

列那答道：「是的，甥兒，我全忘記了！求上帝恕我這一次，我以後不再這樣做了。」

於是他們回身走過一座小橋；然而列那還時時回頭望著那家畜場；他竟不能改過——黏著於骨裡者不能從肉裡取出；他雖在被絞死時，恐怕亦不能忘情於家畜場。

格令巴看他的樣子，說道：「虛偽的人，你的雙眼怎麼時時刻刻望著家畜場那邊看！」

直到走上了正路，列那才不再回頭看。他們向宮廷走去。他們將到宮廷時，列那心裡震跳得很厲害！

十三

在宮廷上的禽獸們，聽見列那狐和他的外甥格令巴來了，大家便都在預備控告他的話。

列那狐同他的外甥走進宮廷，他外貌很鎮定，毫不害怕，驕傲得如同王子，如同沒有損人毫髮的君子一樣。他走到國王面前，立住了，說道，「上帝祝福我主。我是你的最忠實的僕人，永遠是最忠實的。但是，親愛的主，我很知道在這個宮廷上有許多仇人是要害我。但你不要相信這些謊話。他們這些狡猾的及虛偽的騙子，生來便要謀害好人的。有一天，上帝總會報酬他們的。」

國王說道：「靜下來，列那，你這惡賊，奸臣！你的假話造得很好！——但都沒有用。」

張的克勞不能再沉默了，他叫道：「唉！天呀，我受這個惡賊的害夠了！」

國王道：「你不要響，張的克勞，讓我來對付這個惡賊。你說你極敬愛我；這就是表示在我的使者，那兩個可憐的特保貓及白魯因熊的身上的麼？他們至今身上還都是血。不必多說，你將以你的生命酬報你的這些惡行。」

列那狐說道：「親愛的主，有力的王，白魯因的頭上都是血，與我有什麼關係？那是他自己到蘭特福家裡去偷蜜吃，所以被他們所打。再有特保貓，我很客氣地款待他。那是他自己不聽我的話，去牧師家裡偷老鼠吃，所以被打，又與我有什麼關係？我什麼罪也沒有。你可以隨便烹我，燒我，絞死我，或把我兩眼弄瞎了。我不能逃出你的權力之外。我們都在你的公正裁判之下。你是強而有力的；我是軟弱的。如果你殺死了我，一定不會有人報仇的。」

這時，公羊與母羊站起來說道：「我的主，聽我的控詞。」白魯因熊和他的親戚朋友也都站了起來。特保貓、依賽格林狼、克瓦兔以及野豬、駱駝、鵝、山羊、驢、牛、張的克勞雞和他的母雞及所有的孩子們——所有這些禽獸都大聲喧叫，要國王把列那狐捉下定罪。」

十四

於是開了一次會議；他們決定列那狐應該判處死刑。當他們一個一個控訴列那狐時，他都能各各地應付他們，敷設狡辭為他自己辯護。像列那那樣聰明機警，而且善於言辭的，禽獸中恐怕是沒有第二個了。他的辯護的話，十分懇切而動人，聽的人都很詫異。但，到了結果，國王與諮議大臣們下了判辭了，他們判決列那狐應處死刑，用繩絞死。至此，他的狡辯與騙人的伎倆都無所施展了。判辭一下，即須執行。他的外甥格令巴及他的許多有關係的獸類，不忍眼見他的處死，都很悲戚地離開，退出宮廷了。

國王看見有許多哭著退出的，自己說道：「列那雖然是個狡惡的，他的親人對他卻是很好的。」

特保貓說道：「白魯因爵士，依賽格林爵士，你們為什麼這樣慢？現在快要黃昏了。這裡有許多樹叢籬笆。如果他乘機脫逃了，便不容易再捉住他了。我們要去絞死他麼？你們為什麼站著不動？等到絞架造好，已經要晚上了。」

十五

依賽格林說道：「如果我們有一條堅固的絞繩，立刻可把他結果了。」

列那狐好久沒有說話，這時對依賽格林說道：「請減短我的痛苦。特保有一條強固的繩子，這繩子是牧師家裡的，曾捉住他過。他會爬樹，爬得又快；讓他把繩掛好了。我很憂愁，我活了這麼長久；快一點，不要遲延了。白魯因，你在前引路；依賽格林，你緊緊地跟著，仔細監督著，不要被我逃走了。」

白魯因說道：「列那說的話，這是最好的了。」

於是他們立刻動身走了。依賽格林立在這邊，白魯因立在那邊；如此的，他們引導列那到絞架上去。特保在前跑，他去結繩。尊貴的國王與王后以及所有在宮廷上的，都跟在後面，去看列那的結局。列那心裡很害怕，心裡在想：怎樣才能救他自己的死；怎樣才能欺騙那三個最望他死的仇人而使他們受羞辱；怎樣才能用謊話使國王幫助他反對他們。他想了許久，自己暗說道：「國王和許多禽獸都怒我，這是無怪其然的，我是應受的。然而，不管國王如何的有權力，他的左右如何的聰明，如果我一用我的說話，我便要把自己升在如他們置我於絞架上的地位一樣高了。」

那時，依賽格林說道：「白魯因爵士，現在你想想因列那之故而使你的頭全紅了：我們這時應該報酬他了。特保，快點爬上去，把繩子緊縛在樹上，再打了一個死結；白魯因，緊緊地捉住他，不要讓他逃走了。我要將梯子放好了，叫他走上去。」

白魯因說道：「好的，我將好好地幫助他。」

列那狐說道：「現在我心裡很恐懼；因為我看見死在我的眼前，我不能逃脫。我的主，國王，我親愛的王后，還有站在這裡的所有的大眾，我在離開這個世界之前，我要求你們一件事：我要在你們大眾之前，公開地懺悔我自己，把我的罪惡都說出來。我的死可以容易些，你們大眾求上帝憐恤我的靈魂！」

十六

大眾聽了列那這一席話，都很可憐他，一同向國王說，這是一個小小的要求，不妨答應他。於是國王便答應了他。

列那很喜歡，希望結果可以更好些，於是他說道：「在這裡的，我差不多都有侵害他們的地方。然而當我幼時，我是最好的孩子之一。我後來去和眾羊遊戲，因為我聽見他們的悅耳的叫聲。我和他們同在了許久，後來咬了一隻羊：這時我第一次去學舐血。血的味道很好。以後我便開始去吃肉，我覺得很好吃；所以後來我便到森林中去，聽見有小羊的叫聲——我殺了他們兩隻，我開始很勇敢地做這些事了。我殺了雞、鴨、鵝之類，只要我能尋到他們。我的嘴都染了血。以後，我益發兇殘了，只要我能尋到可以制服他的東西，我便都把他們殺死了。以後，我遇到了依賽格林，那時是冬天，他藏在一株樹下，他對我說，他是我的叔叔。我聽了這話，便認他為親屬，我們成了同伴，至今我還很後悔。我們相約大家要互相誠實，好好地相待，於是便開始一同遊行。他偷大的東西，我偷小的東西，所有的東西都平分，然而他總是得到最多——我還得不到應得的一半。當依賽格林捉得一隻小牛，一隻公羊，或一隻羯羊，於是他便同我生氣了；把我驅逐開了，我的一份便也歸了他的。這還是小的事。但當我們運氣很好，得到了一隻牛，那末他的妻帶了七個孩子來了；於是我所得的不過一段最小的肋骨，然而我並不不滿足，因為我有無數的金銀珍寶，七個車子還載不了。」

國王聽到他說有那許多金銀珍寶，貪心頓熾，問道：「列那，以後那金銀怎麼樣了？告訴我。」

狐說道：「我的主，我要告訴你的。金銀幸虧得被偷了。如果這些金銀不被偷，你的生命便要危險，你便要被奸人暗害了——那是上帝所不許的！也是世界上最大的損害。」

當王后聽了這話，她是十分地恐懼，高聲叫道：「啊，列那，你說的什麼？我求你公開地說出這大謀殺事件的真相，使大家都得聽見！」

現在聽列那怎樣地煽動國王與王后，贏得了他們的好意與愛感，且中傷了那些圖謀置他於死地的仇人。他說謊話，說得異常動聽，好像那些事是真的一樣，不假的。

狐以憂戚之容，對王后說道：「我現在必須死了，但我很可憐他要被他自己的人所謀害。」

國王心裡很憂鬱，說道：「列那，你對我說的是真話麼？」

狐說道：「是的，我快死了，難道還造謊話，使我靈魂再受苦麼？」說到死字時，他故意渾身發抖，表示害怕。

王后很可憐他，要求國王叫大眾靜靜地，聽狐說話。

於是國王命令大眾不得喧嘩，聽列那說話。

狐說道：「你們現在都要靜靜的，那是國王的意思，我要公開地告訴你們這個叛謀了。我決不讓那些有罪的得以漏網。」

十七

現在聽列那怎樣地開始。他先叫他的外甥格令巴來，在要緊時可以幫助他。於是他開始說道：「我的主，我父親曾尋找到愛曼里克王（King Ermanric）埋藏在地坑中的金寶；他得到這個大財，便十分地驕傲，蔑視他以前的同伴。他差特保貓到白魯因熊那裡，向他表示敬意，並說他如果要做國王，便請到法蘭特

（Flanders）來。白魯因熊十分地喜歡，因為他久想得到這個高位！於是他便到法蘭特來，我父親待他很盡敬愛。不久他又叫了格令巴，依賽格林狼及特保貓來，他們到一個僻地開會，商議了一夜。他們欲利用我父親的財寶，謀殺了國王。現在，請靜聽這個奇事！他們議決舉白魯因為國王。如果我主的朋友有反對的，我父親便可用財寶去取去他們的力量。

「第二天清早，格令巴吃醉了酒，把這事告訴了他的妻，叫她嚴守祕密。但她不能守祕密，又把這事告訴了我的妻，但要她立誓不告訴別人。但她卻告訴了我，我至今把這事守著祕密。她說得很詳細，我非常害怕，毛髮都豎起來，我的心重得如鉛，冷得如冰，我知道白魯因是個狡猾兇暴的，如果他做了王，我們便都要受苦了。我知道我的主，尊貴的王，出身極高，又有力，又公正，又仁慈。我實實地在想，一個尊貴有力的好獅王，換了一個兇惡的賊，那是如何的一個變遷。於是我時時想設法破壞他們的計畫。我常常禱告上帝使我們的王常是光榮康健，而且給他以長生，但我很明白，那些財寶如果在我父親手裡，他們一班人便會利用之以推翻王室。我便立意要偵探父親藏寶的地方。我不管日夜，不管晴雨，不管寒熱，時時暗中跟在父親之後，要探出財寶的所在。有一次，我伏在地上，看見我父親從一個洞中出來，他仔細地觀察四圍有沒有人。以後，他便用沙把洞口掩蓋了，與平地一樣，一點也看不出異處。我等他走了，便跳到洞邊，用足把沙爬出，鑽進洞去，發見洞中堆有無數的金銀。於是我叫我的妻愛美林幫助我，日夜苦作地把這些財寶搬到另一個地方，藏在一個深洞中。同時，我父親與白魯因、依賽格林正在進行他們的叛謀。我父親到處招兵，允許先給一個月的俸金，幫助白魯因舉行大事。歸來後，我父親便到藏金的地方去看，不料洞口大開，財寶已失。他又氣又悲，自己上吊死了。於是白魯因的逆謀便告了結束。現在，我真是倒運！奸賊依賽格林和白魯因居然為大臣，與我的王坐在一處議事，而我呢，可憐的列那，卻沒人酬我，沒人謝我！」

國王與王后想得到那些財寶，便追問列那，把那些財寶究竟運藏在什麼地方。王后道：「列那，你說了，國王將赦了你不殺，且完全不追究你的罪，以後你當忠順於我的主。」

列那對王后說道：「親愛的后，如果國王相信我，肯赦我一切前罪，那末，我便要使他成一個千古所無的最富的王。」

國王道：「我的后，你相信那狐的話麼？不要理他，他是生來偷盜說謊的。

這已黏附他的骨上，不能由肉裡取出了。」

王后道：「不，我主，你現在可以相信他了。他以前雖壞，現在已變了一個樣子了。」

國王道：「那末，照你的意思做去。他如果再欺騙，我現在立誓必要嚴厲地懲治他及其親屬。」

列那心裡暗喜，說道：「我主，我如說謊話，真是太不聰明了。」

國王於是赦了列那的罪。列那這時心裡之異常快活，是不足異的，他免了死罪，且更不怕一切仇人了，他說道：「我的主，我的后，上帝保佑你們給我以大恩典。我感謝你們，你將要成世界上最富的王了。我現在謹獻上愛曼里克王所有的財寶給我主。」

國王心裡很快活，謝了列那狐。

列那狐心裡暗暗好笑。他繼續著說道：「我的主，請你記好了我的話！在法蘭特的西邊，有一座森林，名叫赫爾斯特洛（Hulsterlo），森林旁有一條河名叫克里鏗辟（Krekenpit）。這是一片極大的荒地，財寶就藏在那裡。請你記住地名克里鏗辟。你到了克里鏗辟，便會看到兩株赤楊樹，樹旁就是藏寶的坑洞。你可以在那裡找到金塊，銀塊，還有愛曼里克王生前所戴的王冠，如果白魯因叛謀成功，這王冠便是他戴的了。你還可以看見值錢的珠寶，寶石鑲在金飾中的，值得好幾千金。我主，你得了這許多財寶。心裡便要常常地想道：『呵，你是如何的忠誠，列那狐，你真聰明，把財寶藏得這樣好！』」

國王道：「列那勳爵，你必須和我們同去掘這寶藏，因為我不識路，我沒有聽見克里鏗辟的這個地名過。」

列那道：「這個地名是真的，我當叫一個見證來。」他便高聲馴道：「克瓦兔，到國王面前來。」克瓦兔渾身發抖，列那道：「克瓦，你著了涼麼？怎麼發抖起來？不要怕！——請你在國王、王后之前說真話。你說，克里鏗辟在什麼地方？」

兔說道：「我十二年之前熟悉這個地方，它在一座名赫爾斯特洛的森林之中。我在那裡受過許多饑寒。僧人西莫尼（Symonon）常在那裡造假幣。」

列那道：「下去吧，國王要聽的話已夠了。」那兔便走了下去。

狐說道：「我的主，我的話沒有錯麼？」

國王道：「不錯的，列那，原諒我。我不應該不相信你。現在，列那，和我們一同走去掘寶吧。」

狐說道：「與我主同去是很光榮的。但我不能去！因為前時依賽格林狼曾入教為僧，因為食糧太少，他覺得極苦，生了病。我很可憐他，便叫他逃走。因此，我犯了教律。我明天便要到羅馬去求赦罪，以後再到聖地去。」

國王道：「列那，我可以叫克瓦同到克里鏗辟去，我勸你必須脫離這個罪。」

列那狐說道：「我主，所以我必須愈快到羅馬愈好。我將日夜不休息，直到我的罪被赦之後。」

國王道：「列那，我想你已變了一個好人了。上帝保佑你成就你的願望。」

國王說完了話，他便坐在一塊大石上，叫大眾靜默勿言，各按等級，成為一圈，坐在草地上。列那立在王后身旁。於是國王說道：「在這裡的大眾都聽著！列那犯罪應絞，現在因他很出力，我與王后赦了他的罪，回復原官。你們必須敬禮他及他的妻子。我也不再願意聽別人來控訴列那了。他明天要到羅馬去求赦罪，還要渡海到聖地去，直到所有他的罪都被赦了才回家來。」

烏鴉特塞林（Tyselyn）聽見了這一席話，便跑到依賽格林、白魯因及特保那裡，說道：「你們不幸的人，還在這裡做什麼？列那狐被赦了，且成了一個侍臣，在宮中很有勢力。國王已赦了他的所有的罪過。你們都被賣了。」

依賽格林說道：「怎麼樣了？我想特塞林是說著謊話。」

烏鴉說道：「我沒有說謊，真的事。」

於是狼與熊都到國王那裡去。特保貓十分謹慎，他不願意再見列那。

十八

依賽格林很驕傲地走到國王面前，很兇惡地罵著列那，國王聽了大怒，下令把狼與熊都縛了起來。他們被捆縛得極緊，整個晚上，他們的足與手都一毫不能轉動。現在看狐怎麼辦！他恨他們。他設法向王后說，他動身時要用一尺長一尺寬的熊皮做背囊，還有，他要四隻堅固的靴，以便走遠路。他對王后道：「我后。我現在是你的朝陵使了。我的叔父依賽格林有四隻靴，恰好合我用。我要他給我兩隻靴，還有他的妻，我的嬸母，也要給我兩隻，她不大出門，沒有靴也不要緊。」

王后道：「列那，這些靴你必定要的，因為你要爬山過嶺。依賽格林及他的妻的靴，正合你用，又好又堅固。我叫他們每人給你兩隻。取下來雖痛，也無法，因為朝陵是要事。」

十九

於是這個虛偽的朝陵者從依賽格林那裡取得了兩隻靴。你看他取下時是如何的痛苦呀！他不能動彈，足上血淋淋的。其次是他的夫人的份了，她躺在草地上，臉上悲愁著。她失了她的兩隻後靴。

列那很高興，譏嘲地對他的嬸母說道：「好嬸母，為我之故，你受了多少苦？我要穿了你的靴，你將是朝陵的伴侶了，我得赦罪，你也可以有福了。」

母狼氣得一句話也說不出。她終於說道：「唉，列那，現在隨你怎麼說都可以，我禱求上帝復仇！」

依賽格林與他的伴侶白魯因，一句話也不說，他們靜默地躺著。他們很難過，因繩子捆得極緊，已受了傷，如果特保貓也在此地，他便也將受些苦了，虧得他機警，沒有同來。

第二天，太陽升起時，列那把從依賽格林及他的妻那裡取來的靴，用油抹了，穿在足上，用帶縛住，走到國王及王后那裡，以快樂的面目，對他們說道：「高貴的王與后，我要走了，我要求你們給我背囊及棒子。」

國王叫巴林（Benyn）羊給列那背囊及棒子，這背囊便是以白魯因熊的皮為囊面的。於是列那要動身了。他向國王望著，好像他不捨得離別，又似要哭出來的樣子，好像他心中真的難過。他想，不要延擱太久了，還是快走的好，因他自知有罪。

國王道：「列那，我憂你如此匆忙。不再耽擱。」

「不，我主，是時候了，我求你給我動身，我必須走了。」

國王道：「上帝與你在一起！」他叫全宮的人都去送列那一程，只有狼與熊被緊縛在地上，不能走。列那心裡暗笑，國王起初如此恨他，後來竟讓他愚弄了。

列那道：「我主，我請求你不要再送了。你那裡還有兩個奸臣被縛在地上呢。如果他們逃了，為害不淺，我求上帝保佑你！」於是他以後足立起來，為一切大的小的禽獸祝福，他們也祝福他。他快活地向克瓦兔及巴林羊說道：「朋友們，我們現在就分離麼？你們與上帝將伴我再走幾程。你們身份既高，又和靄可親，走在一處是最好不過的。」他說了好些欺騙的話，一直把他們引到他的屋馬里卜臺那裡。

二十

當列那走到他家的門前，他對巴林羊道：「兄弟，請你等在這裡，不要走開；我和克瓦要走進去。因為我要求克瓦安慰我的妻子。」巴林道：「我願他能安慰得下他們。」

列那騙了克瓦進去。他們看見愛美林夫人和她的孩子們躺在地上，他們十分焦急，恐怕列那受了死刑。但是，她竟又見他回來了，她十分地喜歡。但，當她見他的背囊，棒子及靴子，又覺得奇異，問道：「親愛的列那，你怎麼逃的？」

他道：「我被捉到宮廷，但國王叫我走去。我必須去朝陵。我謝謝國王把克瓦給我們，可以隨意處置。國王他自己說，克瓦是第一個控告我們的人，可以復仇。」

克瓦聽見這些話，怕了起來。他要想逃，又不能夠，因為列那正站在他及閘之中間。列那把他的頸捉住。於是克瓦叫道：「救命呀，巴林，救命呀！你在哪裡？他要殺我了！」但一會兒這聲音便沒有了，因為列那已把他的喉管割斷了。

他說道：「現在我們且吃這隻肥兔吧。」小狐們也來了。他們有了一席大宴，因為克瓦的身體很肥胖。愛美林吃肉飲血，她立刻感謝那國王使他們如此快樂。列那道：「你且儘量地吃吧。」她道：「列那，你把別後的事告訴了我吧。」

「夫人，我騙了國王與王后。我想，我們的交情並不厚，當他知道了這事必定會生氣，立刻會捉我去絞死的。所以我們還是離開這裡，偷偷地走到別的森林中去，無憂無懼地生活著，我們就住了七年，他們也不會尋到。那裡有許多好食物，如鷓鴣、雉雞，以及許多別的野禽。有清溪，又有清新的空氣。我們的生活，平穩安逸且又富有。因為我告訴國王有大堆財寶在克里鏗辟，但實在是沒有。他如知道被騙，一定要大生氣。我不願意再落在他手中了。」

愛美林夫人道：「列那，我勸你不要搬到別的地方去了。我們在那裡沒有一個朋友。我們在這裡，什麼都有。你是這一地的人民的主人，為什麼要遷居到壞的地方去呢？如果國王來捉，我們有許多旁路小徑可以逃走，不怕他們來。」

列那聽了她的勸告，道：「是的，他如逼我太甚，我是要捉弄他的。如果他要求害，他便將得害。」

現在巴林羊因克瓦在洞中許久不出來，生氣起來，高聲叫道：「出來，克瓦，列那為什麼把你留在那裡這樣長久？你快一點來！我們走吧！」

列那聽見了他的話，走了出來，溫和地對巴林羊說道：「親愛的巴林，你為什麼生氣呢？克瓦正和他孀母說話。請你不要生氣。他叫我告訴你先走，他會追來的：他比你跑得快。他還要與他孀母及她的孩子們耽擱一會，——他們都哭著，因為我將要離開他們走。」

巴林道：「克瓦怎麼樣了？我彷彿聽見他喊救命。」

狐答道：「你說什麼，巴林？你以為他有什麼危險麼？現在聽我說他那時的事。當我們走進屋內，我的妻愛美林知道我要過海朝陵，便暈倒在地。克瓦見了，大叫道：『巴林，來助我孀母，她暈倒了。』」

羊道：「誠心地說，我知道克瓦有大危險。」

狐道：「這是不對的，如果克瓦在我家裡受什麼害，我的妻子便要受許多苦處了。」

二十一

狐說道：「巴林，你不記得昨天國王命令我離開此地之前要給他兩封信麼？

好兄弟，我求你把這兩封信帶去，他們已經寫好了。」

羊道：「我不知道這事。如果你的信寫得好，還有裝信的東西，我可以把他們帶去。」

列那道：「你可以有東西裝信。我要把我的背囊給你，把送給國王的信放在裡面。你會得國王的感謝的。」

因此，巴林答應把這兩封信帶去。

列那回到屋內，把背囊取出，放進克瓦的頭顱，然後把這背囊交給巴林，要使他受危險。他把背囊掛在巴林頸上，再三囑咐道，如果他要得國王的歡心，千萬不要偷看背囊中的東西。「如果你要使國王尊重你，喜愛你，你要說，這信是你自己代我寫的，並說這信寫得如何的好。然後你便可以得到國王的感謝了。」

巴林羊很高興，他想國王會感謝他的，說道：「列那，我很知道你現在為我做的事。如果大家知道我能夠寫得很好的信，我在宮廷中便要大被稱讚了，雖然我本是不會寫信的。一人做的工作，常常有被別人得其名譽的；我現在也要得別人的工作之名譽了。現在你有什麼話說，列那？克瓦兔和我一同到宮廷去麼？」

狐道：「不，他立刻便要跟你來了。他現在還不能出來，因為正在和他嬸母說話。你先走吧。我要對克瓦說祕密的事。」

巴林道：「再見，列那。」於是他向宮廷走去。他急急地跑，一直奔到宮中，看見國王和大臣們都在朝中。

國王看見了熊皮做的背囊又帶回來，覺得奇怪。他問道：「說，巴林，——你從什麼地方來？狐在哪裡？他為什麼不把背囊帶去？」

巴林道：「我主，我將告訴你一切的事。我伴列那到他家裡。他問我可否帶兩封信給我主。我說，為國王之故，便帶七封信也高興。於是他給我這個背囊，信就在囊中。這信是我寫的，我還參加些意見在內。我想，你以前不曾見過寫得這樣好的信。」

國王立刻命令他的祕書博卡（Bokart）讀這封信，因為他懂得各種的文字。特保貓和博卡從巴林頸上把背囊取下。祕書博卡解開背囊，把克瓦的頭顱取出，說道：「這是什麼信！我主，這是克瓦的頭顱。」

國王道：「唉，我總是相信這狐！」大家可以知道國王和王后是如何的懊喪。國王生氣得把頭低下，想了許久，不禁大叫了一聲，所有的禽獸聞這叫聲都驚怕起來。

勳爵菲拉辟（Firapeel）豹和國王有些親誼，這時說道：「我的王，怎麼叫得這樣響！你憂苦得如同王后死了。不要自苦了，好好地想法吧。這是大羞恥。你不是這個地方的主人與王麼？這裡的人不是全在你之下麼？」

國王道：「菲拉辟勳爵，我怎麼能忍得下這口氣呢？一個狡賊與騙子欺哄了我，竟使我對不住我的朋友白魯因熊，與依賽格林狼。我十分懊悔。我疏遠了、惱怒了最好的大臣們，反去信託了一個狡狐，這真與我的威信有關。我的妻也不好，她那樣地求我，我聽了她的話，我現在懊悔太遲了。」

豹道：「我主，事情雖做錯了，現在還可以補救。我們可以給還白魯因以他的皮及依賽格林與他的妻的靴——因為有巴林羊在那裡呢。他自己承認說，克瓦之死，他是參與的。所以他須償命。我們全體都去捉列那，把他捉住了絞死，不必再審判。那不是什麼都滿足了麼？」

二十二

國王道：「就依你的話做去吧。」

於是菲拉辟豹到了獄中，釋放了白魯因及依賽格林出來，對他們說道：「勳爵們，國王叫我放了你們，我主的愛與友誼仍在你們身上，他很懊悔，且很憂愁對待你們的不對，所以你們就可以有好的升遷了。他還給你們以巴林羊及他的親屬，從此以後，你們遇見了他們，不問在田野中、森林中，你們都可以吞吃他們，不必顧慮。他還允許你們，去獵捉列那及所有他的親屬，可以隨意報仇。」

菲拉辟的一席話，恢復了國王和白魯因、依賽格林的感情。只苦了巴林羊及他的親屬，他失了外套，失了生命，以後狼屬還有吞吃他親屬的特權。到了現在，他們遇見了巴林的親屬，還是吞吃。

國王和大臣們大宴了十二天，為了寵愛熊與狼，這個和解使他十分地高興。

二十三

所有各種的獸類，都到這個大宴會來，因為國王使人通知國內各地。群獸的快樂與高興是從來少見的。他們跳舞歌樂。國王給了許多的食物，大家都吃得醉飽。他的國內，所有大的小的獸類俱到了這裡來；還有許多飛鳥也都飛來。只有列那狐，那個紅眼睛的假的朝陵者，他躺在家裡想做壞事，他以為他到這裡來是有害無益的，所以不敢來。食物與酒到處都是。快樂的遊戲，無一刻停。宴會中是充滿了喜悅。

正當第八日，中午的時候，大兔拉卜里（Raprecl）走到國王面前，他正與王后坐在一處，拉卜里悲苦地說道：「我的主，請你可憐我，聽我的控告。昨天早晨，列那狐幾乎殺了我。昨天，我正走過他的家馬里卜臺，他站立在門外，好像一個朝陵者。我想和和平平地經過他身旁，到這裡來赴宴。但他看見我來了，迎面擋住，不說一句話，伸出左足，打在我的頸上，我以為我的頭顱要落下了，但謝上帝，我竟得逃命。我痛苦地從他爪下逃出，失去了一隻耳朵，頭上還有四個大洞，是他的尖銳的爪印，血湧出來，我幾乎要暈倒。為了要生命，不得不忍痛飛逃，他追我不上。看，我主，他用利爪捉我的大創痕！我求你可憐我，懲罰這個虛偽的奸臣與謀殺者，不然，恐沒有動物經過那裡會得平安的了。」

二十四

大兔的話才說完，烏鴉柯班特（Corbant）飛進來，立在國王之前，說道：「親愛的主，聽我的話！我向你申訴可憐的控詞。我今天早上和我的妻夏比（Sharpebek）同到草地上散心，列那躺在地上好像一個死物。他的眼珠定著，他的舌頭長長地掛在嘴外，好像一隻已死的獵狗。我們走近，觸觸他的嘴，覺得沒有生氣。於是我的妻走上去，把她的耳朵放在他口邊，去聽聽看他有沒有呼吸，因此，遇到了惡運。因為這個兇殘的狡狐，正在等待他的時機；當他看見她如此地近他，他便把她的頭咬住，把它咬斷了。我見了，十二分地悲怒，大叫道：『不好了！不好了！做什麼？』他立刻立了起來，向我走來。我怕被殺，渾身戰慄著，飛到一株樹上停下，遠遠地看這個惡賊把她吞吃了，連一根骨也不留下——只有幾根羽毛散在地上。他極餓，好像兩隻都可以吃得下。吃完了，他走開了。我悲戚地飛下來，把羽毛集攏來，現在帶在這裡給你看。我生平沒有受這樣的痛苦與驚恐過。我的主，你看這是如何可憐。這些是我妻夏比的羽毛！我主，如果你要保持尊嚴，你必須對此事有公平的裁判，將惡賊治以相當之罪，使大家都敬畏你，不然，便連你自己恐也不能安穩地坐著了。因為國王不公平，不加盜賊以刑罰，任他們胡行，便要人人思亂，大家都要做王了。我的愛主，請你留意。」

二十五

高貴的國王聽了大兔與烏鴉的控詞，他十分生氣，生氣得眼睛如火般照耀，形狀很可怕；他高聲地吼叫起來，所有宮廷上的人都怕得發抖了。後來，他叫道：「我以皇冠立誓，不能忍受這個狡賊的戲弄！我的安全，我的命令都被破壞了，我為他所愚，我竟信了這個狡賊。他的虛偽的假話，哄騙了我。他告訴我他要到羅馬，從那裡過海到聖地去。我給他背囊及棒子，使他成為一個朝陵者，以為都是真的。唉！他真狡惡！但這都因我的妻；都是她勸我的。我竟聽了婦人的話！我求，我命令，所有忠於我的，要與我為友的，不管他們在這裡或不在這裡，都要以其智或力幫助我復這個大仇。我們捉住了他，便不再會受騙受害了。」

依賽格林狼及白魯因熊，聽了國王的話，十分地希望能對列那狐復仇，但他們不敢說一句話。

國王是這樣的生氣，沒有一個人敢開口。

後來，王后說道：「一個貴人不要輕信，也不要太生氣，須等明白了一切之後。他須傾聽別一部分人的話。我初以為狐改好了，不再騙人了，所以我盡力地幫助他。但我以為不管他是好，是壞，你為保存威信，不應該太匆促地反對他。那是不公平的，因為他不能逃出你的手外。你可以囚他，殺他，他必須服從你的裁判。」

菲拉辟豹說道：「我主，我想我后的話是對的；你聽她的話吧。如果列那是如大家所控的有罪的，你便按律治他。」

依賽格林狼道：「菲拉辟勳爵，我們的意見與你一樣。不過列那現在如果在這裡，即使他能把所有的罪都洗刷清，我也要取他的命；可惜他現在不在這裡，我只好不說什麼話。然而，在一切事之上的是，他曾告訴國王說有無數財寶埋在克里鏗辟。這是一個空前的大謊，他因此害了我們，使我和熊受了大苦。我敢以性命為賭，他說的沒有一個字是真實的。國王的使者已經通知他了，他要來，便可以到這裡來了。」

國王道：「我們不再去叫他來了；我命令所有在我下面的、服從我的，在六日之後，預備開戰，所有弓箭手、步兵、馬兵等等，帶了弓箭槍炮，都到馬里卜臺，把它圍困起來。我如是一個國王，我必毀滅了列那狐。你們大家的意見如何？你們願意這樣做麼？」

他們全都喊說道：「我的主，你要如何，我們便全體跟你去！」

二十六

格令巴獾豬聽見了這一切話，他是列那的外甥。他又急又憤，立刻由大路向馬里卜臺奔去。他不管叢林，不管籬笆，都飛越過去，奔得滿身是汗。他代他的紅眼睛的舅舅列那著急；他一路奔，一路自言自語道：「唉，你是怎樣的危險呀！你的結果如何！難道我看著你由生入死，或被逐出國外麼？我實在焦急；你是我們親戚中的頭領，你善於計謀；你的朋友們有急難時，你都肯幫助他們；你善於設辯，你一說話便征服了一切了。」

格令巴這樣匆促地到馬里卜臺，看見他的舅舅列那站在那裡，他正得了兩隻鴿子，提回家去，這兩隻鴿子是第一次出巢學飛，因為羽毛未豐，便跌落在地上；

列那正出來找食物，所以便捉住他們。

當他見格令巴走來，便道，「歡迎，我最愛的甥兒。你跑得太快，渾身都是汗了；有新聞麼？」

格令巴道：「舅舅，不得了，你將有失去生命財產的危險！國王立誓要殺死你。他命令所有他的部下於六日內都到這裡來。弓手，步兵，馬兵，乘車的兵，帶著弓箭槍炮等等，還帶有火把呢。請你留心，他們要捉住你。依賽格林及白魯因現在國王身邊，比之我和你還親近。他們的話都聽。依賽格林使大家相信你是一個賊，一個謀殺犯。大兔拉卜里和烏鴉柯班特也在控告你。我怕你生命有危險，已因懼恐而將生病了。」

狐道：「呸！好甥兒，此外沒有別的事了麼？你便這樣怕麼？勇敢些，放寬心腸。即使國王及全個宮廷的人都要我死，我也能設計打勝了他們的全體。宮中不能沒有我。」

二十七

「好甥兒，不必掛念這些事，進這裡來，看我給你什麼東西——好一對肥鴿，我最愛此物。他們味道極好，幾乎可以全個吞下去——骨頭一半是血。我自己覺得要傷胃，所以只吃些清淡的東西。我妻子很喜歡見你，但不要告訴她這個事，恐她要過於愁苦。明天清早，我將和你同到宮廷去；我要以巧辯制服了他們全體。外甥，你能幫助我麼？」

格令巴道：「自然的，舅舅，所有我的財產隨便你用。」

狐道：「謝謝你，外甥！如果我生還，我要償還你的。」

格令巴道：「舅舅，你到了大家面前，善自設辭。你在說話之時，他們是不會捉你的。王后和豹都如此主張。」

狐道：「如此，我很高興；如此，我可以一點也不必注意他們了，我將救出我自己。」

他們不再說話，走進洞中，見愛美林和她的孩子們正坐著，她看見他們來了，便立了起來迎接。格令巴問了舅母及表弟妹們的好。列那帶來的兩隻肥鴿子，做了他們的一頓晚餐。狐道：「好甥兒，你喜歡我的孩子洛賽爾（Rossel）和列那定（Reynardin）麼？他們為我們全屬增光。他們已經很能幹了。他們都曾捉住過小雞，還知道怎樣地撲在水中去追野雞及鴨。我常叫他們去打獵，不過我先教他們逃避羅網、獵人及獵狗之法。他們捉捕得極敏捷，我十分喜歡。」

格令巴道：「舅舅，你有聰明的孩子，可以高興了，我也很高興，因為他們也是我的親人。」

狐道：「格令巴，你流過汗，很疲倦了。現在應該休息了。」

「舅舅，你如喜歡，我也覺得可以睡了。」於是他們便躺在草床上。狐、狐的妻，他的孩子們全都去睡了；但是狐心上很憂愁，嘆著氣，細想他應該怎樣地飾辭自解。

第二天清早，他離了他的家，和格令巴一同走了。在臨走之前，他先與他的妻愛美林夫人告別，且說道：「我必須和外甥格令巴同到宮廷裡去。如果我耽擱了幾天未回，你不要怕；如果你聽得什麼壞消息，不要輕信他。你自己保重，好好地看管著家。我在那裡當隨機應變，盡力做去。」

她說道：「唉，列那，你為什麼又要到宮廷去了？上一次你到了那裡，幾乎送了性命，你還說，將不再回來。」狐道：「夫人，世上的事情是很奇異的：它的進行常與預料相反。有許多人想著要得一件東西，而這件東西卻是他必定得不到的。我現在必須到那裡去。請寬心不要怕。我希望至遲五天之內可以再回家。」

於是他離了家，與格令巴同向宮廷走去。一路上，列那說道：「外甥，我又做了許多狡事。我現在告訴你這一切：我使熊受了大創，把他的皮割了一塊下來，做了一個背囊；還叫狼和他的妻都失了一對的靴；我用大謊話哄騙國王，告訴他說，狼和熊要反叛，想謀殺他，——因此，我使國王大大地恨怒他們，實則這是冤枉的；我還告訴國王說，有一注大財寶埋在克里鏗辟，可以使他大富，實則這也是謊話；我叫巴林羊和克瓦兔和我同走，殺了克瓦，把他的頭顱給巴林帶與國王；我抓住大兔的頭，幾乎殺死了他，虧得他拼死逃去了；烏鴉控告的事也是真的，我把他的妻夏比全個吞吃進去。還有一件事，我上次忘了對你說。我曾和狼同走，看見一隻紅馬，帶了一隻黑色的小駒，只有四個月大小，又好又肥。依賽格林餓得快死，懇求我到馬那裡，問她這個小駒賣不賣。

「我奔到馬身邊，問她這事。她說要有現錢才賣。

「我問她要賣多少錢。

「她說道：『價錢寫在我的後足上。如果你認得字，能夠看得出，你便來看吧。』

「於是我猜出她的心思了，我說道：『不，我不認得字。我也不想買你的孩子，依賽格林叫我到這裡來，要問多少價錢。』

「馬道：『那末，讓他自己到這裡來，我要叫他得些知識。』

「我說道：『好的；』於是奔到依賽格林那裡，說道：『叔叔，你要買這隻小駒，她說價錢已寫在她的足上。她要我去看，但我不認得一個字，我很自悔，因為我沒有上過學校。叔叔，你要吃這小駒麼？如果你認得字，便可以去買了。』

「嗄，侄兒，我很能夠做這事。我懂得法文、拉丁文、英文及荷蘭文。我到過渥斯福的學校。我要到她那裡，看看這小駒的價錢。』他叫我等候他，他奔到馬那裡，問她是否要賣去這小駒。她道：『價錢已寫在我足上。』他道：『讓我看看。』她道：『好的。』舉起她的足，正正踢在他的頭上，馬蹄鐵是新換的，還釘有六隻尖釘，他被踢，倒在地上，好像已死去。馬領了小駒自去，依賽格林帶著重傷躺著。他血流不止，呻吟著。於是我走近去，說道：『依賽格林勳爵，好叔叔，你現在怎麼樣了？你把小駒肉吃夠了麼？為什麼不給我一點？我代你傳過命。你是否飯後便睡？我求你告訴我，馬足上寫的是什麼？是散文還是韻文？我很想知道。我以為必是一首詩，因為我遠遠地已聽見你在唱——你極博學，沒有人讀書比你讀得更好些。』

「『唉，列那，唉！』狼道，『我求你不要再開玩笑了。我是這樣地受傷，即鐵石心腸的人也要可憐我！我看她的字，不料她踢我一下，頭上有六個傷。這樣的文字我將永不想再讀了。』『好叔叔，你告訴我的是真話麼？我很驚異，我以為你是現今生存的最大文人之一！現在我才曉得古語說得好，最好的文人，不必是最聰明的人。他們不聰明的原因，就在於研究知識及科學太多了，因此變成愚人了。』這就是我害得依賽格林幾乎要受傷而死的一件事。

「好甥兒，現在我已把我所能記得住的罪過都說出來了。即使宮廷上有什麼失敗——我知道這是不會有的——我現在已是不怕，因我已刷清了罪過。我很喜歡要你助我懺悔。」

格令巴道：「你害的人太多了，但我可以為你赦罪。只有你把克瓦的頭顱送到宮庭一件事，使國王氣得太甚了，舅舅，這是太惡了。」

狐道：「什麼，好甥兒！什麼人經手拿蜜的，他只肯吮吮指頭麼？我有時覺得我應該愛上帝超乎一切；愛同胞如自己，所做的都要與上帝的法律相合。但你想，內心的理性與外來的欲望要如何地爭鬥呢？有時我想一定要洗脫諸罪，努力為善，但這不過是獨居時的所想；隔了一瞬刻，世界與我相見了，我便覺我的路上有許多石塊；又見了有錢的牧師、教士們的行動，於是我為欲望所勝了，世界上有無數的東西，我於是失去我的一切善念與計畫了。我聽見那裡在唱，在吹笛，在笑，在遊戲，一切是快樂；我聽見那一班教士牧師們所說時，全與他們所想的、所做的不同。於是我也學說謊。謊語在國王的宮中最流行，爵主、貴婦、教士、文人都在說謊。現在人們是不敢向爵主們說真話了，我必須也哄騙說謊，不然，便不能在門內坐著了。

「好甥兒，因此，現在的人必須到處說謊哄騙，尋求每個人的弱點。但我所主張的不過說人們在小事情上須要說些謊；因為永遠說真話的人，他在現在的世界上是不能通行的。什麼人常說真話，他的路上便要有許多阻礙。當必要時，人不妨說謊，待以後再補救。在所有殺害之中有憐憫在。最聰明的人有時也要成為一個愚人。」

格令巴道：「舅舅，你的理由已在我所能懂的以外了。你還要求人懺悔赦罪做什麼？你自己應該做教士，而讓我和別的羊們到你那裡求懺悔赦罪，你知道一切世態人情，沒有一個人可以立在你面前了。」

他們說著，已走進宮廷了。狐心裡有些焦急。格令巴道：「舅舅，不要怕，鎮定地對付一切！勇敢的人，機會能幫助他。」

狐道：「甥兒，你的話是對的。上帝感謝你，你安慰了我！」

他向前走，眼光閃熠地四處地看，好像說：「你們要怎麼樣？——我來了！」他看見有好些他的同類，及和他好的，站在那裡。

狐走了進去，在國王面前跪下，開始說話。

二十八

「無所不知、無所不能的上帝保佑我的主與我的后，願上帝使他知道誰是對的，誰是錯的。因為世界上有許多人，他們的內心是與外表絕不相同的。我願上帝能公開地顯示出每個人的罪過，而他們所有的罪狀都能寫在他們的前額上。我現在控訴那些惡賊，他們使我受了許多苦。但我願你們，我的王與后，不要相信他們那些假造的謊話，你們是聰明正直的，我知道你們不會相信他們的。所以我的愛主，我求你以你的智力研究合理合法的事。所有言動，都使每個人不受冤枉。我不再求別的了。他是有罪的，是說謊的，讓他去受罰。人們在我離開朝廷之前，將十分明白我是什麼樣的人。我不會說好聽的假話，只能心裡有什麼，嘴裡便說什麼。」所有在宮殿上的人都沉默著，他們都震駭於狐的話說得如此的剛強。

國王道：「哈，列那，你真會哄騙人！但你的巧辯卻不能幫助你。我已熟想過，你所做的事，在今天必須受絞刑。我不同你辯駁；我將減短你的痛苦。你對待兔及烏鴉的樣子，就是你所謂愛我們的榜樣了。你的謊話萬不能延長你死的時候。『一隻水瓶汲了許久的水了，最後，它要碎成片片的。』我想，你的水瓶，騙了我們許久的，現在也要碎了。」

列那聽了這些話，十分地恐怖。他後悔他的投到。然而他想，無論如何，他必須把訟事洗刷清楚。

他說：「我的主，我的王，請你聽完了我的話。雖然我判定了死刑，然你應該聽我的話。我以前曾為你劃了許多策，做了許多事，在別人躲避著的時候，我都在你身邊。如果現在惡獸們以假事控告我，我又不能得你的寬恕，那末我還能不辯訴麼？舊的好處，應該記住。我見這裡有許多我的同宗和朋友，他們心裡都很憂愁，你，我的主，卻不公平地要殺我。『如果你殺了我，那末，你便要失掉你國內的最忠誠的僕人了。你想想看，我的主，如果我覺得有罪，或有對不起人處，我怎麼肯在所有我的仇人中投到法律之前呢？不，我王，不！就是為了全世界的黃金也不！因為我是自由的，無罪的。謝謝上帝，我知道自己是一點罪也沒有的，。所以我敢在光明中到這裡來回答一切人對於我的控訴。但當格令巴把這些消息告訴我時，我很難過，不知怎麼辦好。恰好我的叔父米爾丁（Mertyne）猴遇到了我。他見我愁眉不解，便道：『好侄兒，我覺得你不大舒服。有什麼事，應該叫朋友們曉得。一個好朋友是一個大臂助；他可以設法救助你。』我道：『好叔叔，我現在有大苦難，這是我所不應受的；這事起於一個朋友，大兔。他昨天清早到我這裡來，這時我正坐在門外。他告訴我，他要到宮廷裡去，他向我問好，我也問他好。』

「於是他對我說道：『好列那，我是又倦又餓了，你有什麼吃的麼？』

「我道：『是的，有的——你來吧。』

「『於是我給他一對圓麵包，還塗上牛油。那天是禮拜三，是我不吃肉的日子。他吃完了，我的最少的孩子洛賽爾要把剩下的拿去。你知道，小孩子總是貪嘴的。不料大兔咬了他一口，他出血了，暈倒在地。我的大孩子列那定見了，躍過來把大兔的頭捉住，如果我不趕快去救他，他幾乎要被殺死了。我幫助他走開了，還把孩子打了一頓，不料大兔卻到國王那裡，訴說我要謀害他。看，叔叔，這就是他們說我有罪的一件事。』

「『此事之後，科班烏鴉來了，他悲鳴著飛來。我問他什麼事。』他說道：『唉，我的妻死了！那邊有一隻死兔，渾身都生了蟲，她吃得太多了，蟲把她的喉管弄斷了。』

「『我問他這事究竟怎樣發生的。他不再說一句話，又飛開去了。現在他卻說我咬了她。殺了她。我怎樣能走近她？因為她是飛的，我是在地上走的。好叔叔，我是這樣地被冤枉！我真不快活！』

「猴對我說道：『侄兒，你到宮殿上去，求國王的原諒。』

「『不，叔叔，不能去，因為主教要責罰我。這事是由依賽格林狼起的。他要脫離了他的教會，回復自由的生活。他向我訴說，他的生活十分拘束，長久的素食，又要讀書唱詩，他簡直不能再住在那裡了，如果他再住下去，他真要死了。

我聽了他的話，很可憐他，於是我幫助他出來。我現在很後悔，因為他倒竭力要陷害我，真是以怨報德。叔叔，因此我已到了智窮力盡之境了。因為我必須到羅馬去求赦罪，我去了，我的妻子恐要受害無窮。那些惡獸妒嫉我的，恐將盡力地害他們。我如能到宮廷去辯護了一切，便可保護他們了；但我又不敢去。我沒有求赦罪，上帝會責備我。』

「猴道：『不，不要怕。我可以幫助你，我知道到羅馬去的路。我會替你去的。我還要帶些錢去。祈禱者有了錢便會辦得更妥。侄兒，不要愁！我明天就去，一直到羅馬。你呢，到宮廷裡去，立刻去。你所有的罪，我都替你承擔了下來。你到了宮中的時候，可遇見我的妻綠克娜（Rukenawe），她的兩個姊妹，和我的三個孩子，還有許多親友。我的妻很高興幫助人。如果你的事不得直，立刻叫人到羅馬告訴我，我有法子想。所以侄兒，你為我向國王要求，他對你存公道。我知道他不會拒絕你的。』

「我主，當我聽見這些話，我笑了。我十分高興地到這裡來，告訴你所有的事。如果有人在這裡能以充分的證據控告我的，那末，有法律在；如果他不能如此，那末，可以定好日子，定好地方，我們可以相見於決鬥場上。誰能以腕力得勝，讓他得勝去。這個權利尚在，我不能因我而破壞。法律與公義不會冤枉人的。」

所有的禽獸，無論窮的富的，都沉默著，聽狐這一席好像理直氣壯的話。拉卜里大兔和科班烏鴉是十二分地害怕起來，他們不敢說話，都迅速地離開了宮殿。當他們倆到了遠處的平原才說道：「神助這個惡賊作惡！他能隱藏他的虛謊，說來好像真的，如福音書一樣的真，這些事只有我們知道，我們怎麼會有證人呢？我們最好是忍耐著走開了，不要和他決鬥。他的兇殘，就是我們有五個也不能保護自己而要被他一個個殺死。」

依賽格林狼和白魯因熊見他們兩個離了宮殿，心裡很憂愁。國王說道：「如果有人要控告的，他可以站出來，我要聽。他昨天到這裡來的那麼多——現在列那在這裡了，他們卻到那裡去了呢？」

狐道：「我的主，有許多控訴的人，而他們見了他們的仇人卻沉默了，不控訴了。——現在看拉卜里大兔和科班烏鴉，他們於我不在這裡時向你控告我；現在呢，我來了，他們卻逃走了，不敢再說一句話。如果人要相信了謊言的惡賊，好人是要受許多害——至於我，卻不要緊。然而，我主，如果他們有你的命令向我求恕，任他們如何害我，我都可以為你之故原恕了他們。我不恨也不控告我的仇人們。但我把一切事放在上帝手上，他會報酬他們的。」

國王道：「列那，我想，你說你很難過。你以為事情已了麼？不，我必須說我的受害，這已足使你以生命報酬之了——當我把你的所有罪過都赦了時，你答應渡海去朝陵，我所以給你背囊和靴子，然而你此後卻做了一件兇暴可羞的大罪。你叫巴林羊把背囊裝了克瓦的頭顱送還了我。你做的這事是否一個大罪？你怎麼敢給我這樣的一個羞辱？把僕人的頭顱送給一個主人，這是不是惡作劇？你再不能說沒有這事了，因為巴林羊已經把這事的顛末都說出來了。他把這信帶給我們時，已得了那樣的報酬。你也將有同樣的，不然，公道要沒有了！」

這時列那驚嚇住了，他不知說什麼話。他已智窮力盡了，很可憐地四面望著，見他的許多親友都不說一句話。他全個臉都變白了；但沒有一個人肯用一手或一足幫助他。國王說道：「你這惡賊！你這謊徒！為什麼不說話了？你現在成了啞子了麼？」

狐十分恐怖地站在那裡，重重地嘆著氣，什麼人都聽見。但是狼與熊很喜歡。

二十九

母猴綠克娜，列那的嬸母，是不大高興了。她十分得寵於王后。虧得有她在這裡，因為她極機敏，又會說話。她所到什麼地方，每個人都喜歡她。

她說道：「我的主，當你審判時，不應該發怒，這是有損於你的尊嚴的。一個王坐在王廷，應有周密的思慮。我很懂得法律，懂得應用。西尼加（Seneca）說，一個王在任何事件上都應有正義與法律——他將已不會再責備那給與在正義與法律以上的他的保護的人。每個人在這裡的都應自己反省，可憐列那，讓每個人知道他自己——那是我的勸告。沒有一個人能永久站得穩，他有時是要滑倒或跌落的。一生沒有做過壞事或罪過的是神聖，是善人，不必再去糾正他了。當一個人做了錯事，後來被勸改過了，那是對的，應該做的；但常常做壞事而不改過，那才是惡魔的生活。請記住福音書的話：你要憐憫；還有一句話：不要裁判一個人，你也將不會被裁判。法里西人（Phurisees）帶了一個通姦被捉住的婦人，要把她用石打死。他們問我們的主，他要說什麼。他說道：『你們當中如有無罪的人，請他拋第一塊石塊。』於是每個人都走開去了，只剩下她站在那裡。

「這裡也是如此。許多人都看見一根小稻草在別人的眼裡，卻不能看見在他自己眼裡的一根木柱。許多人都會裁判別人而他自己已卻是那一班人中的最壞的。雖然人常跌落，最後卻站起來求他。上帝接受所有要求他憐憫的人。雖然人們知道某人做錯了事，卻不要責備他們；但讓他們見到他們自己的過失，然後他們可以自己先改過，於是我的侄兒列那將不在那很壞的人之中了。因為他的祖與父在這個宮廷中比之依賽格林狼或白魯因的全族都更得人主的愛與信用。這裡有一個很不同的比較，——我侄兒列那的機敏與他所得的光榮與名譽；及他們的會議：因為他們簡直是不知道什麼的。我想這個宮廷是倒置了。那些狡賊、騙子、會說謊的，都爬上去，為王與后所信用；至於好的，忠誠的，聰明的人都被抑下了。我不能見這種情形能站得長久。」

於是國王說道：「夫人，如果他害你也如害別的人一樣，你也要愁苦了。我恨他，是可怪的事麼？你沒有聽見這裡控告他殺人、做賊、奸謀的話麼？你那樣地信任他麼？你以為他是那樣好，那樣聰明麼？——那末，把他放在祭壇上，崇拜他，祈禱他，如對一個聖者。但在全世界上卻沒有一個人能說出他什麼好處來的；你可以說出許多來，但結局，你將找到都是不對的。他沒有親人，沒有朋友，肯來幫助他的。他應該受如此的待遇。我很奇怪你，我沒有聽見與他在一處的人曾感謝過他或說過他好處，除非你現在，他常常以尾巴打擊他們。」

母猴答道：「我的主，我是愛他的。我還記得他有一次在你面前辦過一次事，你曾當面謝過他。一個人愛人要有分寸，怨恨人也不可過度。我不要這時太讚美了，等以後再看吧。」

三十

「兩年以前，有一個人和一條蛇同到這個宮殿上來要求評判，你和你們的大臣們都狐疑不決。那蛇要穿過一座籬笆；但他被一個網捉住了，如沒有人幫助他逃，他便要死在那裡了。一人走來了，蛇叫他，求人救他出網，救他一條命。人可憐他，說道：『如果你答應不吃我，不害我，我可以救你出網。』蛇罰了一個惡咒，說他決不會害他一絲一毫。於是人把網解了，放他出網。他們同走了好一會，蛇覺肚子餓了，他已好久沒有吃東西了，他向人撲去，要吃了他。人恐慌地避開了，說道：『你現在要殺我麼？你忘了你曾立誓不傷害我麼？』蛇答道：『我可以告訴全世界，我這樣做是對的。饑餓的需求，可以叫一個人不守他的誓言。』人道：『如不能相饒，等我們遇到了別的人時，叫他裁判一下。』蛇答應了。他們向前走，遇到了烏鴉特賽林和他的孩子：他們聽了人與蛇的告訴。特賽林立判說，蛇可以吃了人。他和他的孩子都想乘此得一份兒吃吃。蛇對人道：「現在怎樣？你怎麼想？我不是贏了麼？』人道：『一個強盜怎麼能判斷這事？他要得些利益。且只遇到他一個呢；至少必須兩個或三個懂得法律正義的在一起評判才好。』蛇答應了，他們向前去，又遇到熊與狼，他們對他們告訴了這事。他們判決道，蛇可以吃了人。因為因饑餓而破誓是常有的事。人那時十分疑懼，蛇張開大嘴向著他；但人卻很艱難地避開了。蛇道：『這不夠了麼？已判決了兩次。』人道：『不，那是殺人賊強盜們下的判決。他們本是不守信誓的。但我要向我們的主，國王，那裡去告訴，想你不至反對。他下什麼判語，我都聽從，永不反對。』狼與熊都說可以，蛇也不反對。他們以為這事到了你那裡，也將有與他們同樣的判語。我想你能記得住。他們到宮殿上了。人戰慄地告訴出怎樣他救了蛇的命，蛇卻要破誓吃他。蛇答道：『我要吃他，因為救自己的命；為了救命，一個人可以不顧誓約。』我的主，那時你和你殿上大臣們都難判決。你見了他的愁苦，不欲他因行好事而被殺。在別一方面，又說因饑餓而欲救命，要求幫助。在殿上的人一個也不能說判語應該怎麼下。我見他們站在這裡，他們不知怎樣解決這個事件。於是你叫了我的侄兒列那來，問他對這事的意見。那時，他在這殿上是比別人都親信，你叫他下公平的判語。列那說道：『我主，只聽了他們的話不足為憑，因為口說常有假話。但如果我見了蛇與人未救他之前一樣的受縛於網中，那末，我就可以下判語了。』於是你道：『列那，你的話對的。我們就照你的話辦。』人和蛇都到原地方了。列那叫蛇照舊被縛在網中。你，我的主說道：『列那，你現在怎樣想？我們判決什麼話？』於是列那說道：『我的主，現在他們都照以前一樣了。他們不勝不敗。看，我主，我現在下判語了。如果人現在還信他以前的誓約，他可以把他放了去。但，如果他以為蛇的可怕，怕他因饑餓要破約吃他，我便判道，人可以自由地走去，讓蛇還留在那裡，好像起首一樣。我想這樣是公正的判斷。』唉，我主，這個判語你和你的大臣們都以為好，都讚美列那能使人自由離開了。如此，狐以智慧保住你的高貴的尊嚴與名望，如一個忠僕對他的主所做的。熊與狼能這樣的給你掙光榮麼？他們知道的是怎樣吼叫偷盜，吃肥胖的肉，然後他們以正義與法律，判決那偷雞竊雛的小賊的死刑，但是他們自己卻偷著牛，馬，他們無事地走去，還做著爵主。他們似乎比梭羅門、亞里斯多德還聰明；每個都很高傲，讚美著大事業與勇敢；但如果他們到那裡辦這件事，恐將第一個逃走了。唉，我主，他們和像他們一樣的，都不聰明，只知毀壞城市、堡壘、土地及人民。他們都只求自己的利益。但列那和他的親友卻都想為他們的主爭榮譽，爭利益；聰明的參議在這裡是比讚美與誇口更有益的。列那這樣做，他卻沒有得到謝意。最後，人會明白誰是最好，做了最多的好事的。我主，你說他的親友們都離去他，因他的奸詐而不與接近。我主，我可以設法使你知道列那的親友們。有許多的。他們肯為列那之故給他以生命及財產，我自己就是一個。我是一個婦人。如果他需要，我將以我的生命及財產給他。我還有三個孩子，他們都勇敢強壯，我可以叫他們為他之故而冒險，我不欲見他滅亡。」

三十一

綠克娜夫人叫了他們來，說道：「來，我的好孩子們！到這裡來，站在你的表兄弟列那那邊。」於是她又說道：「所有你們是我的和列那的親友，都上前來，讓我們禱求國王給列那以公道。」

於是立刻來了許多的獸類，如松鼠，如鼯鼠，如臭貓，如貂，如海狸和他的妻，如小馬，如獠鼠，還有許多別的。水獺與他的妻及海狸原是狐的仇人，但他們不敢違綠克娜夫人的意旨，因為他們怕她。她是他的同類中最有智謀，最為人所怕的。因為她之故，又來了別的二十餘個站在列那那邊。驢呀，蝙蝠呀，水鼠呀，還有許多，可以計算到四十個，他們都站到列那狐旁邊。

綠克娜道：「吾主國王，請來看列那是否有朋友。我們都是你的百姓，為你可以犧牲了生命與財產。你雖然勇敢、有力、強壯，我的好意的情誼也不會傷了你。讓列那狐想想你所反對他的那些事。如果他不能推脫，那末，你給他判罪。我們不更求別的。這個正當的請求，沒有人會拒絕的。」

王后道：「我昨天已經對他這樣說了。但他那樣的兇殘憤怒，直不肯聽我的話。」

豹也說道：「我的主，你可以聽從他們的話；如果你直行己意，在你地位上是很不好的。常常聽著兩方面的話，然後跟著最好最聰明的意見，謹慎地照著最公平的處置下判斷。」

國王道：「這都是對的；但我聽見克瓦的死和看見他的頭顱，我不由得不大怒。我將聽狐的話。如果他能答出並推脫了他的這個控案，我將高興地讓他無事走去。」

列那聽了這些話很快活，想道：「上帝謝我的嬸母——她竟使枯枝生花了！她竭力幫助了我。我現在可以有好運了，我放眼看去，將說出最美好的謊言，人所未聞的，把我自己引出這個危難之外。」

三十二

於是列那狐說道：「唉，你說什麼！克瓦的頭顱麼？巴林羊哪裡去了？他來時帶給你什麼？我給他三件寶物，我要知道這三件東西的下落。一件是給我的主的，其他兩件是給我的王后的。」國王道：「巴林帶給我的除了克瓦的頭顱外，沒有別的，所以我殺死了他；他自己說袋裡的信是他寫的。」列那道：「唉！我的主，這是真的麼？我真不幸！這些寶物失落了，真使我心碎了！我不要活了！我的妻知了這事，她將如何難過？我此生將永不得她的好感了！她要憂死了！」

母猴道：「列那，好侄兒，你乾著急有什麼用？不去管它，先告訴我們這些寶物是怎麼樣的。也許我們去設法把他們尋回。」列那道：「不，嬸母，你的話使我的心寬了些。唉！唉！——我最相信的人卻哄騙了我。我願走遍全世界，冒著生命的危險以尋求這些寶物。」於是他用悲哽的語調對大家說道：「你們請聽，我將告訴你們這些寶物的功用，然後你們可以知道我的損失如何的大。第一件是一隻純金的戒指，裡面有三個希伯萊字，我不認識，請猶太人阿皮里安（Ablion）告訴我。他說，這些是從天上樂園帶下的三個名字，戴了他們，不怕雷打，不怕巫術，不怕被人引誘為惡，雖然躺在露天三個冬夜也不會受冷，不管風雪如何大。戒指的面上有一粒三色的寶石，一部分是像紅水晶似的，發出如火焰的光亮，人在夜行，可不再需燈火，它的光照得如同中午；一部分是白色，人的眼上身上有什麼疾痛，拿石一擦痛處，立刻痊癒，內部有病，如傷食，腸痛等等，只要把這石放在水中，人一飲此水，也立刻會好。唉！失了此寶如何可惜！第三部分是如草一般的綠，帶著紫色斑點，戴著此石的，永不會受仇人的害，每戰必勝，即仇人也會變了愛他，赤身與一百個戰士打，也可以得勝，但戴此石者必須為一高貴無比的人，不然便不生效力。我想此寶物如此的名貴，自己不配用，所以獻給我主，他是現在的最高貴的人。這戒指是在我父親寶庫中得到的，在這庫中還得到一面鏡，一把梳，我妻常用他們。因此兩物也是可珍貴的寶物，所以我把他們獻給王后，她對我十分地慈愛。這把梳是生息於地上樂園與大印度國的一隻高貴動物名潘西拉（Panthera）的骨所做的。這獸極好看，他的香氣可以醫病，別的獸都跟在他後邊，聞了他的香便一切病都沒有了。他雖死了，香味仍存骨上，這骨很輕，但不會碎損，不會被水火所毀。誰聞了那香味，便成了世上最可愛的人，永不會有病，心上也極快活。這梳如銀一般的光滑，梳齒小而狹，邊上有空處，雕了許多人物，雕的是巴里斯和三女神的故事。三女神叫巴里斯判斷誰是最美的，便可得那個金蘋果。巴里斯這時是一個牧人，在特洛哀城外牧羊。女神約諾許他為最富的人，巴拉絲許他為最聰明有力的王，委娜斯許他得一個最美的婦人。巴里斯把金蘋果給了委娜斯。這美婦人就是希臘的一個王的妻海崧。巴里斯後來以委娜斯之助，拐走了海崧，他們倆生活得快樂。這些都雕在梳上。現在請你們聽聽鏡的事。這面鏡可以使人見一裡以內願見的人物及一切事。見了鏡，人也可以醫愈了好些病。它的架木，也是極著名的，又堅又美，在鏡邊上現著六個故事，每個故事配著一種顏色，在故事之下有刻的字句。第一個故事是一匹馬見一隻鹿飛快地跑著，很不高興，便對一個牧人道：『你捉了前面的鹿，可以得許多利益。』人騎上馬去追，但鹿跑得極快，追不上；馬疲倦了，說道：『請你下來去吧，讓我休息。』牧人道：『我捉到你了，你不能逃去。』馬妒嫉了別人，他自己卻陷入網中！想害人的卻自己受了害。第二個故事是一隻驢與一隻獵犬，他們俱與一個富人同住。那富人愛這獵犬，它常與主人遊戲，立起來，舐他主人。驢見了，心裡很羨慕，他也想得到主人的愛，便也立了起來，把前足放在主人肩上，牙齒露著，想舐主人。主人大叫道：『救命呀，救命呀，驢要殺我了！』僕人來了，把驢打得半死。有許多人羨慕別人的幸福而去學樣的，也要與驢同樣地受苦。第三個故事是說特保貓和我父親在一處，他們誓相幫助，不相分離，有得必均分。有一天，他們見一群獵者帶了許多狗走來。他們拼命地逃避。父親道：『特保，怎麼辦呢？獵人追來了。但我有千百方法，可以逃避獵者，不要怕。』特保嘆氣，道：『列那，我只知道一個方法。』說時，他爬上樹頂，讓我父親一人受苦。獵人叫道：『狐！捉！打！』特保譏嘲地說道：『你施出你的千百方法來啊！』我父親盡力地逃，幾乎被捉，虧得路中有一舊洞，始得逃命。不守信約的人，現在是有多少呀！第四個故事是說狼有一次尋到一隻死馬，肉都已被吃了。他嚼著骨頭，因餓極，有一根骨哽在他喉裡。他極痛苦。求醫也無效。後來他見了長頸的鷺鷥，求他幫助，說可以盡力報酬他。鷺鷥把頭放入狼嘴裡，把骨取出。鷺鷥要求他所許的報酬，但狼道：『你的頭放在狼嘴裡而沒有受害，已是僥幸極了，應該是我向你要報酬！』這便是現在的惡人報酬幫他恩人的樣子了。還有許多我不能記住了。這些寶物，我不配有，所以送給我的王與后。我把鏡退來時，兩個孩子還哭了一場。唉！我不知克瓦兔怎麼死的？我把背囊盛了寶物給他帶來的！他們是我的最好朋友，除了羊與兔我找不到別人可託帶這些東西了。唉！我欲知是誰殺克瓦的！我要走遍天涯去尋他！也許他就是在這一群中。惡人會把自己混在好人中，知道怎樣藏蓋他的罪惡。但我最奇怪我王說我與我父親對他沒有好處，有許多事，他雖一件件忘了，我是記得的。我的主，你不記得你兩歲時，你父王生了一場大病，我父親正從醫校中出來，便設法把他醫好了。他為國王所信任，還賜了一個玫瑰花圈。但現在一切都顛倒了。舊的好事被忘了，惡徒卻佔據著高位。就是我自己，對你也有微功，你也許還記住。請你主持公道，不要聽信沒有證據的話。」

國王道：「列那，你說的近情理。我對於克瓦的死，除了巴林羊把他的頭顱放在背囊裡帶來以外，不知別的事。現在我讓你無事走去，因為我沒有證據。」

列那道：「我的主，上帝謝你！他的死使我的心幾乎碎而為二，我真難過。」

大部分在宮殿上的獸，聽了列那敘述三件寶物的話，都以為是真的事。他們見他失了這些東西，見他的焦急的樣子，都代他發愁。王與后也可憐他，叫他不要過於難過，但可以盡力去找。他的形容精緻的寶物，已使他們想要佔有了。他說，這些寶物是送給他們的，所以他們雖不曾得到，卻謝了他，要他幫著去尋找。

狐很明白他們的意思；他道：「上帝謝你們！我的王與后，你們那麼樣安慰我。我將日夜奔跑，祈求，走遍天下，以求這些寶物。我的主，我求你，如果這些東西在我所不能以智或力或懇求取得的地方，我求你幫助我；因為那些本來是你的。並且你也應該懲戒那偷盜殺人的賊。」

國王道：「你知道了他們在哪裡，我決不坐視。我將常常預備幫助你。」

「呵，好的王，這是太過分了！」現在狐把事已辦得很好，他已把國王放在掌上玩弄了。他起初想不到結果這樣好，他造了許多的謊，可以使他自由地任意地走去，不再受人控訴。但依賽格林卻對他是不高興的，說道：「唉，高貴的王，你竟這樣的幼稚，會相信這個可惡的狡賊，竟會如此地被他的謊話所哄騙麼？真的，我久已不相信他了——他是殺人賊，奸臣；他當你的面譏笑你。我將告訴他別的故事。我很喜歡現在看見他在這裡。在他離開我之前，一切他的謊話都無所用了。」

三十三

他又說道：「我的主，我求你留意。這個謊言賊有一次又曾不忠實地騙辱了我的妻。事情是如此：在一個冬天，他與我的妻同行過一片大水。他告訴我的妻說，他可以教她用尾巴來釣魚，並說，她如把尾巴掛在水下多時，便可以有許多魚附在尾巴上，這些魚，他們四個都吃不了。這個傻子，我的妻，居然以為他說的是真話。她在泥澤中走著，到了水的深處，狐叫她把尾巴放下，魚自然會來的。她把尾巴放下了許久，後來竟堅固地凍結在冰上了，她不能把它拔起。當他見了，便躍在她身上。唉！我不忍說出這惡賊如何汙辱她的情形，她不能抵抗他，她深陷在泥澤中。這事，他萬不能否認，因為這是我親眼見到的。當時，我正在河岸上走著，見他正伏在我妻的背上，她咆哮地叫著。唉，那時我心上是如何的痛苦呀！我已失了神智，高聲大叫道：『列那，你在那裡做什麼？』當他見我走得這樣近，便跳了下來，走開去了。我悲愁地向她走去，在泥中水中走著，然後去打破了冰塊，她受了許多苦才把尾巴從冰上拔出，且還留一段尾巴在冰上。但我們的苦還未受完呢。她咆哮得極響，震動了鄉村中的人都執著種種木棒武器出來了，他們怒聲叫道：『殺死！殺死！打死了他們！』我生平沒有這樣地恐怖過，我們幾乎失去了性命。我們竭力奔逃得渾身出汗。一個人用長槍刺傷了我們，他又強壯又跑得快。如果不是天色晚了，我們一定要被殺了。後來，我們跑到了叢林的地方，躲在林中，他們因為夜晚了，才不敢再追，各各回家了。我的主，這種的謀害奸計，你必須為我們主持公道！」

列那答道：「如果這些話是真的，那末我的名譽太汙下了。上帝禁止這事成為真的！我叫她到一個地方去捉魚，這是真的，我指她一條好路，叫她不要走入泥中。但她聽見了有魚時，便沒命地跑，並不由正路走，卻到了冰上，因此被凍住了。如果她不貪心，一定可以得了好些魚，且不會受苦的。這是常有的事，一個人要得到一切，反而失去一切。過度的貪心，決沒有好結果。當時，我見她被冰凍住了，便去幫助她出來，但枉自費盡了力，因為她身子太重，我不能拖得動。

那時恰好依賽格林來了：他由上望下，眼睛花了，其實我決無別的舉動。他叫著罵著我，我只好走開了，讓他去罵。於是他自己去把他的妻救出，他們一跳一跳地去取暖去了。這就是一切經過的事，沒有一句謊話。如果你還有什麼疑惑，給我八日的期限，我可以給許多充足的證據你看。狼自己是一個欺侮婦人的兇惡的壞漢子，卻反說著我。現在試問他的妻，究竟他的話對不對。如果她說真話，一定會和我說的一樣。」

於是狼的妻說道：「唉，惡列那，沒有人敢和你接近——你的謊話說得太像了，但結果你將要受罰的！有一次，你使我入了一口井，幾乎使我喪了命。井口上有兩隻籃子，掛在繩的兩端，繩則掛在一個滑車上，如果一隻籃下去了，一隻籃便升上來。你那時坐在一隻籃上，落於井中，心裡十分驚慌。我恰好走近了井邊，聞見你的嘆聲，便問你為何到井裡去。你說那裡有許多好魚吃，你的肚子都吃得飽脹了。我說道：『告訴我怎麼能下去。』於是你說道：『嬸母，你跳在掛在那裡的籃中，便可以立刻到我這裡來了。』我依你的話跳上籃子；我沉了下去，你卻升上來了！我於是生氣起來。你卻說道：『一個升起來，一個沉下去，那正是世界上的常道！』於是你跳出井口，自己走去了——我獨自坐在井中，坐了一個整天，愁苦著，饑餓著，寒冷著；在我出井之前，還受了許多下的打。」狐道：「嬸母，你挨了打，卻救了我；但我卻給你一個好教訓，下一次你萬不能過於匆促地相信別人，不管他是朋友或是親戚，因為每個人都是求他自己的利益的。如果在有生命危險而不肯騙人以自救，那末，他一定是個傻子。」

三十四

母狼道：「我的主，你聽聽他的話！」狼道：「他還有許多次使我受了危害。他有一次向我的嬸母母猴，賣了我。我受了大驚惶，幾乎全隻耳朵都落在那裡了。現在叫狐自己把這事告訴出來，看他如何說謊，我先說，他又要以巧辯來掩飾了。」狐道：「好的，我說實話，一句也不多說。他到了林中，告訴我說他十分饑餓；我很可憐他。我說，『我也覺得餓呢。』於是我們一同走了半天，得不到什麼吃的東西。於是他呻吟著，說不能再走了。這時，我見一個大洞，在叢林的密處，我聽見洞中有瑟瑟的聲音；我不知有什麼東西在洞中。於是我說道：『到那裡去看看，也許有什麼可以吃的；我知道那裡有東西。』他說道：『非我先知道洞內有什麼，即你給我二十鎊，我也不爬進去，我想，洞內或有什麼可怕的東西。我在那株樹下等你，你先爬進去。但須立刻出來，告訴我洞中有什麼。你比我機警，決沒有危險的。』看，我的主，這個惡漢，他使我先去擋危險，他自己又大又壯，卻平安地在旁觀著。我只得勇敢地走進去。洞內黑暗而闊大，我走了一段路，到了洞的那邊，見在光明中一個大猴躺在那裡，兩隻大眼睛如火焰似的。她的大嘴中長著長牙，足上手上都是尖爪。我沒有見過這樣可怕的獸。在她身邊，躺著三個小猴，也和他們母親一個模樣。當他們見了我時，都不動地望著我。我害怕起來，後悔不該進來，但我卻想道：『已經進來了，——必須設法平安地出去。』我見她比依賽格林狼還大，她的孩子們比我還大。我只好低頭下心地說好話，我說道：『嬸母，上帝給你好日子，你的好孩子們都好。他們真是美，真是可愛！每個都是王子一樣。我一聽見你生產了，所以立刻跑來看你。』她說道：『列那，歡迎你來！你居然會找到這裡來，謝謝你！你必須把你的聰明教給我孩子們一點，使他們知道應做的事。』呵，我聽了她的話真是快活！這值得我開頭叫她為嬸母；實則我與她毫無親戚關係，我的真嬸母乃是前面站著的綠克娜夫人。當時，我說道：『嬸母，我極願意把所知的都教給他們。』說完了話，我便動身要走。她說道：『吃完了飯再走吧。』於是她站起來，領我到別一洞裡，那裡有許多的吃的東西。我吃飽了之後，她還把一塊肉給我帶回家去。我由原路出來，見依賽格林躺在那裡呻吟。他說道：『好侄兒，有吃的東西沒有？我要餓死了！』於是我很可憐他，把帶來的肉給他，因此救了他的命；那時他向我千恩萬謝，誰知他現在倒反對我了呢？他很快地把肉吃下了；然後他問道：『列那，你在洞裡得到了什麼？我現在比以前更餓得慌！我的齒現在格外尖利的要咬東西。』我道『叔叔，你進洞去，可以得到好多東西吃。洞裡住的是我的嬸母和她的孩子們。如果你能藏了真情，編了一片大謊，你便可以得到許多吃的。但你如果說了真心話，你將要受苦的。』我的主，我不是如此的警告過他麼？誰知粗魯的獸類，全不懂得機警。他一見了他們，便驚得叫起來道：『唉，簡直是從地獄出來的，真可怕！我怕得根根毛都聳豎起來了。』她說道：『依賽格林先生，他們是我的孩子們。他們生得好醜，與你何關？剛才來的一位就比你好得多，聰明得多了。誰叫你來的？』他道：『夫人，我要吃東西。』她道：『這裡沒有東西。』他道：『這裡有不少。』於是他直向貯物的洞中走去。我的嬸母便帶了孩子們奔到他面前，用長爪把他抓得血從眼上流下。我聽見他痛楚地咆哮著；又見他飛奔出洞。

他渾身都是傷，一隻耳朵幾乎全失去了。他向我訴苦，我問他說了謊沒有。他道：『我照直地說。』我道：『不，叔叔，你不應該這樣說，你應該說她的孩子們如何的好看，如何的可愛。你照直說，挨打是活該。有的時候，你要曉得，謊話要比真話好，他們比我們聰明的，比我們強壯的，都是如此地做的。』現在，我主，請你問他，事情是不是如此。」

三十五

狼道：「你真是惡極之賊，你笑我，嘲罵我，說著謊話，我都暫且忍耐下去。你說，我餓得快死，是你救了我。那完全是說謊。你給我的不過一根骨頭——你已經把肉都啃乾淨了。你笑我，說我餓極了，你實在太汙辱我了！你說了許多謊話，叫國王捆縛了我，又汙辱我妻子，又暗害我許多次，我已忍了許久許久了；但現在，你不能逃開我了。我不能有什麼充分的證據，但我在這裡，在我王我后以及大眾之前，宣言你是一個虛偽的奸臣，一個殺人犯；我將與你在決鬥場上相見，一個比一個，以死為止！現在，我把手套擲給你了；拾了它去，我將為公道而戰，就死也願意。」

列那狐想道：「我怎麼能與他決鬥呢？我們是不相等的。我不能抵擋這個強有力的賊。所有我的努力，現在都完了！」

三十六

然而狐又轉念道：「我還有些好機會：他的前足的爪已經沒有了，他的足還痛楚著，因我之故，把他的靴脫下，現在創傷還未好呢。他比前是衰弱些了。」於是狐說道：「誰說我是一個奸臣，一個殺人犯的，我說他是說謊；依賽格林，特別是你！你要我決鬥，這是我所希望的。我要以力自衛，辯明你說的話是假的。」國王於是允許了他們兩人決鬥，叫他們各指定兩個證人。於是熊與貓做了狼的證人；格令巴與皮特洛做了狐的證人。

三十七

母猴對狐說道：「列那侄兒，你在決鬥時必須留心。要冷靜機警。你的叔叔，告訴過我一首禱詞，在戰前唱禱極有效力。他說，誰要虔誠地念著禱詞，那日出戰，必定不會為人所敗。明早。我要為你禱念——那末，你一定可以勝了狼了。決鬥總比絞死好。」狐道：「我謝你，親愛的嬸母。這次決鬥，我是對的——所以我希望能有公道的結局。」這一夜，所有他親友都來陪伴他。母猴綠克娜夫人常常為他的福利著想。她把他的毛髮弄得光順，她用橄欖油擦他全身，如此，他的身體是又光又滑，狼不能握住了他，他的身體真是胖，直成了圓圓的。她對他道：「好侄兒，你現在可以多喝些，決鬥時格外有精神。時候到了時，你可以用你鬆散的尾巴打他，如果你能打到他的眼睛，他便看不清東西，更容易贏他了。但以後，你的尾巴須常夾在兩腿間，使他不致捉住你；你的兩隻耳朵也須平貼在頭上，使他不會握住；處處須自己留心。開頭你逃避他的打擊，叫他跳著跑著追你；你要跑到多灰土的地方用足把灰土撥飛起來，使它飛到他眼中，益發使他看不清東西。當他去擦眼時，你卻窺便盡力打他；常常用你的尾巴打他的臉。引他追隨你後面，要使他疲倦。他的足還創痛著；且他雖然強大有力，卻毫沒有心計。侄兒，我的話就是如此。技巧勝過強力，所以你自己留心，機警地防護自己，你和我們便都可以得最後的榮譽了。如果你失敗了，我真要憂愁不已！侄兒，現在一你放寬了心去休息；我們會叫醒你的。」狐道：「嬸母，我現在快活了，上帝謝你！你如此看待我，我下次真不配再受你的了。」於是一他去躺在一株樹下的綠草上睡了，一直睡到太陽升上來時才醒來。於是水獺來叫醒他，給他一隻胖小鴨吃，說道：「好兄弟，我昨夜跳入水中許多次，才得到這隻胖小鴨。這是從一個養鴨人那裡捉來的。拿去吃了吧。」列那道：「這真是好賜品。如果我拒絕了，我必是一個傻子了。我謝謝你。兄弟，你還紀念住我。如果我活著，我將報答你。」狐吃了鴨，沒有湯也沒有麵包。這鴨很好吃，他還喝了四大口水。然後他到決鬥場上去，所有愛他的，全都跟了他去。

三十八

國王見列那那樣的渾身光滑，對他說道：「呵，列那，你真會自己修飾！」

他覺得奇怪；他很難看。但狐默默無言，只跪在地上，向國王及王后行了禮，便起身進了決鬥場。狼已經在那裡了，正在說著許多驕傲的話。決鬥場的守者是豹和大野貓。他們帶了書來，在書上，狼說，狐是一個奸臣，一個殺人犯，沒有一個比他更壞的，並說他將以體力證明他。列那狐說，狼是一個虛偽的狡者，一個惡賊，說著謊話，他將以體力證明他。當這事完了時，守場官叫他們開始決鬥。一切旁觀者都退到場外，只有母猴綠克娜夫人還留在那裡，她立在狐身邊。囑咐他記住他昨夜所說的話。她說道：「好好地留心。當你七歲時：你已經會在夜間不帶燈，也沒有月地去得到東西了。在人民中，你素以聰明著名。專心盡力去贏得這個榮譽，大家都可以有光榮。」他答道：「我摯愛的嬸母，我都知道。我將竭力做去，依著你的忠言。我希望如此做去，我的全族都可以有光榮，我的仇人們將要受辱。」她說道：「上帝把它給你！」

三十九

於是她也退出場外，只留他們兩個在場上。狼暴怒地向狐衝過去，伸開兩隻前足，要把狐捉住。但狐輕輕地跳開了，因為他的足比狼輕便。狼追在狐後，去捕捉他。他們的朋友們都在場外看著。狐竄便用毛鬆鬆的尾巴打他的臉，狼的眼一時張不開，他便停下來擦擦他的眼。列那得到了機會，立在順風處，用足撥揚起灰土，他們都飛入狼眼中。狼看不見東西了，只得立著設法擦掉眼中的灰土。於是列那來了，盡力用牙齒在他頭上咬了三個傷痕，且說道：「什麼事，狼勳爵？有人打你麼？你偷了許多隻羊，殺了許多好動物，現在更以欺詐手段和我決鬥，我如今要報仇了，我是被選來懲罰你的舊罪的。上帝不能更忍耐你的貪欲與狡猾了。你不能再想活了，地獄正是你的樂土。你的生命現在在我掌握中，但你如果跪下求我原諒，對大眾宣言你是輸了，那末你雖罪大惡極，我也將寬恕了你。因為我的良心，叫我不喜歡殺什麼人。」依賽格林聽了這些譏嘲侮蔑的話，氣得一句話都說不出，心中憤怒極了，列那咬他的創處又流血而痛楚。他想，最好是報仇，於是他暴怒地舉足，重重地打在狐的頭上，使狐跌倒在地上了，於是狼向狐走去，想捉住他。但狐是輕便而機詐的，立刻站起身來，兇暴地迎了上去。於是一場惡鬥開始了。這場惡鬥經過了許久工夫。狼連連地向狐撲去，幾乎捉住了他，但他的毛十分光滑，又逃避開去了。呵，狐是如何機警而敏捷呀！許多次，狼以為一定可以捉住他了，不料他卻在狼雙腿之間及腹下鑽了過來。轉過身來，又用尾巴打在狼的眼上。依賽格林以為他要瞎了。他又常常窺便立在順風處，用足撥揚起灰土，使狼的眼中飛進了不少泥沙。依賽格林覺得他已處於不利的地位，但他的氣力還遠勝於狐。列那常常窺便打了他許多下。狼也常常打到狐。他們各出死力相角。我真願意見見這種的爭鬥：一個是機警，一個是強有力；一個以力量來打仗，一個卻以智巧來打仗。狼見狐與他相持了這許久，心裡動了氣，如果他前足沒有取下靴子，狐一定不會與他相持很久，可惜他現在足很痛苦，不能跑得快。後來，他自己想道：「我須使這場決鬥結束了。這個惡賊能與我相持多少長久呢？我是雄偉的——如果我壓在他身上，也可把他壓死了。我寬饒了他這許久，真是大可恥，人們一定會譏笑我，用指指點我，羞辱我，因為看樣子，我還在劣下的一面。我受了好些傷；我流著血；他撥起許多灰土在我眼中，如果我再與他爭持幾時，我的眼要不能見物了，我要窺一個機會打倒他。」於是狼用足打在列那的頭上，把他打倒在地上，於他沒有翻身立起之前，捉住他的腿，壓在他身上，似乎要壓死他。於是狐開始害怕了。他的朋友們見他躺在下面，也都害怕起來。所有依賽格林的朋友們卻都喜歡著。狐臉朝天地躺著，用足爪盡力地防衛自己，打了狼許多下。狼不敢用足打他，但他的牙齒露出，將要去咬他。狐見狼要咬他，十分地怕，用前爪盡力抓了狼的頭臉，他眉上的皮被抓下一塊，一隻眼睛也被挖得掛出眶外。狼異常痛楚，咆哮著，慘叫著，血如川流似的淌下來。

四十

狼揩擦他的眼；狐見了很高興。狼擦眼時，狐卻乘勢掙扎，跳起身來。狼趕快地去捉住他的足，在他未逃去之前，不管自己流著血，還把他緊捉住。狼惱怒極了，忘了一切的痛苦，把狐直壓在身下。於是狼對狐道：「現在你聲明自己是失敗了，不然，我一定要殺你了。你現在什麼伎倆都無用了。你不能逃開我了。你以前汙辱我，謀害我許多次，現在你還使我失了一隻眼，且使我渾身都是傷。」列那聽了這話，他遲疑了許久，不知是承認失敗好呢，還是被殺死好呢。他知道兩者之中，必須取一，但不久，他便決定要說的話，於是說了許多好話：「叔叔，我很快樂地把我的財寶都給你，我成了你的人。我要為你到聖陵去，代你禱告。我永久是你的奴隸，我的親屬們也都給你差遣。那時，你將成了主上之主。什麼人還敢反抗你呢？此後，我無論捉到了雞鴨或得到了魚肉，一定先給你揀選，還要先給你的妻及你的孩子們。我永遠給你差遣，你可以永不會再有危害了。你有力，我機智，我們兩人在一處，一個出主意，一個去做，再不會有錯失的事發生了，且我們的種族相近，不應互相仇視。如果我昨天能避開，我一定不會和你決鬥的。但那是你先要決鬥的：於是我不得不去做這件不欲做的事。且在這次決鬥中，我對你很客氣，我沒有用全力對付你，因為侄兒應該讓叔叔的。好叔叔，你看我總是避了你，且我可以重傷你而我不肯。你的眼壞了，唉！我心裡很難過！好叔叔，我願意我的眼瞎了，不是你的！然而你此後也可以有大利益，因為你以後睡時只要閉上一隻窗，別的人卻須閉上兩隻！我的妻子，我的同類，都要跪在國王之前，你之前，以及你的人之前，懇求你赦了你的侄列那的命；我也將聲明以前種種的不對，以及種種說你的話都是謊話。我給你這種光榮是比之給國王的還大些。所以我求你以後可以快快活活了。我知道，你如果殺我，立刻可以殺。但你如果殺了我，你得到了什麼？你此後必須遠離開我的朋友和親戚了。聰明的人，憤怒要有限量，做事不可過急，且會仔細打算以後的事。許多愚人常因做事過快而後悔。但那時已經太遲了。好叔叔，我知道你是聰明人，會打算的。榮譽、讚美、安息、平和，以及許多預備幫助你的朋友，是比之羞辱、損害、不安以及許多以後欲乘機復仇的仇人們好的。並且，已經打勝了人，又去殺他，是沒有什麼名譽的。這是大恥辱，並不是因為我的性命，——我死了，不值得什麼。」依賽格林道：「呵，賊，你還要以美言逃了我，——以為我可以聽你的話！雖然你答應把全世界的好黃金都給了我，我也不能放了你，你所說的全都是謊話。你想以此欺騙我麼？我早已知道你了，我不是容易捉的鳥。我很知道無危險的好穀或羅網中的穀。唉！如果我這樣讓你逃去了。你將如何地譏笑我呀！你可以把這一套話說給不知道你的去聽，但對我說，你的甘言巧語卻失掉效力了，因為我太明白你的謊話了。你騙我的次數太多，我現在必要留心你了。你這狡賊，你說你這次決鬥，寬赦我好幾次！看著我！我的一隻眼睛不是被挖出麼？我的頭上還被你傷了二十次。你簡直緊緊地逼我，不讓我呼吸一下。我如果赦了你，真要算是一個傻子了。你羞辱我及我摯愛的妻多少次；我一想起來，我的心便充滿了恨怒，想要復仇。」當依賽格林說話時，狐已在想自救之法。他暗中掙扎，脫出一隻手來，把狼的睪丸緊緊地捏住。他痛楚極了，大叫起來，狐乘勢又脫出一隻手來。

四十一

這個痛楚比他眼睛被挖出時還甚，他躺在地上，呻吟不絕。於是列那用盡渾身的力量，跳在他身上，捉住他雙腿，拋他在場中走，使大家都看見，還時時盡力地打他。所有的依賽格林的朋友都悲苦不堪，哭著到國王面前，求他下令中止這場決鬥，把這事由他判決。國王答應了。於是場官豹及野貓對狐及狼說道：「我們的主對你們說，這場決鬥停止了。他要把這事由他判決。如果你們之中有一個被殺了，兩方面都是有大恥的。」於是他們對狐道：「全體的獸類，見到這場決鬥的都稱讚你。」狐道：「我謝謝他們。我聽國王的命令，我只求勝了這場決鬥，更不求什麼別的。讓我的朋友們都過來！我要問他們我以後要做的事。」他們於是都來了，格令巴夫婦、綠克娜夫人及她的兩個姊姊，還有許多別的，有二十個以上，是列那如果輸了他們便不會來的。他得了大光榮大名譽。以前向國王控告過他的，現在也認為他的親友了。他們對他都恭敬親熱。現在的世界也是如此！誰有錢有勢，便有許多親友來趕熱鬧；是窮苦無權，朋友們親戚們便都要避他。

於是他們舉行了大宴樂。鼓樂喧闐，非常熱鬧。他們都說道：「好侄兒，謝謝上帝，你竟贏了！當我們見你躺在下面時；真是十分害怕。」列那狐和氣地謝了他們，十分快活地和他們周旋。於是他問他們是否要把這事交給國王判決。格林巴夫人道：「是的，勇敢些，你可以把名譽交在他手中，信託他。」於是他們全體同監場官一起到國王那裡去。列那狐在他們前面走，鼓樂悠揚地奏著。狐跪在國王之前。國王叫他立了起來，對他說道：「列那，你現在可以快活了。我赦了你，讓你自由地走到哪裡都可以。你們之間的爭端，交給我辦，我要與貴人們商議，等到依賽格林痊癒後，我叫人去找你來，那時再憑公道宣判。」

四十二

狐道：「我高貴親愛的主，我十分滿意，但當初我到你宮中來時，有許多惡人嫉忌我，我卻永不曾害過他們。他們都幫了我的仇人反對我，都要除去了我以為快，因為他們想依賽格林在你那裡比我的地位高得多。他們不知別的了。我的主，這正如我有一次在一個爵士地方所看見的一大群獵犬。他們聚在那裡，等人來帶東西給他們吃。後來，他們見一隻獵犬由廚房中跑出來，銜著一塊肥牛排，那是偷來的，他跑得極快，但廚子在他未逃遠之前，把一大碗滾熱的水，潑倒在他背上，使他的毛都落了。但他終於逃出，銜著偷到的東西。當他的朋友們及別的獵犬見了他銜了這塊肥牛排出來，他們都對他說道：『呵，廚子對你的交情真好，他給你這麼好的一塊牛排，上面有那麼多的肉！』那隻獵犬說道：『你們不知道什麼事。你們讚美我的前面，因為銜了肉。但你們沒有見到我的背後。請留心，請看我的背上，然後你們就可以知道我是怎麼取得這塊肉的了。』當他們見了他背上被滾水燙脫的毛與爛肉，於是他們全都叫了起來，害怕那開水；他們不同他做朋友了。但飛逃了開去，留他一個在那裡。我的主，你看，這正是這一班惡賊的情形。當他們為爵主時，為所欲為，有力有威，搶奪百姓們的，吃食百姓們的，正如一群饑餓的獵犬一樣，這正是他們銜了肥肉在口之時。沒有人不讚頌他們，不恭敬他們。有的還助他們為暴，從中染指。唉，我的主！他們簡直沒有看見他們的背後，沒有看見他們最後的結局。他們受了大羞大辱，由高跌到低，然後他們的暴行才為大家所知，沒有人可憐他們，沒有人理會他們。至於他們的朋友呢，就如那一班獵犬們，一見他受害了，便一個個地離開了，留下他一個在憂苦中。我的主，我求你記住我這個譬喻。這些日子，這種惡人真多，——他們所做的壞事，比之獵犬偷骨還甚些——他們壓迫可憐的人民，賣去他們的自由與特權，只為了一己的利益。願上帝給他們以羞辱，且立刻把他們都除去了，不管他們是誰！但謝謝上帝，我及我的親屬卻都還光明，不做惡事。我親愛的主，我全心全意地愛你比一切爵主都甚，誰都不能離間我，我永遠地聽你的命令。」

四十三

國王道：「列那，你是服從我的人之一，我望你常能如此。我還願意遲早使你做我的顧問，做我的法官。你須注意，不要再生事害人了。我把一切你的權力都給還了你，如以前一樣。你的智力須用在好處，我的宮廷上將不能沒有你的諮議與商量，因為這裡沒有一個有你那麼聰明，那麼能設法矯正錯誤。你須依你的話，努力走正路，且忠於我。我此後將聽你的話做事。如果有誰欺負你，他便不想活了，我會為你復仇的。你將代我巡察全國，代我宣布德意。我給你這個差事，你須好好地奉職。」所有列那的親友都深深地感謝國王。國王道：「我比你們所想的給得更多了。」綠克娜夫人道：「感謝我的主。他是忠實的，如果他不然，他便不是我們的親屬了，我們將永不認他了。」列那狐用美辭伸謝意，他說道：「親愛的主，我不配受你這麼大的恩典。我想此後當終生盡忠於你，要為你的最忠懇的侍臣，以全部的智力為你謀光榮。」於是他和朋友們拜謝了國王。

現在看依賽格林狼什麼樣子。白魯因熊、特保貓以及他的妻和孩子們，還有別的親屬，把他抬出決鬥場外，放在稻草上，又用草蓋在他身上使他溫暖，然後看察他的傷處，全身共有二十五處創痕。外科醫生來了，把創處洗了，包紮起來。他病得完全失了知覺；他們細心看護他，他突然地由昏迷中大叫起來，他們都害怕了，以為他發狂。但醫生給他水喝，安他定他的心，使他去睡。他們安慰他的妻，告訴她依賽格林並無致命傷，可以放心。於是宮門閉了，群獸各自散歸。

四十四

列那榮耀地向國王及王后告別。他們吩咐他不要在家過久，快些回到宮中來，他答道：「親愛的王與后，我永遠靜候你們的差遣。我無時不預備以我的身體，我的財產為你們服役；我的所有親友也都將聽你們的任意差遣。我現在暫求假回家，看我的妻子。你們如果需要我，只要使我知道，我立刻就來。」於是國王也說了好些獎勵的話，狐便動身回去了。列那的親友四十餘，也向國王告別，和狐一道走。他心裡很快活，竟如此地贏到了國王的歡心。他想以後再可以幫助他的朋友，且不再怕他的仇人了。狐的朋友們一直送了他到了他的馬里卜臺堡，然後一個個地說了恭維的話而告別。列那也恭敬地感謝他們的好意與給他的榮耀。且說，他們如果有什麼需要他，他當以體力與財力助他們。於是他們離開了，各向自己的家散去。狐見了他的妻愛美林。她歡歡喜喜地迎接他。他告訴她和他的孩子們一切經過的事，一點也不遺漏；於是他們十分喜歡，知道他們的父親現在已大得寵於國王，此後，狐與他的妻子便快快活活地過著一生。

注：原刊於《小說月報》，後編為《文學週報》社叢書之一，有關內容相同的出版物，有開明書店一九二六年六月出版和一九五七年由少年兒童出版社出版的《狐狸列那的故事》（法國瑪•阿希•季浩改寫，嚴大椿、胡毓審譯）。

諾洛惠的黑牛

很古很古的時候，諾洛惠地方住有一位太太，她生了三位小姐。大小姐對她母親說道：「姆媽，姆媽，請你替我烘一個麥餅，還要替我燒一塊肉，為的是我要離開家去尋求我的幸福去了。」她母親照她的話辦了，那位大小姐便離了家，到一個老妖怪的洗衣婦那裡，告訴出她的志向。那個老婆婆要她那一天便在她家住下，還要到她後門口去望著，看她能夠看見什麼東西。頭一天，她什麼也不曾看見。第二天，她又到後門口望著，仍舊是什麼也不曾看見。到了第三天，她又去望著，她看見一輛六匹馬挽的馬車，在路上走過來。她飛奔進屋，告訴老婆婆以她所望見的東西。老婆婆道：「好的，那是給你坐的。」於是他們把她放進了馬車中，飛馳而去。

二小姐又對她母親說道：「姆媽，姆媽，請你替我烘一個麥餅，還要替我燒一塊肉，為的是我要離開家去尋求我自己的福氣去了。」她母親照她的話辦了；她又到了那個老婆婆家裡去，和她姐姐所做的一樣。她照舊地天天在後門口望著。

到了第三天上，她又站在後門口望著，看見一輛四匹馬挽著的馬車在路上走來。她飛奔進屋，告訴老婆婆。老婆婆說道：「好的，那是給你坐的。」於是他們也把她放到馬車裡，飛馳而去。

三小姐也對她母親說道：「姆媽，姆媽，請你替我烘一個麥餅，還要替我燒一塊肉，為的是我要離開家去尋求我的幸福去了。」她母親也照她的話辦了；她也到了那個老婆婆那裡去。她要站在她的後門口望著，看她能夠看見什麼東西。她如言地站在後門口望著。當她回到屋裡的時候，她說道，她不曾見到什麼東西。第二天，她又站在後門口望著，依舊沒有看見什麼東西。在第三天上，她又站在後門口望著，當她進屋告訴老婆婆時，她說道，她所看見的不過是一匹大黑牛，在路上徐徐地走來。老妖婦說道：「好的，那是給你乘坐的。」她聽見了這話，心裡異常地悲戚恐怖；但她還是被人抬著，迫騎到牛背上去，他們便這樣地走了。

他們這樣地不停不息地旅行著，到了後來，三小姐實在是餓得發慌了。黑牛開言道：「你餓了，便從我的右邊耳朵裡拿出吃的東西來，渴了，你便從我的左邊耳朵裡拿出喝的東西來。」她照他說的話辦了，吃了一頓很豐美的飯。他們不停不休地走著，走的路很遠，又是很難走。後來，他們遠遠地望見一座很宏偉很堅固的城堡了。黑牛說道：「我們今天晚上一定要走到前面那個地方；為的是我的大哥哥住在那個城堡裡。」他們不久便到了那個地方。有人將她從牛背上抱下來，領她進堡，而將黑牛放在一個園苑中過夜。到了第二天早上，他們又領那黑牛回堡來，同時，他們還領了三小姐進一間很美麗光亮的房裡，給她一顆異常可愛的蘋果，告訴她說，她一定要在遇到在人世間所遇到的最困難的事的時候，方才可以剝割了她，這樣，她便可以脫離那場大難的了。她又被抱到牛背上去，後來，她又旅行到很遠很遠的地方，望見一座比前還要宏偉壯麗的宮堡；在望見的時候，實在更比前次望見的宮堡距離遠得多。黑牛對她說道：「我們今天晚上一定要走到前面那個地方，為的是我的二哥哥是住在那座宮堡裡。」他們很快地便到了那個宮堡中。他們將她抱下牛背，領她進宮，而將黑牛放在田野中過夜。到了第二天早上，他們領了三小姐到一間美麗富裕的房間裡，送給她一顆她從前所不曾見到過的最好看的梨，還再三地叮囑她說，她一定要到她遇到人世間最困難的事的時候，方才可以削了這梨，那末，她便可以脫離那場大難了。她又被抱上牛背，離開那個宮堡走去。他們的路走得很不少，他們的路又是崎嶇得很。後來，他們遠遠地望見前面聳立著一座比以前所見的更宏壯的宮堡。黑牛說道：「我們今天晚上一定要走到前面那個地方，為的是我的第三個哥哥住在那座宮堡裡。」一他們立刻便到了。有人將她抱下牛背來，領她進宮，而將黑牛放到田野中過夜。到了第二天早上，他們領她到了一間遠比以前所見更富美的房間裡，給她一顆桃子，還再三地叮囑她說，她一定要到了遇見人世間最困難的事的時候，方才可以吃掉這顆桃子，那末，她便可以脫離那場大難了。於是他們牽了黑牛過來，將三小姐依舊放在牛背上，他們又往前走去了。

他們走著，走著，走著，後來，他們到了一個陰森森的崖石險惡的山谷中了。他們停了下去，三小姐也從牛背上跳落地上。黑牛對她說道：「你一定要坐在這裡，等我去和那個老東西打鬥回來。你一定要坐在那塊石上，手足都不能動一動，直到我的回來。否則，我便永遠不能再尋到你了。如果你四周圍的一切東西都變成了青色時，那便是我已經打贏了那個老東西；否則，如果一切東西都變成了紅色時，那末，便是他打贏了我。」一她自己坐在石上，漸漸地她四周圍的東西都變成了青色。她滿心地高興著，不知不覺地將她的一隻足叉在別一隻足上，她心裡真是高興，因為她的夥伴是打贏了。但黑牛回來了，到處地尋找她，卻已經再也看不見她了。

她還是坐在那裡很久很久，久到她哭泣起來，久到使她異常的疲倦了。最後，她站起身來，走開去，她不知到什麼地方去好。

她懶散地往前走去，後來她走到了一座大的玻璃山前，她費盡了她的力量要想爬上山去，但都不能夠。她繞了山腳走著，一邊哭泣著，一邊要尋找一條道兒過山。後來，她到了一家鐵匠的門口；鐵匠答應她道，如果她肯替做七年工，他便要為她打一雙鐵鞋，她穿了那雙鞋，便可以爬過那座玻璃山了。到了七年的工做完了，她得到他的鐵鞋，爬上了那座玻璃山，碰巧走到一家老洗衣婦的住宅裡去。老洗衣婦告訴她說，有一位勇猛的少年武士曾交幾件染滿了血的衣服給她們洗滌，誰要能夠洗滌乾淨那些衣服，便可以做他的妻。老婦人已經洗滌到筋疲力盡了，後來，又換了她的女兒去洗滌以後，她們倆又都在洗滌著，她們洗著，她們洗著，為的是希望要得到那個少年武士做丈夫；但他們儘管是洗滌到筋疲力盡，他們還不能洗去半點的血跡。最後，她們姑且叫這位過路的小姐去試試看；當她動手一洗刷時，那些衣服上的血跡便立即乾淨得不見了，但那個老太婆卻虛偽地對武士說道，那是她的女兒洗滌乾淨了他的衣服。於是這位武士便和老太婆的女兒結了婚。過路的想到了這個，心裡便十分地苦惱，為的是，她也深深地愛上了這位少年武士。於是她想到了她的蘋果，她咬開了它，發見蘋果裡裝滿了金子和珍寶，那些珠寶的寶光的絢爛，乃是她生平所未見過的。她對老太婆的女兒說道：「這一切的珠寶我都送給了你，只要你遲一天結婚，而讓我獨自一個人在夜間到他房間裡一夜。」老太婆的女兒答應了她。但同時，老太婆卻預備好了一種渴睡藥水拿給武士喝了，他喝了下去之後，便非到第二天早上不能醒轉來。三小姐坐在他房裡一整夜，這一夜如比一輩子的夜要長，她一邊哭泣，一邊唱道：

「我為了你而做了七年的工，
我為了你而爬上了玻璃山，
我為了你而洗淨了你的血衣；
你為何不醒過來和我說話呢？」

第二天，她心裡滿塞著悲愁，不知怎麼辦才好。她於是又咬開了那顆梨，她發見梨裡藏著比蘋果裡所藏著更為豐富的珠寶。她用了這些珠寶，又去買服了老太婆的女兒，要她允許她第二天再住在少年武士的房裡一夜，但那個老太婆又給他喝了一杯渴睡水，他又是酣酣地直睡到第二天才醒。她整夜地如前地嘆息著，唱著：

「我為了你而做了七年的工，
我為了你而爬上了玻璃山，
我為了你而洗淨了你的血衣；
你為何不醒過來和我說話呢？」

他還是沉沉酣酣地熟睡著，她差不多失去了所有的希望。但那一天，當他出去打獵時，有些人問他，昨天晚上，他們聽見他睡房裡整夜地有人在哭泣，在悲嘆，那是什麼緣故。他說道：「我一點也沒有聽到什麼聲響。」但他們再三地指證說，他們確是聽到的；於是他決意那一夜整夜地不睡，以試試他是否也能聽見那種聲音。那是第三夜了。三小姐半希望著，半灰心著地咬開了她的桃子，桃子裡所藏著的珠寶比前二種果子裡所藏的更為珍貴可愛。她如前地用此買服了老太婆的女兒；而那個老太婆如前地端進了渴睡水到少年武士的房間裡；但他告訴她說，今天晚上他一定要加些甜的東西進去，才可喝得下。當老太婆跑去取蜜時，他卻將渴睡水傾倒去了，而老太婆心裡還以為他是喝乾了的。他們都上床睡了，三小姐如前地跑到他房裡，且哭且唱道：

「我為了你而做了七年的工，
我為了你而爬上了玻璃山，
我為了你而洗淨了你的血衣；
你為何不醒過來和我說話呢？」

他這次聽見了，和她談著。她告訴他，她的一切經過的事，他也告訴她，他的生平的故事。他把那個老太婆和她的女兒燒死了。他們倆結了婚，他們直到今日還很快活地同住著呢，我們知道。

（原載《英國的神仙故事》上海新中國書局一九三二年十一月初版）

玫瑰花

從前有一個時候，有一個好男人，他生了兩個孩子：一個女兒是第一個妻子生的，還有一個男孩子，是第二個妻子生的。那個女兒如牛乳似的雪白，她的嘴唇如櫻桃似的鮮紅。她的頭髮是如黃金色的絲一樣，它長長的垂到地上。她的弟弟異常地愛她，但她的狠惡的繼母卻憎她非凡。有一天，繼母說道，「孩子，你到雜貨店裡，代我買一磅燭來。」她將錢交給了女兒；小女即走了；她買了燭，動身回家。在回家的路上，她要跨過一座木柵。當她跨過這柵時，她放下了燭。一隻狗跑了過來，銜了蠟燭，飛奔地逃去。

她跑回雜貨店，又買了一束燭。她到了木柵邊時，又放下了燭，去爬過木柵。狗又跑了來，銜去了蠟燭。她又跑回雜貨店，又買到了第三束的蠟燭；又發生了同一樣的事。於是她哭著跑回到她繼母那邊，為的是，她用去了所有的錢，還失掉了三束的蠟燭。

繼母心裡很生氣，但她面子上卻假裝著不關心這個損失似的。她對這位小女郎說道：「來，把你的頭枕到我的膝上來，我要梳理你的頭髮。」於是小女郎把她的頭枕在她繼母的膝上，她繼母執著木梳，理著黃金色的細絲般的頭髮。當她在梳理時，頭髮垂垂的落在她的膝上，還垂到地上。

於是那位繼母見了她的美髮，益發地起了恨她的心；她便對小女郎說道：「你在我的膝上，分理不開你的頭髮，你去取一塊木頭來。」小女郎取了木塊來。接著繼母又說道：「我不能夠用木梳，梳理著你的頭髮，你去取一把斧頭給我罷。」於是小女郎又取了斧頭來。

「現在，」那位狠心的婦人說道：「我要梳理你的頭髮了，你把頭枕到木塊上去罷。」

好！她把她的小小的金黃色的頭顱枕到木塊上去，一點也沒有害怕；唉！斧頭砍了下來，她的小頭顱落到地上了。繼母拭幹了斧上的血跡，獰笑著。

於是她取出了小女郎的心與肝，她把它們煮熟了，帶到室裡去，預備做晚餐。丈夫嘗到了它們的味兒，搖搖頭。他說，它們的味兒有點怪。她把它們給點小孩子吃，但他不願意吃。她想要強迫他吃下去，但他拒絕了，跑到花園裡去，收拾起他的小姐姐的屍身，將她放在一隻箱裡，將那只箱埋在一株玫瑰花的樹下；他每天都跑到花下哭泣，直到他的眼淚點點滴滴地都落在箱上。

有一天，玫瑰樹開花了。那時是春天，有一隻白色的鳥，出現於玫瑰花的叢中；這隻白鳥嚶嚶地唱著，唱著，唱著，像從天上下來的一位天使。它飛了開去，它飛到一家鞋店，棲息在店旁的一株樹上；它這樣地唱道：

「我狠惡的母親殺死了我，
我親愛的父親吃了我，
我所喜愛的小弟弟，
他坐在花下，而我在上面歌唱著，
啊，啊，用石塊打死了她。」

鞋匠說道：「再唱唱那首美麗的歌。」小白鳥說道：「要是你肯將你手中正做著的紅鞋子給了我，我便再唱給你聽。」鞋匠把紅鞋給了它，那隻鳥唱著，又唱著，然後，它飛到一家製錶匠的店門口，停在一株樹上，唱道：

「我的狠惡的母親殺了我
我的親愛的父親吃了我，
我所喜愛的小弟弟，
他坐在花下，而我在上面歌唱著，
啊，啊，用石塊打死了她。」

製錶匠說道：「啊，好不美麗的歌聲！再唱，再唱，好鳥兒。」白鳥說道：「如果你把你手裡的金表和表鏈給了我，我便再唱給你聽。」表匠給了金表和表鏈。鳥兒一隻腳抓住了雙鞋子，一隻腳抓住了表和表鏈，在唱了又唱之後，又飛開到一個地方，那個地方正有三個磨坊中的人，在採斷磨石。鳥兒棲息在一株樹上，唱道：

「我狠惡的母親殺死了我，
我的親愛的父親吃了我，
我所喜愛的小弟弟，

他坐在花下，而我在上面歌唱著，

啊，啊！」

於是三個磨石匠中的一個，放下了他的工具，仰面望著。

「用石塊！」

於是第二個磨石匠放下了他的工具，仰面望著。

「打死了！」

於是第三個磨石匠放下他的工具，仰面望著。

「她！」

於是三個磨石匠異口同聲地叫道：「好不中聽的歌！再唱，好鳥兒，再唱！」鳥兒說道：「如果你們把磨石懸到我的頸上，我便再唱給你們聽。」他們將磨石懸掛在它的頸上。它頸上帶著磨石，兩腳抓住了鞋和金表，飛停在樹上。它唱著，然後飛回了家中。它將磨石擦著屋簷，繼母說道：「在打雷了。」於是小孩子跑出去看看，而一雙紅鞋子落到他的腳邊。它又將磨石擦著屋簷，繼母又說道：「在打雷了。」於是父親跑了出去，而表和表鏈正落在他的頸上。

父親和孩子奔進屋，大笑地說道：「看，雷公帶給我們些什麼好東西！」然後鳥兒將磨石第三次擦著屋簷；繼母說道：「又在打雷了，大約雷公又要帶些什麼給我了。」她跑了出去；但她的足一踏出屋外，磨石便恰恰打落在她的頭上；她便這樣地死了。

（原載《英國的神仙故事》上海新中國書局一九三二年一月初版）

三願

從前有一個時候，我們要知道，那確是很早的一個時候了，有一個窮苦的樵夫住在一座大森林中，他天天都要出去砍伐樹木。有一天，他動身出去了；他的好妻子將食物裝在他的袋中，將水瓶倒掛在他的背上，讓他在森林裡可以便當點食著喝著。他尋到一株極大的老橡樹；他想，這株樹總可以鋸出不少不少的好木板來罷。當他到了這株樹下時，他執斧在手，揮舞過頭，仿佛他這一砍下去，便可將這株樹一擊而倒似的。但是，他的斧頭一下還不曾砍下去，他便聽見一個極悲憐的懇求的聲音，他看見有一位仙人站立在他的面前，這仙人懇求他不要去砍伐那株古樹。你們想得到，他是驚詫得不知所措的了，他不能張開他的嘴，他一句話都說不出。但最後，他終於說出話來了，他說道：「好的，我便如你所願的不砍了。」

仙人說道：「你這一舉，對於你自己的利益是你所想不到的。我為了要表示我並不是忘恩負義的，我將賜給你以你的三個願，不管什麼願都可以。」仙人說完了話便霍地不見了，樵夫便負了乾糧袋在肩上，掛水瓶在腰裡，動身回家去。

但回家的路途是不很近的，兼之這位可憐的人，又被剛才所遇到的奇事播弄得頭暈腦脹了，於是，當他到了家時，他心上什麼也不想，只想要坐下去休息休息。也許，這也是仙人的詭計的一種。誰能說？不管他，他是坐在熊熊的火邊了。當他坐下時，他才感到他肚裡是很饑餓的了，但那個時候離開晚飯的時候還很遠。

「你沒有東西做晚飯吃麼，婆子？」他對他的妻說道。

「沒有，要兩點鐘以後才可以有呢。」她答道。

「咳！」樵夫呻吟道：「我願意，這裡有一串好的黑色臘腸在我面前。」

他剛剛說出這句話來，那時嘀滴答嗒地從煙囪中落下來了一串東西，此物非別，便是男人心裡所想得到的一串最好的黑色臘腸。要是樵夫吃了驚的話，那婆子的吃驚的程度，是更要三倍於他呢。她說道：「這是怎麼一回事？」

於是一早上的事都回到樵夫的心上了，他一句也沒有隱瞞地把他的故事說了出來，從頭到尾，一點也沒有漏去。當他說著話的時候，婆子已是怒氣衝衝地對他盯視著，後來，他的話完了，婆子生氣地叫道：「你真是一個再傻不過的人，約翰，你真是一個再傻不過的了；我只願意那臘腸長到你鼻子上去，我真願意，我，真願意。」

在你，還沒有說出「急急如律令」之前，樵夫的鼻子上已經粘上了一串的黑臘腸，挺長地突出來，好不可怕。

他用手去拉它下去，但它生了根似的接在鼻子上，再也拉不下來，她用手去拉它下去，但它還是生了根似的拉不下來，他們倆合力去拉，幾乎把樵夫的鼻子都要拉斷了，但臘腸還是粘在上面，粘在上面。

「如今要怎麼辦才好呢？」他說道。

婆子狠狠地望著他道：「這並不怎麼難看呢。」

於是樵夫覺得，如果他要發願，他必須立刻說出他的願辭來；他便說道，他願意，黑臘腸離開了他的鼻子。好！黑臘腸如今是安安分分地擺放在飯桌的餐盆裡了。樵夫和他的婆子雖沒有坐在金做的車子裡，或穿著上等絲綢的衣服，但至少他們是有了一串人心中所願要的那末好的黑色臘腸，做他們的晚餐了。

（原載《英國的神仙故事》，上海新中國書局一九三二年一月初版）

約克與豆梗

從前有一個時候，有一個窮苦的寡婦，她只生有一個兒子，名叫約克，還有一隻母牛，名叫乳白。他們母子倆所靠以為生的只是在每天早上榨取了母牛的乳汁，帶到市場上去賣。但有一天早上，乳白忽然沒有乳汁可榨了，他們不知道怎麼辦才好。

寡婦絞著雙手，說道：「我們要怎麼辦呢？我們要怎麼辦呢？」

約克說道：「不要發愁，姆媽，我要到什麼地方找些工做呢。」

他母親說道：「那我們已經試過的了，沒有人要雇用你，我們不得不賣了乳白，將賣得的錢去開店或做別的什麼事。」

「好的，姆媽，」約克說道：「今天恰好是市集的日子，我立刻便去賣了乳白，然後我們再想想我們能做些什麼。」

於是他執了母牛的鼻繩在手，動身走了。他走了不多遠路便碰到一個外貌很可笑的老頭子，他對約克說道：「早上好，約克。」

約克說道：「你早上好。」他心裡疑惑這人為何知道他的名字。

「啊，約克，你要到什麼地方去？」那人問道。

「我正要到市場去，在那裡賣了我的牛。」

「啊，你看來正是賣牛的一類的童子，」那人說道：「我不知你能否曉得多少粒豆合起來是五粒。」

約克說道：「每隻手裡各有兩粒，你嘴裡還有一粒。」他的話好像針似的銳利。

「你的話不差，」那人說道：「這裡便是所說的豆。」他從袋裡取出幾粒奇形怪狀的豆來。他說道：「為了你是那麼聰明，我很想和你做一場交易，將你的母牛換了這些豆粒吧。」

約克說道：「走路的人，你想要它麼？」

那人說道：「啊，你不知道這些豆是什麼東西呢。如果你在晚上種下了它們，到了第二天早上，他們便會一直長到天上去了。」

約克說道：「你這樣說，真的麼？」

「真的，一點不錯，如果這話不是實在的，你可以把你的牛要回去。」

「好。」約克說道，當下將乳白的鼻繩交給了他，而將豆粒放在袋裡。

約克回到了家。他走得並沒有多遠的路，所以他到了家時，天還不曾黑下來。

「怎麼就回來，約克？」他母親問道：「我看見你沒有帶了乳白同回，那末，你是賣去它了。你賣了它得到了多少錢？」

約克說道：「姆媽，你再也不會猜得出來的。」

「不，你不要這麼說。好孩子！五磅錢，十磅錢，十五磅錢，不，不會值得二十磅錢的。」

約克說道：「我說過你是再也不會猜得出的，你看這幾粒豆好不好；它們是魔術的豆，當夜種下了它們，到了——」

約克的母親叫道：「什麼！你成了這麼一個傻子，一個呆笨的人，一個白癡，你乃將我的乳白，這區中最好的乳牛換到幾粒豆麼！受那個！受那個！受那個！說起你的寶貝的豆呢，去把它們拋到窗外去吧。現在，你去睡吧。今天晚上你不用想喝一口湯，吃一點東西。」

那末，約克便走上樓梯，到了屋頂上他的小房間裡，他是憂悶著，真的，半為了他母親的關係，半為了他沒有晚餐吃。

後來他睡著了。

當他醒來時，那間房裡是那麼可笑。太陽光只晒在一個角上，其餘的晒不到太陽的，便仍是黑森森的。於是，約克跳了起來，穿好衣服，走到視窗。你們想，他看到什麼啊，他母親從視窗拋出去，落在花園裡的豆粒已經長成功一株極大的豆梗，這豆梗向上長著，長著，長著，一直到了天上。那人說的話，一個字也不曾說謊。

豆梗很近很近地靠著約克的窗口長上去，他便開了窗，一跳便跳到豆梗上去，那豆梗正像一架大的繩梯。於是約克爬上去，爬上去，爬上去，爬上去，爬上去，直到他爬到了天上。當他到了天上時，他看見有一條筆直的大路在前面。於是沿了這條大路走著，走著，走著，直到他走到一座高大的房子前面。在這房子的石階上，立著一個極高大的婦人。

約克很有禮貌地說道：「早上好，婆婆。你能不能發發好心。給我些早飯吃。」你知道昨天晚上他是什麼也沒有吃，正餓得像一個獵者。

那個極高極大的婦人說道：「你是不是要早飯吃？如果你不快快地從這裡跑開去，你便要成了人家的早飯了。我的丈夫是一個吃人的，他最愛吃燒烤的孩子們。你還是到別的地方去罷。他差不多就要來了。」

約克說道：「啊！婆婆，請你一定給些東西我吃吧，婆婆，從昨天晚上以後，我便不曾吃過東西，真的是，一點也不差，我被煮了和饑餓而死是一樣的。」

啊，那吃人怪的妻子畢竟還不是那麼一個敗類。於是她領了約克到廚房裡去，給他一塊麵包與牛油，還帶著一罐牛奶。但約克還不曾吃了一半東西，整個房屋便都在震撼似的，一個人的沉重的足聲在走近了。

「天呀！這是我的老男人！」吃人怪的妻說道，「我要怎麼才好呢？到這裡來，快一點到這裡來，跳進去。」她剛剛把約克關在火爐中去，吃人怪便走了進來。

他是一個巨人，當然是，在他的衣帶上，有三隻小牛倒掛著，他放下了它們，拋它們在桌上，說道：「這裡，老婆，煎一二隻小牛給我當早飯吃。啊！我嗅到什麼氣味了？

「啡，肺，咈，風，

我嗅到一個英國人的血腥氣了。

不管他是活著還是死的，

我都要將他的骨頭研磨做我的麵包。」

他的妻說道：「不要瞎說，親愛的，你在做夢呢。否則，你也許是嗅到了你昨天拿來當大餐吃的那個小孩子的餘屑了。去吧，你且去洗澡，等你梳洗完了，走來時，你的早飯也會預備好了。」

於是那個吃人怪走了，約克正要跳出火爐外面逃了出去，那個婦人卻吩咐他不要去。她說道：「還是等到他去睡覺的時候走吧。每次吃過早飯以後，他都睡一會中覺的。」

啊，吃人怪用過了他的早飯之後，他便到一隻大箱裡，取出幾袋的黃金，坐下來一個一個地計數著它們，直到了後來，他的頭開始前仰後合了，他的鼾聲震撼得整個房屋都在搖動。

於是約克踮著足尖，從他的爐中爬了出來，當他經過吃人怪身旁時，他順手拿了一袋的黃金，挾在他的臂下，飛奔地逃去，到了豆梗邊，先將那袋金子拋下去，那黃金是落在他母親的花園中了，然後他爬了下來，爬了下來，最後便到了家，告訴他母親以前那些經過的事，還將那袋金子給她看。他說道：「啊，媽媽，我說豆粒是寶貝，不是說對了麼？他們真的是具有魔怪性的，你看！」

於是他們靠了那袋黃金，生活過好些時候，但後來，他們又把那一袋黃金都花費完了，於是約克便決心要第二次爬上豆梗的頂上去，試試他的命運。在一個天氣晴明的早晨，他起身得很早，到了豆梗邊，爬了上去，他爬上去，爬上去，爬上去，直到他到了豆梗頂上的那條大路上，又走到他從前去過的那一所大屋前面。一點都不錯，那位碩大無朋的婦人還閒站在階前呢。

「你早上好，媽媽！」約克勇敢不屈地說道：「你能做做好事給我些東西吃麼？」

碩大的婦人說道：「走開去罷，我的孩子。你不走開，我的男人將要把你當作早飯吃了。但你不是上一次到這裡來的那個小孩子麼？你要知道，在那一天，我的男人失去了他的一袋黃金呢。」

約克說道：「那是怪事，媽媽，我敢說，對於這件事，我有些消息可以告訴你，但我實在是太餓了，我非吃些東西不能說話呢。」

碩大的婦人便生了好奇心，引他進屋，給他些東西吃。但他正在慢吞吞地吃著時，他們便聽見吃人怪的足音，沉重地一步一步地走來了。他的妻把約克藏在沒有生火的火爐裡去。

當吃人怪一走進來，他便如前地嚷道，他嗅到生人的血腥氣了。但他的妻仍然如前地把別話支吾過去。當他吃完了三隻煎牛的早飯時，他便說道：「老婆子，把那隻會生金蛋的母雞拿來給我。」於是她取了那隻母雞給他。吃人怪對雞說道：「生蛋。」那隻母雞便生出一隻純金的蛋來。後來，吃人怪的頭開始前仰後合了，他的鼾聲也便震得連屋都在動搖著。於是約克踮著足尖從爐中偷爬出來，飛快地捉住了那隻母雞。但這一次母雞咯咯地叫了一聲，這使吃人怪驚醒了，正當約克奔出屋門口的時候，他聽見吃人怪在叫道：「老婆子，老婆子，你把我的金雞怎麼著咧？」

他的妻答道：「什麼，我親愛的？」

但約克所能聽到的話到此為止。因為他奔到了豆梗邊，飛快地逃了下去。當他到了家時，他將這隻奇雞給他母親看，對她說道：「生蛋！」它便生出了一個純金的蛋。每次他說一聲「生蛋」，它便有一個金蛋生出。

約克還不曾心滿意足呢，沒有多久之後，他又下了決心要再到豆梗的頂上去試試他的運氣了。所以，有一天天氣晴朗的早晨，他很早地便起身來，走到豆梗邊，他爬上去，爬上去，爬上去，一直爬到豆梗的頂上。但這一次他知道最好不要直接地跑到吃人怪的家裡去。當他走近那屋時，他便藏身在一叢樹後，等到他看見吃人怪的妻執著水瓶，走出去汲水時，他便乘機溜進屋去，躲藏在銅鍋當中。他等候了不久，便聽見沉重的足聲在響著，吃人怪和他的妻一同走了進去。

吃人怪一走進來，便嚷道：「啡，肺，咈，風，我嗅到了一個英國人的血腥氣了；我嗅到了他，老婆子，我嗅到了他呢。」

吃人怪的妻說道：「真的麼，我親愛的？那末，如果這一次又是那個偷去你的金子和生金蛋的母雞的小壞蛋，他便一定要躲藏在火爐當中的。」他們倆一同奔到火爐邊。但約克幸得沒有躲在那裡。吃人怪的妻說道：「你又在瞎猜想了。這一定是你昨夜捉到的而我今天煎了給你當早飯吃的那個孩子的氣味了。我的記性真壞，你也怎麼一點也不留心，竟分別不出一個死人和一個活人出來。」

於是吃人怪坐了下來，吃著他的早飯，但他不時地在自言自語道：「我誓要……」而他便站了起來，去食物儲藏室裡，食物櫃中，以及其他地方去搜尋著，但幸得他還沒有想到要去銅鍋中搜。

一吃過早飯之後，吃人怪叫道：「老婆子，老婆子，把我的金琴帶來給我。」於是她取了金琴，放在他面前的桌上。那末，他便說道：「唱罷！」金琴便極婉和美好地唱了起來。它唱著，唱著，直到吃人怪沉沉地睡著了，開始如雷似的打著鼾。

於是約克舉起了銅鍋的蓋子，極寂靜地爬了下來，好像一隻耗子似的，雙手雙足都在地上爬著走，走到了桌邊，他便霍地立起身來，拿起了金琴，轉身便向門口跑。但金琴卻高聲大叫道：「主人！主人！」吃人怪驚醒起來，恰恰及時看見約克帶了他的金琴跑去。

約克盡力地飛快地跑著，吃人怪真的不久便可追到了他。當他到了豆梗頂上的時候，吃人怪離他還不到二十碼遠。他忽然看見約克溜出了視線以外；當他跑到了路底時，他才看見約克正在下面沒命地爬下去。啊，那位巨偉的吃人怪還不敢將他自己託付給這麼一種梯子呢，他站在那裡，躊躇著，於是，約克又得遠遠地離開他。但正在那個時候，金琴又在嚷道：「主人！主人！」吃人怪便懸身攀到豆梗上來，豆梗載著他的重量，搖晃著。約克爬下去，爬下去，吃人怪也緊跟在他後邊爬著。在這個時候，約克爬下去，爬下去，爬下去，已經很近於他的家了。於是他高聲大嚷道：「姆媽！姆媽！拿一把斧頭給我，拿一把斧頭給我。」他的母親手執斧頭，跑了出來，但當她走到豆梗邊時，她驚駭得站在那裡動彈不得，因為她看見吃人怪正從雲端爬下來。

但約克跳了下來，拿起了斧頭，盡力向豆梗砍去，這一下，使豆梗砍斷了一半。吃人怪覺得豆梗在顛搖著，他便停止了，看看發生了什麼事。然後約克又用斧砍了一下，豆梗一斷為二，開始傾覆下來。於是吃人怪也跌下來，跌碎了他的頭顱，豆梗跟著顛覆下去。

於是約克將他的金琴給他母親看；約克和他的母親因為陳列金琴給人看及賣去金蛋的緣故，成了極富的一家；後來，他娶了一位大公主，他們很快活地生活下去。

（原載《英國的神仙故事》，上海新中國書局一九三二年十一月初版）

老妖婦

從前的時候，有兩個女郎，和她們的父母同住在一處。她們的父親失了業，兩個女孩子都想離開家，自找生活的方式。現在，有一個女郎要想去幫人家，她母親說，她如果能尋到一家人家，她便可以去。於是她從家裡動身到城裡去。她走遍全城，竟沒有一家人家肯要像她那樣的女郎做幫工的。於是她又走到村莊裡去。她走到一個地方，那裡有一個爐子，爐上烤著好些麵包。麵包叫道：「小女郎，小女郎，把我們取出爐來，把我們取出爐來。我們已經被烤了七年，但是沒有一個人來把我們取出爐來。」於是這位女郎把麵包都取了出來，將他們放在地上，她自己走向前去。後來，她遇見了一隻母牛，那隻母牛說道：「小女郎，小女郎，把我的乳榨出，把我的乳榨出，我已經在這裡等待了七年，但沒有一個人走來把我的乳榨出。」這位女郎便將牛乳榨出放置在旁邊的乳桶裡。當時她有些渴，她便喝了些牛乳，將其餘喝不完的仍舊留在牛乳桶裡。放在母牛的身邊。然後，她又走了一段路，走到了一株蘋果樹旁邊，這株樹生得滿滿的蘋果，竟將樹枝都壓得彎折了，蘋果樹說道：「小女郎，小女郎，請你幫助我擷下我的果子。我的樹枝快要折斷了，那些果子是那麼重。」這位女郎說道：「當然我可以幫助你，你這可憐的樹。」於是她把蘋果都搖落了下來，還扶起了樹枝。她將落下的蘋果都留在樹下。然後，她又向前走去。她走到了一家屋前。現在，這家屋裡住的是一個妖婦，這個妖婦常常把小女郎們邀進屋去做她的僕役。當她聽見這位女郎告訴她說，她是離開了家尋找工作的，她便說道，她這裡可以收留她，試用她看看，還可以給她很優厚的工資。這妖婦告訴女郎她該做的是什麼事。「你必須把屋裡收拾得乾乾淨淨，掃去地板與壁爐的灰塵；但有一件事你必須不要去做。你一定不要向煙囪中仰望上去，你如果不聽我這話，你便將有禍臨身了。」

於是這位女郎答應如她所吩咐的做著。但有一天早上，當她正在收拾屋裡時，恰好那個老妖婦出門去了，她忘記了老妖婦所吩咐的話，竟仰首望著煙囪中。當她正在仰望著時，有一大袋的金錢，落在她的膝上。這事發生了不止一次二次。於是女郎便收拾起所得到的金錢，動身回家。.

她走了沒有多少路時，她已聽見那個老妖婦在後邊追來了。於是她跑到蘋果樹那邊，叫道：

「蘋果樹，蘋果樹，請你把我隱藏起來。
不要叫那個老妖婦尋到了我；
如果她尋到了我，她便會把我的骨頭剔出來的，
還要將我埋葬到雲石底下去。」

於是蘋果樹將她隱藏了起來。當老妖婦走到樹邊時，她說道：

「我的樹呀，我的樹呀，
你有沒有看見一個女孩子，
她是搖搖擺擺地走著，還背著一隻長尾的袋子，
她偷去了我的錢，一個也不剩下。」

蘋果樹回答她道：「沒有，姆媽，七年以來從沒有見過這樣的一個女孩子。」

當老妖婦向別一條路追去時，女郎又向前走去。正當她走到母牛的那個地方時，她又聽見老妖婦在後邊追來。於是她跑到母牛身邊，對她叫道：

「母牛呀，母牛呀，請你隱藏了我，
不要叫那個老妖婦尋到了我；
如果她尋到了我，她便會把我的骨頭剔出來，

還要將我埋到雲石底下去。」
於是母牛把她隱藏了起來。
當老妖婦追到那個地方，她四面地尋找著，問母牛說道：
「我的母牛，我的母牛，
你有沒有看見一個女孩子，
她是搖搖擺擺地走著，還背著一隻長尾的袋子。
她偷去了我的錢，一個也不剩下。」
母牛說道：「沒有，姆媽，七年以來，從沒有見過這樣一個女孩子。」
當老妖婦向別一條路追去時，小女郎便又出來向前走去。她剛剛走到那個火爐邊時，她便聽見那個老妖婦又追上了她；於是她奔向火爐邊，叫道：
「火爐呀，火爐呀，請你隱藏了我，
不要叫那個老妖婦尋到了我；
如果她尋到了我，她便會把我的骨頭剔出來，
還要將我埋到雲石底下去。」
火爐說道：「我沒有地方可以藏得你下，你去問問烘麵包的師父罷。」於是

烘麵包的師父將她藏在火爐後面。

當老妖婦走了來，四面地張望著，到處地尋找著後，便向烘麵包的師父說道：

「我的人，我的人，

你有沒有看見一個女孩子，

她是搖搖擺擺地走著，還背著一隻長尾巴的袋子，

她偷去了我的錢，一個也不剩下。」

於是烘麵包的師父說道：「向火爐裡邊找找看呢。」老妖婦向火爐裡邊張望，火爐說道：「走進來，向那邊的一隻角上望望看。」老妖婦依言地走進去。當她已經走在爐中時，火爐便閉上了它的爐門。老妖婦這樣被關閉在火爐裡很久很久。

於是這位女郎便又乘機回家走去，帶了她的錢袋，平平安安地到了家。後來，她嫁了一個富翁，從此快快活活地住著。她的妹妹見她的姐姐發了跡，便也想離開家，如她所做的做去。她走去的路恰巧也和她姐姐所走的相同。但當她走到了火爐邊時，麵包對她說道：「小女郎，小女郎，把我取出爐來吧。我們已經被烤了七年，但是沒有人來將我們取出爐外。」那女郎說道：「不，我不高興弄燙了我的手指。」於是她又向前走去，遇到了那隻母牛，母牛說道：「小女郎，小女

郎，請你把我的乳榨取出來，我已經等候了七年，但沒有一個人走來把我的乳榨取出來。」但女郎答道：「不，我不能夠來榨取你的乳，我正忙著走我的路呢。」於是她更快地向前走去。然後她到了蘋果樹那邊，蘋果樹請求她幫助她將果實搖落下來。但女郎說道：「不，我不能夠；過幾天我或者可以照辦。」於是她又向前走著，一直走到了老妖婦的家。事情是如同她姐姐所遇到的一模一樣地發生著，她忘記了老妖婦所叮囑的話，有一天，當老妖婦出門時，她向煙囱中仰望著，有一袋的金錢落了下來。好，她想她還是立刻跑回家去罷。當她走到了蘋果樹那邊時，她聽見老妖婦在後邊追來了，她叫道：

「蘋果樹，蘋果樹，請你隱藏了我，

不要叫老妖婦尋到了我；

如果她尋到了我，她便要敲斷了我的骨頭，

還要把我埋葬在雲石底下。」

但蘋果樹並不答理她，她只好又向前奔去。

老妖婦立刻追了上來，對蘋果樹問道：

「我的樹呀，我的樹呀，

你有沒有看見一個女孩子，
她是搖搖擺擺地走著，還背著一隻長尾巴的袋子，
她偷去了我的錢，一個也沒有剩下。」
蘋果樹答道：「是的，姆媽；她是向這條路走去的。」
於是老妖婦向她追去，捉住了她。她把所有的金錢都追奪了回來，還打了女郎一頓，放她回家，但她卻是空空一身地回去呀。

（收錄於《英國的神仙故事》，上海新中國書局
一九三二年一月初版一九三三年七月再版）

約克怎樣去找他的幸福

從前有一個時候，有一個孩子，名字叫做約克。有一天早上他從家裡動身，去尋找他的幸福。

他走了不多遠，便遇到了一隻貓。

貓說道：「約克，你到什麼地方去？」

約克道：「我是前去尋找我的幸福的。」

貓道：「我可以和你同道去麼？」

約克說道：「好的，同道的越多越高興。」

他們向前走著，向前走著。

他們走了不多遠，他們又遇到一隻狗。

狗問道：「你到什麼地方去，約克？」

約克道：「我是前去尋找我的幸福的。」

狗道：「我可以和你同道去麼？」

約克說道：「好的，同道的越多越高興。」
他們向前走著，他們向前走著。
他們走了不多遠，他們遇到了一隻羊。
羊問道：「你到什麼地方去，約克？」
約克道：「我是前去尋找我的幸福的。」
羊道：「我可以和你同道去麼？」
約克說道：「好的，同道的越多越有趣。」
他們向前走著，他們向前走著。
他們走了不多遠，他們遇到了一隻牛。
牛問道：「你到什麼地方去，約克？」
約克道：「我是前去尋找我的幸福的。」
牛道：「我可以和你同道去麼？」
約克說道：「好的，同道的越多越有趣。」
他們向前走著，他們向前走著。
他們走了不多遠，他們遇到了一隻雄雞。

雄雞問道：「你到什麼地方去，約克？」

約克道：「我是前去尋找我的幸福的。」

雄雞道：「我可以和你同去麼？」

約克說道：「好的，同道的越多越有趣。」

他們向前走著，他們向前走著。

好，他們走著，走著，走著，天色是黑暗下來了，他們方才想到要去找一個地方好過夜。在這個時候，他們看見了一家房屋，約克吩咐他們都要靜悄悄的，不要說一句話，而他自己則近了這屋，從窗戶中看進去。屋裡有幾個強盜計數著他們的金錢。於是約克悄悄地走了回來，告訴他們安心地等候著，等到他發出一聲信號，他們便要盡力地高喊大叫。於是他們全都等候著。約克發出了信號，貓便喵喵著，狗便狂吠著，羊便咩咩著，牛便大吼著，雄雞便咕咕地大叫著，他們全體，齊口同聲發出那麼可怕的喧叫，竟把強盜們都驚走了。

然後他們走進去，佔領了這座房子。約克恐怕強盜們晚上要回來，於是在他們要就枕的時候，他把貓兒放在搖椅上睡，他把狗兒放在桌下睡，他把羊兒放在地穴中睡，而雄雞則飛到屋頂上去，約克則睡在床上。

漸漸地，強盜們看見夜色已經很深了，他們便差了一個人到屋裡去，查看他們的財寶。不多一會他便大驚小怪地回去，告訴他們道：

「我走回去，進了房子，想要坐在搖椅上，有一個老太婆正坐在椅上結東西，她將她的結東西的針刺進我的身上。」那是貓兒，你們知道。

「我走到桌邊查檢我們的錢，卻有一個鞋匠躲在桌底，把他的錐子刺我。」那是狗兒，你們知道。

「我走上樓梯，有一個人正在樓上打穀，他用他打穀的東西把我打下樓。」那是羊兒，你們知道。

「我走下地穴，有一個人正在地穴中劈柴，他用他的斧頭把我打上地穴的口外去。」那是牛兒，你們知道。

「但這一切我還很不在意，最可怕的有一個小東西站在屋頂上，不休不息地喊道：『抛他上來給我！抛他上來給我！』」那當然便是那雄雞在咕咕地叫著了。

（收錄於《英國的神仙故事》，上海新中國書局一九三二年十一月初版；一九三三年七月再版。）

貴族與狐

古時，在某村中有一個貴族，他沒有什麼財產，只有一匹馬，一隻獵狗，一把短銃。他除了打獵之外不能做別的事情，卻靠著打獵為生，也可以勉強度活。

有一天，天氣很好，他騎上了馬，掮了短銃，號召他的獵狗，到高山裡去打獵。走了好一會，到了一處高原，他把馬匹縛在一株樹上，自己帶了狗走進枝葉濃密的森林中。當他正在山上打獵時，一隻狐走近了馬身邊，躺在他身邊的草上。

這位貴族在森林中打了好一會的獵，結果卻只獵著了一隻鹿。當他走到馬的身邊，看見狐躺在那裡，他很是驚奇，舉起短銃，向著狐瞄準。狐見了他的舉動，立刻跳起身來，求他發慈悲，赦了他的性命，他以後將代他看守馬匹，成為他一個忠僕。

貴族很可憐這狐，便赦了他。於是他騎上了馬，把死鹿放在身前，狐與狗跟在馬後；一同回家。他到了家，便把鹿放在火上烤熟了當晚餐，把剩下的肉給了狐吃，他也得了一頓好吃。一夜無話過去。第二天早晨，貴族又出去了，這一次多了一隻狐同去。他到了昨天所到的高原，仍舊把馬匹縛在那株樹上，走前去打獵，叫狐留在那裡看馬。他走了以後，狐獨自留在那裡好久。後來，一隻熊來了，他想把馬吞吃了。但狐阻止了他，叫他不要去吃馬，且勸他留在這裡等待貴族回來，因為他是一個好主人，回家時會給他們倆好東西吃的。熊很高興地答應了他，躺在狐身邊，等候貴族的回來。

當貴族打完了獵回來時，見熊安靜地躺在狐身邊，吃驚非小，立刻舉起短銃，向熊指著。但狐跳到他身邊，求他赦了熊，帶他一同回家。他說熊會幫助他一同看守馬匹，且在貴族要人幫助或有危險時，他也會跑來救護的。貴族便放下短銃，領了狐和熊，帶了他獵得的兩隻鹿一同回家，心裡很高興。

後一天，貴族又出去打獵，又留他的馬匹在同一高原上。這一天，是一隻狼加入了他們的同夥，一同回家。第四天，又有一隻鼠和一隻田鼠，加入他們一夥，成了這一家的分子。最後又來了一隻大鷹，他的力量極大，簡直會把一匹馬連他的騎者一同帶到空中。所有這些禽獸都為這位貴族所款待，留居在他的家中。

有一天，狐對熊道：「來，熊君，帶一根木頭到這裡來！我要坐在上面發號施令，他們都須聽我的命令做事。」

於是熊到了森林中，採了一株大樹幹帶回家，狐爬了上去，說道：「現在，朋友們，同伴們，聽我說，我們必須使主人結婚。」

其餘的禽獸道：「好的！但我們將怎麼做去？因為我們不知道可以到什麼地方替他找一個新婦。」

狐道：「皇帝那裡有一個女兒，我們就叫我們的主人去和她結婚吧。現在，鷹君，你去做第一件功勞。立刻飛到皇城去，躲身等待公主，看她出來散步時，把她帶了來。」

大鷹立刻出發了，在皇城上面翺翔著，等候皇帝的女兒。正在夜色朦朧時，她出來散步，四周繞圍著宮女們。大鷹立刻撲了下來，捉住了公主，放她在背上，飛了回去。

皇帝聽見他女兒不見了的消息，十分的焦急，下令說，誰能救得公主回家，將賞他無量數的錢財。但賞格雖厚，卻無人應募，因為沒有人敢去冒這個險。最後有一個琪卜塞婦人走來對皇帝說道：

「陛下，如果我把公主尋了回來，你將怎樣賞我呢？」

皇帝不料終於有人肯替他去尋找公主，便大悅地叫道：「你要什麼，我都可以給你；只要你把她尋了回來！」

琪卜塞婦人回家去，取了幾粒豆放在掌上，做起魔法來。不久，她從豆的魔術上，知道她住在離這裡有十天路程的地方。她立刻預備動身去追她。她取了一床氈，和一根馬鞭，自己坐在氈上，把馬鞭一揮，那氈便飛在空中。這氈把她帶到了那位貴族和他的妻即擄來的公主同住的地方。她在離貴族的家不遠的地方，落在地上，把氈和馬鞭放在那裡，自己卻躲在一個可以看見公主出來散步的地方。她等了不久，公主就跑出來散步。琪卜塞婦人走了出來，慢慢地和公主攀談起來。當他們談時，那婦人漸漸把公主一邊談一邊走地引到氈放在那裡的地方。

公主看見一床氈放在地上，便說道：「嗄，這裡有一床氈，我們坐在上面談談吧。」

琪卜塞婦人見公主中計，心裡非常的高興。他們一同坐在氈上。那婦人把馬鞭打了氈一下，這氈便載了兩人飛在空中，一直飛到了皇城。

皇帝見了他女兒回家真是高興極了，立刻賞了那婦人無數的東西。但他卻把公主關閉在一間密室裡，禁止她出室門一步，叫了兩個宮女去侍候兼看守她。

當狐知道了公主失蹤的事，他立刻召集了同伴，開言道：「朋友們！我們曾代我們的主人娶了公主為他的妻。現在公主不見了，主人又成了一個無妻的人。我們務須努力把公主再搶回來給主人。這事是不大容易做的。皇帝把公主關在室內，不許她出門一步，我們必須設法引她出來，才有方法想。」

熊道：「那末，我們將怎麼辦呢？」

「我想到了一個方法，我把自己變成作一個美麗的小貓，在公主室外窗下遊戲。她見了我，一定會叫她的宮女來捉我的。但我設法不讓她們捉住，要引公主自己出來捉。當她一出來時，鷹君，你當立刻飛下來捉住了她，帶回主人那裡。同時，我自己會逃避了追者而保全性命回來的。」

大家都同意了狐的計畫，於是大鷹立刻把狐負在背上，飛到公主所住的地方落下。狐的足一觸著實地，立刻變成了小貓，在公主所坐的廊前遊戲，跳躍往來，極為活潑。如他所料的，公主果然被他引動了，立刻叫宮女去把這小貓捉來，但狐的形狀，雖變成了小貓，心思卻仍舊是狐的心思，所以無論如何，也不肯被宮女所捉。

公主見了她們捉不住小貓，便自己到外面來捉。她的足剛跨出房門，大鷹便飛下來捉住她，把她仍舊帶回貴族那裡。狐卻向別一方向逃去，因此，得保全了他的性命。

皇帝一知道這個不幸的事件，立刻叫獵狗去捉那隻逃去的貓。但貓見他們追來，卻藏身到岩洞中，獵狗便不能再追上去了。於是他們只好失望地回去。貓卻由岩洞中跑了出來，復變成了狐，跟在大鷹後面回家。

皇帝曉得他不能用平和的手段把女兒要回，便召集了一大部軍隊向著獸宣戰。狐得到了這個消息，他又召集他的同伴，即熊、狼、鼠、田鼠及大鷹，對他們說道：「朋友們！皇帝已經帶了他的全體軍隊來攻打我們了。很好，讓我也召集我們的軍隊和他對敵。熊君，你統轄的熊有多少？」

熊道：「有三百以上。」

「狼君，你呢？」

「我能帶來五百隻狼。」狼道。

「你呢，鼠君——請說，你能號令得多少的同伴？」

「我能夠帶來三千隻鼠。」

「你能夠帶多少同伴呢，田鼠君？」

「大約有八千。」

「你呢，鷹君，你也加入戰爭麼？」

「是的，我將和兩三百同伴一同加入。」

「好的！現在你們且都去召集你們的軍隊。等到他們都召集齊了，都到這裡來，我將告訴你們以後要做的事。」

狐下了這道命令以後，大家便各奔前途去召集軍隊。不久，天上地上都密密地擁擠著群眾。熊軍從那邊來了，狼軍從這邊來了，鼠軍和田鼠軍也接著來了。田中林中都充滿了他們。天上飛著的是鷹軍。當他們都來了時，排列成一行一行的，狐檢閱了軍隊之後，下令道：

「熊軍和狼軍去當前鋒，當皇帝的軍隊駐營過夜時，你們到營中去，把所有的馬都咬死了。第二夜，鼠軍去把馬鞍都咬壞了，因為這時他們必已換了一批新馬來。第三夜，田鼠軍要在軍營四周，挖了一道地穴，當早晨軍隊要活動時，鷹軍要拋下大塊的岩石去打他們。」

軍隊檢閱過了，各軍陸續的開拔。

第一夜，當皇帝軍隊駐紮時，熊軍和狼軍便來把他們的馬都咬死了。第二天清早，兵士來對皇帝說，夜間野獸把所有的馬匹都咬死了。皇帝立刻下令把新馬帶來補充其缺。新馬來了，於是軍隊又前進了。

到了第二夜，鼠軍到營裡把所有的馬鞍都咬破了。早晨，兵士醒了，告訴了皇帝說，馬鞍都咬破了。皇帝立刻下令把新馬鞍取來。新馬鞍取來了，軍隊又前進了。

第三夜，狐令田鼠們在軍營四周挖了很大很深的地穴，他要使這個工作更快地告成，又令熊們把挖出的泥土，立刻抬去倒了。田鼠一面挖土，熊一面把挖出的土運到遠處。

當皇帝的軍隊第二天起身，方跨上馬走路時，他們只走得幾步，足下的泥土卻陷了下去，他們都如落葉似的，身不由主地落到地穴中去。同時，大鷹們銜了大塊的岩石，如雨點似的拋落下去。皇帝見他的大軍如此可憐地被毀滅掉，大叫道：

「退軍吧，退軍吧！不要再同這些野獸戰爭了。上帝已經責罰我們了！岩石由天上落下，地土又吞吃我們，退吧，退吧！讓他們把我的女兒保守著吧，我不願再救回來了。」

軍隊向後退時，又陷落了許多在地穴中，自此，貴族和公主平和而幸福地住在一塊，再沒有人來劫奪她了。那幾個野獸也和他們一同住著，一同去打獵，一直到了他們的死時。

注：本篇為紀念《兒童世界》創刊十周年而作。

無貓國

某村有一童子，名叫大男，父母早死，家中貧窮。因為在本鄉沒有飯吃，就上京城，在一個富人家裡做工。他工作極勤，但還常受老僕婦的打罵。他住的房子，老鼠又多，夜間總成群成陣地跑出來打擾他。新年時，主人的女兒給他一百個錢，當壓歲錢。他拿這錢，買了一隻貓來，養在房中。從此老鼠不敢再來。

主人有幾隻船，常到外國做生意。僕人們也常買些土貨，託船主帶去，趁些錢回來。有一次，主人問大男有什麼東西要帶去賣沒有。大男只有這隻貓，又捨不得賣。主說，貓也可以賣。大男便把貓託了船主帶去。

船到了一國，船主把帶來的貨物都賣完了，獨有大男的貓忘了賣去。恰好國王請船主入宮赴宴。宮中老鼠極多。客人還沒有吃，所有的酒菜已盡被老鼠吃淨了。宮人盡力驅逐老鼠，而逐了又來，總是驅逐不盡。國王甚是憂愁。船主說：「不要緊！我有貓可以制服這些老鼠。」他便回船把貓帶來。果然，貓一來，鼠便不敢放肆了。國王大喜，拿出許多金珠寶石，把貓換了去。

船回家了。主人家裡的人都歡歡喜喜地來領取賣貨的錢。大男的貓獨獨賣得了許多的金珠寶石。從此大男成富翁了。他不做苦工了。他入學讀書，十分用功，後來成了一個很有學問的人。

（原載《兒童世界》第三卷第一期）

注：本篇係據孫毓修所編《無貓國》（《童話》第一集第一編）節述，原篇五千字。商務印書館一九〇九年三月初版。

大拇指

有一家夫妻兩人，生下一個孩子。這個孩子生來只有拇指大，卻十分伶俐；又會淘氣，又會討人歡喜。所以他父母不嫌他小，反而十二分地愛他。

但因他身材短小之故，處處都覺得有危險。偶然見個田雞、蚱蜢等物，他便以為猛獸來了，急得藏在父親袖裡。因此他母親把鐵打了一柄小劍，令他隨身懸掛，以防危險。一日，他母親調得一盆麵糊，擺桌上。大拇指攀住盆邊細看，不提防跌入盆內。他母親見有物在麵糊中間扒來扒去，以為是個蟲豸，便把手指夾起，拋入河中。不料河中來了一條大魚，把大拇指吞了進去。此魚被漁翁釣獲，送入國王宮中。廚子正把魚腸剖開，大拇指忽然由魚腹中躍出。廚子看了，大以為奇，便把他獻給國王。一宮的人自國王，王后以下，人人都喜歡大拇指。從此大拇指便在宮中住下，起居一切，十分舒服；只是他十分想家。國王又不肯讓他回去。他只好把一肚子的思家念頭，悶在腹中。王后看他沒有車子，送了他一輛車，又選了四個小白鼠當做駕車的馬。有時大拇指不坐車，就騎在老鼠背上。

因為大拇指這樣得寵，便有一班忌他的人，乘機說他壞話。國王大怒，賜大拇指死刑。臨刑的時候，法官把一大張寫了罪狀的紙，給大拇指自己看。一陣風起，把紙連大拇指吹入雲端，一直吹送大拇指到家。大拇指的父母，正因失了他，覺得萬分的苦惱。現在見他忽然回來，真是快活極了！

（原載《兒童世界》第三卷第二期）

注：本篇係據孫毓修所編《大拇指》（《童話》第一集第三篇）節述，原篇五千字，商務印書館一九〇九年三月初版。

為重寫中國兒童文學史做準備

眉睫（簡體版書系策畫）

二〇一〇年，欣聞俞曉群先生執掌海豚出版社。時先生力邀知交好友陳子善先生參編海豚書館系列，而我又是陳先生之門外弟子，於是陳先生將我點校整理的梅光迪講義《文學概論》（後改名《文學演講集》）納入其中，得以出版。有了這個因緣，我冒昧向俞社長提出入職工作的請求。俞社長看重我對現代文學、兒童文學研究的能力，將我招入京城，並請我負責《豐子愷全集》和中國兒童文學經典懷舊系列的出版工作。

俞曉群先生有著濃厚的人文情懷，對時下中國童書缺少版本意識，且缺少人文氣質頗不以為然。我對此表示贊成，並在他的理念基礎上深入突出兩點：一是以兒童文學作品為主，尤其是以民國老版本為底本，二是深入挖掘現有中國兒童文學史沒有提及或提到不多，但比較重要的兒童文學作品。所以這套「大家小書」，頗有一些「中國現代兒童文學史參考資料叢書」的味道。此前上海書店出版社曾以影印版的形式推出「中國現代文學史參考資料叢書」，影響巨大，為推動中國現代文學研究做了突出貢獻。兒童文學界也需要這麼一套作品集，但考慮到兒童讀物的特殊性，影印的話讀者太少，只能改為簡體橫排了。但這套書從一開始的策劃，就有為重寫中國兒童文學史做準備的想法在裡面。

為了讓這套書體現出權威性，我讓我的導師、中國第一位格林獎獲得者蔣風先生擔任主編。蔣先生對我們的做法表示相當地贊成，十分願意擔任主編，但他畢竟年事已高，不可能參與具體的工作，只能以書信的方式給我提了一些想法，我們採納了他的一些建議。書目的選擇，版本的擇定主要是由我來完成的。總序也由我草擬初稿，蔣先生稍作改動，然後就「經典懷舊」的當下意義做了闡發。可以說，我與蔣老師合寫的「總序」是這套書的綱領。

什麼是經典？「總序」說：「環顧當下圖書出版市場，能夠隨處找到這些經典名著各式各樣的新版本。遺憾的是，我們很難從中感受到當初那種閱讀經典作品時的新奇感、愉悅感、崇敬感。因為市面上的新版本，大都是美繪本、青少版、刪節版，甚至是粗糙的改寫本或編寫本。不少編輯和編者輕率地刪改了原作的字詞、標點，配上了與經典名著不甚協調的插圖。我想，真正的經典版本，從內容到形式都應該是精緻的、典雅的，書中每個角落透露出來的氣息，都要與作品內在的美感、精神、品質相一致。於是，我繼續往前回想，記憶起那些經典名著的初版本，或者其他的老版本——我的心不禁微微一震，那裡才有我需要的閱讀感覺。」在這段文字裡，蔣先生主張給少兒閱讀的童書應該是真正的經典，這是我們出版本套書系所力圖達到的。第一輯中的《稻草人》依據的是民國初版本、許敦谷插圖本的原著，這也是一九四九年以來第一次出版原版的《稻草人》。至於解放後小讀者們讀到的《稻草人》都是經過了刪改的，作品風致差異已經十分大。俞平伯的《憶》也是從文津街國家圖書館古籍館中找出一九二五年版的原著來進行重印的。我們所做的就是為了原汁原味地展現民國經典的風格、味道。

什麼是「懷舊」？蔣先生說：「懷舊，不是心靈無助的漂泊；懷舊也不是心理病態的表徵。懷舊，能夠使我們憧憬理想的價值；懷舊，可以讓我們明白追求的意義；懷舊，也促使我們理解生命的真諦。它既可讓人獲得心靈的慰藉，也能從中獲得精神力量。」一些具有懷舊價值、經典意義的著作於是浮出水面，比如孤島時期最富盛名的兒童文學大家蘇蘇（鍾望陽）的《新木偶奇遇記》；大後方為少兒出版做出極大貢獻的司馬文森的《菲菲島夢遊記》，都已經列入了書系第二批順利問世。第三批中的《小哥兒倆》（淩叔華）《橋（手稿本）》（廢名）《哈巴國》（范泉）《小朋友文藝》（謝六逸）等都是民國時期膾炙人口的大家作品，所使用的插圖也是原著插圖，是黃永玉、陳煙橋、刃鋒等著名畫家作品。

中國作家協會副主席高洪波先生也支持本書系的出版，關露的《蘋果園》就是他推薦的，後來又因丁景唐之女丁言昭的幫助而解決了版權。這些民國的老經典，因為歷史的原因淡出了讀者的視野，成為當下讀者不曾讀過的經典。然而，它們的藝術品質是高雅的，將長久地引起世人的「懷舊」。

經典懷舊的意義在哪裡？蔣先生說：「懷舊不僅是一種文化積澱，它更為我們提供了一種經過時間發酵釀造而成的文化營養。它對於認識、評價當前兒童文學創作、出版、研究提供了一份有價值的參照系統，體現了我們對它們的批判性的繼承和發揚，同時還為繁榮我國兒童文學事業提供了一個座標、方向，從而順利找到超越以往的新路。」在這裡，他指明了「經典懷舊」的當下意義。事實上，我們的本土少兒出版是日益遠離民國時期宣導的兒童本位了。相反地，上世紀二三十年代的一些精美的童書，為我們提供了一個座標。後來因為歷史的、政治的、學術的原因，我們背離了這個民國童書的傳統。因此我們正在努力，力爭推出真正的「經典懷舊」，打造出屬於我們這個時代的真正的經典！

但經典懷舊也有一些缺憾，這種缺憾一方面是識見的限制，一方面是因為審稿意見不一致。起初我們的一位做三審的領導，缺少文獻意識，按照時下的編校規範對一些字詞做了改動，違反了「總序」的綱領和出版的初衷。經過一段時間磨合以後，這套書才得以回到原有的設想道路上來。

欣聞臺灣將引入這套叢書，我想這對於臺灣人民了解大陸的兒童文學是有幫助的。林文寶先生作為臺灣版的序言作者，推薦我撰寫後記，我謹就我所知，記述於上。希望臺灣的兒童文學研究者能夠指出本書的不足，研究它們的可取之處，為重寫兩岸的中國兒童文學史做出有益的貢獻。

二〇一七年十月於北京

眉睫，原名梅杰，曾任海豚出版社策劃總監，現任長江少年兒童出版社首席編輯。主持的國家出版工程有《中國兒童文學走向世界精品書系》（中英韓文版）、《豐子愷全集》《民國兒童文學教育資料及研究》，主編《林海音兒童文學全集》《冰心兒童文學全集》《豐子愷兒童文學全集》《老舍兒童文學全集》等數百種兒童讀物。二〇一四年度榮獲「中國好編輯」稱號。著有《朗山筆記》《關於廢名》《現代文學史料探微》《文學史上的失蹤者》，編有《許君遠文存》《梅光迪文存》《綺情樓雜記》等等。

民國時期經典童書 A0801003

竹公主

作　　者 鄭振鐸
版權策劃 李　鋒

發 行 人 陳滿銘
總 經 理 梁錦興
總 編 輯 陳滿銘
副總編輯 張晏瑞
編 輯 所 萬卷樓圖書(股)公司
特約編輯 沛　貝
內頁編排 林樂娟
封面設計 小　草
印　　刷 百通科技(股)公司

出　　版 昌明文化有限公司
　　　　 桃園市龜山區中原街 32 號
電　　話 (02)23216565
發　　行 萬卷樓圖書(股)公司
　　　　 臺北市羅斯福路二段 41 號 6 樓之 3
電　　話 (02)23216565
傳　　真 (02)23218698
電　　郵 SERVICE@WANJUAN.COM.TW
大陸經銷
廈門外圖臺灣書店有限公司
電郵 JKB188@188.COM

ISBN 978-986-496-059-0
2017 年 10 月初版一刷
定價：新臺幣 460 元

如何購買本書：
1. 劃撥購書，請透過以下帳號
   帳號：15624015
   戶名：萬卷樓圖書股份有限公司
2. 轉帳購書，請透過以下帳戶
   合作金庫銀行古亭分行
   戶名：萬卷樓圖書股份有限公司
   帳號：0877717092596
3. 網路購書，請透過萬卷樓網站
   網址 WWW.WANJUAN.COM.TW
   大量購書，請直接聯繫，將有專人為您服務。(02)23216565 分機 10

如有缺頁、破損或裝訂錯誤，請寄回更換

國家圖書館出版品預行編目資料

竹公主 / 鄭振鐸著 . 臺北市 : 萬卷樓發行 ,
-- 初版 . -- 桃園市 : 昌明文化出版 ;
2017.10
　面 ;　公分 . -- (民國時期經典童書)
ISBN 978-986-496-059-0(平裝)
859.6　　　　　　　106017254